UN BAISER POUR LA NUIT

Anna Godbersen

UN BAISER POUR LA NUIT

Traduit de l'anglais (américain)
par Cécile Leclère

wiz
Albin Michel

DU MÊME AUTEUR CHEZ ALBIN MICHEL

Rebelles
Rumeurs
Tricheuses
Vénéneuses

Tout ce qui brille
Une saison à Long Island

Anna Godbersen est née à Berkeley, en Californie, et a fait ses études à l'université de Barnard. Elle vit actuellement à Brooklyn. Rendez visite à Anna sur www.bytseries.com.

Titre original :
THE LUCKY ONES
(Première publication : HarperCollins Children's Books,
a division of HarperCollins Publishers, New York, 2012)

Pour Farrin

I

En ce deuxième jour du mois d'août, cela faisait exactement deux semaines qu'Astrid était devenue Mrs Charlie Grey. Elle commençait à se faire doucement à cette idée. Dans un bienheureux silence, tous deux étaient allongés aux abords de la piscine – un rituel quotidien depuis le début des fortes chaleurs. À la nuit tombée, il partait faire ses tournées. Ainsi allait la vie maritale, découvrait-elle. L'épouse restait à sa place d'épouse et occupait son esprit de pensées domestiques : décider des invitations pour le déjeuner ou du remplacement du mobilier, s'il était jugé passé de mode. Le matin venu, le mari partait rejoindre le monde mystérieux du travail. Ou le soir venu, s'il se révélait être bootlegger.

Elle n'avait pas véritablement eu l'intention de se marier avec Charlie. Lorsqu'elle avait fait sa connaissance, il lui avait paru le garçon le plus excitant qu'elle ait jamais rencontré – rien de plus. Satisfaite de lui accorder le titre de petit ami officiel, elle n'en avait pas pour autant perdu son légendaire penchant pour le flirt. Quant à lui, il l'avait trompée, une fois au moins, pour ce qu'elle en savait. Mais ils avaient toujours été furieusement épris l'un de l'autre et à la mort du père de

Charlie, si soudaine et effroyable, ils s'étaient fiancés. Même à ce moment-là, personne n'aurait pu parier que leurs fiançailles se concrétiseraient ; il y avait des hauts, il y avait des bas. Charlie et Astrid, c'étaient les montagnes russes. Mais tout ça, c'était avant que les Hale ne kidnappent Astrid. Tout était différent entre eux depuis cette nuit-là, depuis qu'il était entré de force dans l'entrepôt glacial dans lequel elle s'était vue mourir. Il avait tué l'homme qui l'avait tourmentée durant les heures qu'avait duré ce cauchemar, puis il l'avait ramenée chez lui dans ses bras puissants. Alors elle avait su, sans le moindre doute, qu'elle l'aimait.

Oh, ce qu'elle l'aimait ! Elle aimait sa démarche assurée quand il sortait d'un speakeasy pour retrouver sa Daimler après avoir conclu un accord, elle aimait cette manière qu'il avait de prendre son visage entre ses mains – pour mieux poser ses lèvres sur les siennes. Elle adorait qu'il lui offre un bijou sur un coup de tête, elle adorait voir le nom de Charlie dans le journal accolé à celui de « l'ex-Miss Astrid Donal ». Et sentir son corps allongé près du sien sur la double chaise longue, près de la piscine, à Dogwood. Leur piscine. Charlie était grand et brillant sous le soleil, il portait un maillot de bain blanc, assorti au sien, et c'était exactement ainsi qu'elle s'était toujours représenté le mariage.

Ils avaient fini le champagne et le jus d'orange que Milly, la bonne, leur avait apportés avec leur déjeuner, et leur peau avait séché après leur dernière baignade. Charlie était étendu sur le dos, bras et jambes écartés en étoile ; elle, sur le ventre, en appui sur ses coudes, le contemplait. Il avait les yeux fermés – soit pour se protéger du soleil, soit parce qu'il dormait, elle ne parvenait pas à savoir –, les épaules décontractées.

– Qu'est-ce que tu regardes ?

Elle cligna des yeux, étonnée. Les paupières de Charlie demeuraient fermées, mais un sourire était en train de naître à la commissure de ses lèvres.

– Toi, espèce de nigaud !

– Comploterais-tu contre moi, chaton ? Poison, canif, peloton d'exécution ?

– Oh, Charlie, répondit-elle d'une voix faussement chagrine. Quand je mettrai en scène mon coup d'État, il n'y aura aucun signe avant-coureur.

– Tu ferais ça de façon rapide et sans souffrance, par égard pour l'amour que nous avons partagé ?

– Bien sûr ! Je suis impitoyable, chéri, pas maléfique.

– J'apprécie, commenta Charlie en fronçant les sourcils avec exagération et en agitant l'index à la manière d'un professeur. Cela dit, en tant que mentor et guide dans le monde du trafic et du vice, je me dois de t'avertir, il ne faut pas abuser des gestes sentimentaux. Ceux-ci peuvent te paraître de simples détails, mais des erreurs dans ce genre, minimes parfois, ont défait des hommes bien plus impitoyables que toi.

Astrid fit mine de s'étrangler.

– Comment, il existerait des hommes plus impitoyables que moi ? répéta-t-elle, prétendant s'indigner.

Il n'ajouta rien, leur badinage s'évanouit dans l'air moite.

Un silence s'installa, Astrid ferma les yeux, éblouie. Cependant, à l'instant où elle s'apprêtait à s'assoupir, Charlie lui agrippa les épaules et, avec brusquerie, il la retourna pour la plaquer sous lui. La surprise eut sur elle l'effet d'une brise fraîche et furtive.

– Tu vois ? triompha-t-il en lui souriant. Si tu lâches prise aussi facilement, c'est comme si tu suppliais ton ennemi de frapper en traître.

Il était tout proche, désormais, elle sentait la chaleur de sa peau, gorgée de soleil, pourtant voilé aujourd'hui.

– Et voilà le règne du roi prolongé d'un jour, répondit Astrid, flegmatique, regrettant toutefois de ne pouvoir bouger les membres.

Elle s'agita pour éprouver la force de l'étreinte de Charlie, mais ses mains se révélèrent aussi tenaces que son sourire. Le soleil était si puissant au-dessus d'eux que le ciel en paraissait presque blanc ; elle ferma les yeux, pour les protéger de son éclat.

– Charlie.

Tous deux se tournèrent vers la personne qui venait d'arriver. Constatant qu'il s'agissait d'Elias Jones, l'ancien lieutenant de son père, Charlie reprit sa place à côté d'Astrid, en appui sur un coude, mais l'autre bras dans une posture possessive, par-dessus le torse de sa femme.

– Dis donc, Jones ! N'est-ce pas que je me suis trouvé une jolie femme ? lança-t-il gaiement en serrant la taille d'Astrid.

– Oui.

Charlie embrassa Astrid sur le front puis jeta un coup d'œil vers Jones, pour lui signifier qu'il était prêt à l'écouter.

– Ce soir, sur la route qui mène à Rye Haven, annonça Jones.

À sa façon de parler, Astrid sut que chacun de ses mots en cachait au moins cinq autres.

– À la nuit tombée ?

– Nous devrions être en position au moment du coucher du soleil.

– Très bien.

Le front de Charlie se plissa, sa voix devint plus rauque, cependant il garda sa main sur le ventre d'Astrid.

– Bien, répéta-t-il, comme s'il avait considéré les non-dits derrière le message de Jones et les acceptait.

Ils n'échangèrent aucun mot en guise de conclusion, Astrid sut que Jones s'en allait au simple crissement de l'herbe sous ses pieds en direction de la maison. Elle lança ses bras autour du cou de Charlie et vint se mettre au-dessus de lui. Deux rideaux de cheveux blonds s'abattirent de chaque côté de leur visage, formant une protection contre le soleil. Il passa ses bras derrière sa taille, une main pressée contre la base de son crâne, l'autre au creux de ses reins.

– Le roi part à l'attaque, ce soir, murmura-t-elle.

Charlie l'approcha de lui pour l'embrasser, il avait la bouche sèche, un léger goût de champagne et de jus d'orange sur la langue.

– Oui, ce soir, confirma-t-il en coinçant une mèche derrière ses oreilles et en étudiant son visage. Mais sans la reine.

– La reine a un autre engagement, de toute manière.

Astrid tourna la tête et secoua sa chevelure avec indifférence.

– Ah bon ?

Il resserra son étreinte. Elle sentait le cœur de Charlie qui battait fort, elle était secrètement ravie de le savoir jaloux, bien qu'il n'eût aucune raison de l'être.

– Absolument ! Dîner chez ma grand-mère Donal, à Shagbark Hollow. Tu étais censé m'accompagner, mais tu as oublié, apparemment ?

Il était évident, à son expression, qu'il ne s'en souvenait pas, mais il poussa un grand soupir de regret, pour la parade.

– Je suis désolé, chaton. J'étais si occupé que ça m'est sorti de la tête.

– Oh, ce n'est pas grave. Simplement, je te déconseille d'oublier les choses qui comptent – comme mes fleurs préférées, les pivoines, ou la date de mon anniversaire.

Feignant la confidence, elle lui glissa :

– Le 23 août, c'est bientôt ! Bref, poursuivit-elle, très gaie. De toute manière, grand-mère Donal exècre les nouvelles têtes.

– *Nouvelles !*

– Pas nouvelles pour *moi*, chéri, pour elle !

Astrid déposa un petit baiser sur les lèvres de Charlie et se dégagea de la chaleur de ses bras. En se dirigeant vers la piscine sur la pointe des pieds, elle ajouta :

– Elle n'aime pas qu'on dérange ses habitudes – comme la plupart des dames de sa génération, tu sais.

– J'espère qu'elle ne croit pas que tu es trop bien pour moi.

Astrid se retourna pour lui lancer un clin d'œil mutin.

– Il ne fait aucun doute que je suis trop bien pour toi.

Les coussins de la chaise longue portaient encore la marque de son corps alangui. Charlie la fixait du regard, comme s'il craignait de la voir s'envoler brusquement.

– C'est différent, ce qui se passe ce soir, n'est-ce pas ? demanda-t-elle.

– Oui.

– Plus dangereux que d'ordinaire ?

– Tu n'as pas de souci à te faire – je vais prendre toutes les précautions nécessaires. Cependant, ne dis à personne où tu vas ce soir et quand tu auras terminé chez ta grand-mère, rentre directement à la maison.

Astrid contempla la surface tranquille, turquoise, de la piscine. Elle était née avec ce don de pouvoir ignorer tout ce qui ne se trouvait pas sous ses yeux et s'épargner tout ce qui risquait de la faire souffrir. Pourtant, depuis cette nuit dans l'entrepôt – lorsqu'elle avait senti de près l'haleine aux relents d'oignon et de condiments d'un homme qu'elle verrait ensuite mourir sous les balles –, elle était tenaillée par une curiosité morbide concernant les activités que menait Charlie au-dehors, sans elle. L'idée l'effrayait, ce qui ne l'empêchait pas de s'interroger ; elle avait l'impression que plus jamais elle ne pourrait fermer les yeux sur ce qui se passait une fois la nuit tombée.

Derrière elle, Charlie continua :

– Tu prendras un garde du corps, il sera posté à l'extérieur à t'attendre. Je demanderai à Victor de s'occuper de toi – c'est le meilleur tireur, parmi mes gars, et le meilleur veilleur aussi.

– Très bien.

Astrid rajusta son maillot de bain et plongea.

Du balcon de la suite Arum, au deuxième étage de Dogwood, Cordelia Grey sentait la présence des hommes montant la garde parmi les arbres et les haies du domaine qui appartenait autrefois à son père, aujourd'hui décédé. Ces temps-ci, une surveillance permanente et invisible s'exerçait sur les lieux. Depuis le soir où les Hale avaient kidnappé Astrid, ni celle-ci ni Cordelia n'étaient plus autorisées à quitter la propriété sans un garde du corps, et Charlie s'était montré très strict quant aux endroits qu'elles pouvaient, ou non, fréquenter.

– Oh, Letty, ne pars pas, supplia-t-elle en s'éloignant du panorama de Dogwood pour regagner la chambre somptueuse qu'elle occupait depuis la mi-mai.

Letty, sa plus vieille amie, qui se tenait près du lit, observait une valise ouverte en se demandant comment parvenir à y ranger la pile de ses dernières acquisitions. Elle eut un de ses clignements d'yeux innocents et, pendant une fraction de seconde, Cordelia se revit dans l'Ohio, à bord du train en partance pour New York, la gorge serrée à l'idée de ce qu'elle laissait derrière elle, mais affamée de ce qui l'attendait là-bas. L'instant d'après, cependant, le regard de Letty se modifia ; un doux sourire gagna sa petite bouche en bouton de rose, elle secoua la tête, avec tristesse, presque.

– Tu sais bien que je suis obligée ! C'est pour cette raison que je suis venue à New York.

Elles ne ressemblaient plus, ni l'une ni l'autre, à la personne qu'elles étaient en débarquant du train à Pennsylvania Station aux premiers jours de l'été, une valise à la main et les yeux pleins d'étoiles, comme tous ceux qui arrivaient pour la première fois à New York. Letty, trop douce et timide pour participer à la moindre audition durant les premières semaines de sa nouvelle vie, avait croisé la route de Valentine O'Dell, qui l'avait prise sous son aile. Elles avaient vu tous les films du jeune premier, dans leur vie d'autrefois, au petit cinéma de Defiance, la ville la plus proche d'Union, la bourgade où elles habitaient, à l'époque, dans l'Ohio. Depuis quinze jours, Letty faisait les allers-retours en train pour se rendre à ses cours de chant et de comédie, mais Valentine et Sophia Ray, sa femme et partenaire à l'écran, avaient à nouveau proposé de l'héberger dans leur appartement sur Park Avenue, pour mieux veiller sur sa métamorphose en créature de scène, ce dont elle avait toujours rêvé.

– Je sais, soupira Cordelia avant de prendre place avec langueur sur le fauteuil bas, couleur ivoire, tout près des portes-fenêtres ouvertes donnant sur le balcon.

Un tapis blanc séparait les deux jeunes filles, comme une tache de neige fraîche.

– Tu as tellement de chance de quitter cet endroit !

– Ne dis pas de sottises, tu t'en évaderas bien assez tôt, tu me rendras visite et on prendra le thé en compagnie de stars de cinéma !

Letty laissa échapper un petit rire joyeux qui évoquait les trilles d'un rossignol à la tombée de la nuit et Cordelia ne put s'empêcher de l'imiter. Bon Zèbre, le lévrier de Letty, assis aux pieds de sa maîtresse, agitait sa tête en avant, comme s'il souhaitait lui aussi prendre part à l'euphorie ambiante.

Letty approcha de la coiffeuse pour entreprendre le tri du maquillage qui s'y était accumulé, le chien la suivit. Avec un petit soupir, Cordelia ramassa le *New York Imperial* sur la table basse en noyer verni et l'ouvrit à la page des échos mondains.

Hier soir, au Caveau, *nous avons eu tout loisir d'admirer la fille de feu le bootlegger Darius Grey qui arpentait le sol en mosaïque de son club, vêtue d'une robe de soie noire fluide, ses cheveux aux reflets dorés plaqués contre son crâne, ses lèvres rehaussées de brillant. La salle, comble, réunissait sportifs, mondains, flambeurs et poètes, mais le pilote Max Darby est quant à lui resté introuvable. Lui qui est presque aussi connu pour son peu de goût pour les night-clubs que pour ses acrobaties aériennes s'est récemment découvert un penchant pour Cordelia Grey... Mais que se passe-t-il entre cet adepte du sans-alcool et la fille à l'origine du succès du* Caveau *? Les reverrons-nous ensemble bientôt ?*

Cordelia sentit ses doigts serrer les pages du journal, elle était envahie d'un étrange mélange de fierté et d'irritation. Elle avait autorisé l'échotier Claude Carrion à se mêler à ses clients et à boire aux frais de la princesse, car c'était bon pour les affaires ; le nom de Cordelia était apparu régulièrement dans sa colonne depuis qu'elle était arrivée à New York et cet intérêt avait eu un rôle non négligeable dans la réussite du *Caveau*. S'il existait un auteur du mythe « Cordelia Grey », c'était Claude Carrion. Néanmoins, elle n'avait jamais vraiment apprécié l'homme, avec ses costumes coûteux et mal taillés, sa raie au milieu et son teint d'oiseau de nuit. Elle savait, de plus, que ce type d'attention ne ferait que compliquer son histoire avec Max.

– Quelle veine de pouvoir aller et venir à ta guise, sans avoir à te préoccuper de reporters fouineurs ou de gardes du corps ! déclara Cordelia en refermant son journal, qu'elle reposa sur la table.

Letty recula d'un pas, face au miroir. Elle venait d'appliquer un nouveau rouge sur ses lèvres ; leur couleur coquelicot accentuait encore le bleu vif de ses yeux. Pendant un instant, elle contempla Cordelia avec un regard compatissant. Mais bien vite, un sourire malicieux apparut sur son visage et elle entreprit de traverser le tapis à pas légers en ondulant les épaules, elle enchaîna sur un saut de biche, agita les mains et conclut par une petite danse amusante. Lorsqu'elle atteignit le fauteuil près des portes-fenêtres, toutes deux éclatèrent de rire.

– Arrête, ça ne marche pas avec moi, Cord, affirma Letty lorsqu'elle eut terminé sa performance, et après que Cordelia lui eut laissé une place sur le fauteuil. Je sais bien qu'au fond de toi tu adores toutes ces histoires de gloire et de fortune, même si tu fais mine de ne pas rechercher le feu des projecteurs ! Ce qui te chagrine surtout, c'est Max, qui te manque, mais tu le verras bientôt. Telle que je te connais, tu trouveras bien un moyen.

Leurs rires éteints, Cordelia soupira. Letty avait raison, bien sûr. Le week-end avait été long, Cordelia avait travaillé dur au *Caveau*, mais une nouvelle semaine était sur le point de commencer, et Cordelia était pleine d'une inépuisable énergie. Elle sentait, dans son corps, qu'elle verrait Max sous peu. Si le destin ne jouait pas en sa faveur, elle lui forcerait la main.

2

Le temps que Letty rejoigne le centre-ville de New York, sa robe toute neuve était en partie trempée de sueur. Elle était coiffée d'un chapeau cloche en paille pour protéger ses yeux et portait sa propre valise, qui lui paraissait maintenant deux fois plus lourde qu'au départ de White Cove. Les trottoirs de Park Avenue étaient désertés et elle remarqua que les caniches, bull-dogs ou bichons maltais étaient promenés exclusivement par des domestiques en uniforme. Elle eut une pensée pour Bon Zèbre, ce qui l'attrista un peu – à son départ de Dogwood, son lévrier l'avait suivie jusqu'au portail, puis il était resté là à pleurer d'un air malheureux derrière les grilles jusqu'à ce que la voiture ait disparu à l'angle. Mais en cette journée, particulièrement, l'heure n'était pas à la mélancolie, car Letty se tenait au seuil de sa nouvelle et époustouflante vie, et il lui était impossible d'emmener Bon Zèbre avec elle.

Depuis deux semaines, elle découvrait un peu plus chaque jour le métier d'artiste. Depuis que le hasard avait mis Valentine O'Dell sur sa route – ce grand monsieur du cinéma dont elle connaissait chaque expression sur grand écran –, elle prenait le train tous les matins pour aller suivre son enseignement. Les journées étaient bien remplies, pas toujours faciles. Elle avait pratiqué des heures durant devant les immenses miroirs du studio sous sa conduite, jusqu'à ce que ses mouvements deviennent parfaitement naturels, et ses pieds enflés. Ce rythme de travail était si enivrant, si épuisant, qu'une nouvelle fois Valentine lui avait suggéré de venir vivre avec lui, à New York. Sophia Ray, son épouse et partenaire attitrée à l'écran, était de retour de la côte, cela ne paraîtrait donc pas inconvenant. De plus, Sophia aurait tant à lui apprendre, elle aussi.

– Sophia Ray !

Letty leva les yeux, décontenancée d'entendre une voix féminine prononcer ce nom qu'elle avait justement dans la tête. Distraite, elle n'avait pas vu les rues défiler. En reconnaissant l'élégant auvent vert sombre sur lequel se détachait le nom *The Apollonian* en cursives dorées, elle comprit qu'elle était arrivée.

Une grande femme aux lèvres pulpeuses et rouges sortait d'une limousine – son visage était largement dissimulé par des lunettes de soleil noires, mais le halo caractéristique de ses cheveux blonds peroxydés était identifiable au premier coup d'œil. Même ainsi posée sur un trottoir de la ville, Sophia Ray impressionnait par sa prestance, qui attirait aussitôt le regard.

La jeune fille rousse qui avait interpellé Sophia venait de se précipiter sur son idole comme si elle espérait une bénédiction de l'actrice.

– C'est un tel honneur de vous rencontrer ! s'exclama l'admiratrice. Il faut que je vous dise, vous étiez divine dans *Le Clochard et l'Héritière* ! Ce doit être mon film préféré parmi tous ceux que vous avez tournés avec Mr O'Dell !

– Oh, eh bien, n'est-ce pas adorable ! répondit Sophia, en reculant légèrement.

Si ses yeux se plissaient avec sympathie, il y avait toutefois dans sa manière de contempler l'inconnue un certain mépris sous-jacent. C'était subtil, mais Letty le perçut et se sentit brusquement minuscule et insignifiante.

– Bon, je vous propose de nous laisser, jeune fille, poursuivit Sophia, d'un ton mielleux.

Letty s'était imaginé Sophia en amie, mais maintenant qu'elle la découvrait en personne, elle avait envie de se recroqueviller sur elle-même de honte. Après tout, c'était Valentine qui s'était montré si généreux et si familier, et Letty se demandait soudain si cette femme, à l'allure si impérieuse, se soucierait le moins du monde d'une campagnarde dans son genre, une petite idiote aux rêves de grande ville.

Letty se figea, attendant l'occasion de s'échapper. Mais avant qu'elle en ait eu le temps, Sophia pencha la tête d'un côté et fixa son regard sur elle. Un sourire radieux fendit ses lèvres rouges et d'une voix bien différente, elle l'interpella :

– Vous devez être Letty.

L'autre jeune fille fit volte-face et dévisagea Letty avec un mélange d'envie et de respect.

– Oui, confirma Letty en tremblant.

– Eh bien, ne restez pas là, mon chou, entrez !

Sophia lui tendit la main et, sur un bref salut coupable de la tête, Letty laissa Sophia Ray la guider dans le vestibule de marbre rose de sa maison de ville.

– Valentine ne va pas tarder – il déjeunait au *Plaza*, puis il a croisé des gens qui l'ont reconnu et ont insisté pour qu'il leur joue quelque chose au piano. Il est toujours tellement généreux, comme vous le savez, maintenant, et il n'a pas pu refuser. Imaginez, très chère, combien tout ça est épuisant...

Il fallut quelques secondes à Letty pour comprendre qu'elle était la « très chère » en question, mais ensuite, elle répondit à Sophia d'un hochement de tête exubérant.

– Oh oui !

– Quelle chance que Valentine vous ait repérée avant que vous ne vous soyez trop aventurée dans ce métier. Nous allons garder un œil sur vous et vous en faire découvrir toutes les ficelles.

– Merci ! s'étrangla Letty. C'est une grande chance pour moi, que vous acceptiez de me laisser venir vivre avec moi... Heu, je veux dire vous... Vraiment.

– Oh, chérie, pour moi aussi. Val m'a beaucoup parlé de vous et je vois bien que nous ne tarderons pas à devenir amies. Vous savez, c'est très difficile pour quelqu'un comme moi de se faire des amis. La plupart des autres femmes sont jalouses et celles qui ne le sont pas espèrent récupérer des vêtements que je ne porte plus, ou bien être présentées à des personnes importantes, ou encore être photographiées en ma compagnie. Mais vous, vous n'êtes pas comme ça, n'est-ce pas ?

– Non !

Letty secoua la tête avec le même enthousiasme qu'elle avait mis à opiner quelques instants plus tôt.

– Je le sens bien, déjà. Vous, je peux vous faire confiance.

Letty adressa à Sophia un sourire radieux. Submergée par l'émotion devant cet accueil chaleureux, elle en perdit presque la parole, mais l'ascenseur émit un *ding* sonore, et les vastes portes de cuivre s'écartèrent avant que le silence ne devienne trop gênant.

– Évidemment, qu'on peut lui faire confiance !

Toutes deux se retournèrent et découvrirent Valentine O'Dell juste derrière elles. Il souriait, ses cheveux châtains formaient un cran épanoui au-dessus de son front bronzé. Le timbre de sa voix, plein de chaleur et d'assurance, fit rougir Letty.

– Eh oui, chérie, vous êtes l'une d'entre nous, désormais, que vous le vouliez ou non ! déclara Sophia en pénétrant dans l'ascenseur, aussitôt suivie de son mari et de Letty.

Sophia appuya sur le bouton sans numéro qui portait la mention PH, pour « penthouse ». Au moment de la fermeture des portes, Letty leva les yeux sur ses idoles, tour à tour, comme si elles risquaient de disparaître si elle les quittait du regard trop longtemps. Elle serra les paupières, mais lorsqu'elle les rouvrit, Valentine et Sophia étaient toujours là, ils laissaient derrière eux le rez-de-chaussée.

Lorsque Astrid Donal sortit de sa voiture, conduite par un chauffeur, la chaleur était toujours aussi étouffante. Sa grand-mère l'accueillit avec une remarque sur son apparence.

– Tu ressembles à ta mère, déclara Mrs Earl Donal, née Caroline Oakhurst, du perron de la terrasse qui entourait l'imposante demeure victorienne où était né le père d'Astrid.

Ce n'était pas un compliment ; au fil des années, Astrid avait eu l'occasion de découvrir ce que ces dames pensaient l'une de l'autre et elle savait pertinemment ce que sous-entendait sa grand-mère. C'était comme si belle-mère et belle-fille avaient décidé de se définir en opposition parfaite. Caroline respectait les convenances, Virginia adoptait un comportement équivoque ; Caroline était guindée, Virginia, elle, avait un côté négligé. Leurs désaccords avaient souvent pour origine l'argent, mais à mesure que les années passaient, chacune avait fini par traiter l'autre comme l'incarnation de tout ce qu'il fallait éviter dans la vie. Astrid, pour sa part, avait appris à écouter le moins possible les deux parties pour pouvoir planer en permanence avec insouciance au-dessus de tout ça et c'était dans cet état d'esprit qu'elle traversait la pelouse en cet instant précis.

– Oh, grand-mère, je t'en prie, répondit Astrid en s'approchant des marches pour enlacer la femme élégante qui l'attendait.

Malgré la coque stricte qui figeait ses cheveux blond cendré, comme du temps de sa jeunesse, et la robe en crochet noir de ce style très conservateur que l'on voyait surtout avant guerre, Caroline n'était pas à cheval sur l'étiquette avec son unique petite-fille. Elle serra contre elle Astrid comme si celle-ci était encore une fillette, et donc exemptée de ces convenances dont elle était d'ordinaire si respectueuse.

– Ne sois pas méchante, reprit Astrid. Je suis bien trop blonde pour ressembler à ma mère et puis ne trouves-tu pas que j'ai le nez Donal ? Tu disais toujours ça, avant.

– Espérons-le.

Mrs Donal prit Astrid par la main et l'emmena à l'intérieur.

– Le véritable nez Donal ne prend toute sa dimension qu'après l'âge de vingt-cinq ans, minimum, alors il te reste un peu de temps. Je présume que ce garçon qui s'attarde au volant n'est pas ton mari ?

– Non ! C'est mon garde du corps. Charlie est terriblement désolé de n'avoir pas pu m'accompagner ce soir – pourtant, ce n'était pas l'envie qui lui manquait.

– Si tu le dis, répondit la vieille dame avec indifférence.

Elles avaient traversé le long et large couloir qui courait au centre de la maison pour accéder au petit salon, face au détroit de Long Island.

– Aaah, soupira Mrs Donal, comme si elle venait de rentrer après une harassante journée dans le monde (ce qui n'était certainement pas le cas).

Elle s'installa sur une méridienne en satin rose, tapa dans ses mains ; quelques secondes plus tard, son majordome en livrée se matérialisa avec un plateau d'argent chargé de deux grands verres frais.

– Je suis ravie de te voir de retour à la civilisation, constata Mrs Donal.

Astrid accepta sa boisson et balaya du regard ce que sa grand-mère entendait par « civilisation » : les murs encombrés de portraits de sept générations de Donal et d'Oakhurst, mobilier d'héritage. La maison en soi était vaste et aérée, mais loin d'être un palais sur le modèle de Dogwood ou de Marsh Hall ; bien que sa grand-mère pût se permettre une demeure autrement plus monumentale, elle tirait une fierté snob à ne remplacer que ce qui méritait d'être réparé.

Le goût de citron vert et de tonic du cocktail provoqua chez Astrid une série d'associations involontaires. C'était l'odeur de l'haleine de sa grand-mère, du temps où elle lui lisait des histoires pour s'endormir, mais aussi de celle de sa mère, Virginia, pendant toutes ces années où elles avaient fait le tour de l'Europe.

– Auprès de qui achètes-tu ton gin, ces jours-ci ? s'enquit Astrid.

– Chérie, mon majordome s'en occupe ; je ne pose pas de questions.

Pour signifier qu'elle n'avait plus rien à ajouter sur le sujet, Mrs Donal tourna la tête, de telle sorte que son profil marqué se détacha sur un abat-jour rose.

– Quelle affaire grotesque, du début à la fin – je n'ai jamais été de ces moralisatrices qui se sont échinées à plaider la cause de la prohibition, mais j'aime encore ce pays, et je ne ternirai pas cet amour en faisant fi de ses lois.

– Quoi qu'il en soit, grand-mère, poursuivit allègrement Astrid, je pourrais peut-être t'aider avec tout ça, maintenant que Charlie et moi sommes mariés, car je me doute que tu n'ignores pas qu'il fait fortune dans le commerce de l'alcool.

– Oui, bien sûr, répondit sa grand-mère sur un ton lourd de sous-entendus, étirant à ce point ses mots qu'ils finirent par changer de sens et devenir tout sauf affirmatifs.

La vieille dame s'éclaircit la gorge et traversa la pièce pour s'approcher d'une bibliothèque qui ployait sous le poids des œuvres complètes de Shakespeare en reliure aubergine et lettres d'or. Elle marqua un temps d'arrêt, le dos tourné vers Astrid, pencha la tête en direction du portrait monumental de son défunt mari, dont le visage était aussi long, fin et aristocratique que le sien.

– Heureux hasard que tu sois venue seule ce soir – je ne refuserai pas de voir ta moitié, bien entendu, en une autre occasion. Mais j'ai un cadeau de mariage qui te concerne toi et toi seule. Il me semble que c'est le moment idéal pour te l'offrir.

– Grand-mère !

Le rire aux lèvres, Astrid agita la main en direction de Caroline et affirma avec entrain :

– Charlie et moi sommes mari et femme maintenant. Je suis vraiment désolée – pour toi, quoique pas forcément pour ma mère – que nous n'ayons pas fait cela en bonne et due forme, que nous n'ayons pas invité tout le monde, ni annoncé la cérémonie dans la presse. Mais voilà, nous sommes mariés, pour de bon, autrement dit, nous partageons tout.

– Bien entendu.

La vieille femme s'était exprimée d'une voix douce, ce qui ne lui ressemblait pas. En général, elle avait un ton haut, flûté, qui n'appartenait qu'à elle. Elle se tut un instant, ses doigts parcoururent les tomes alignés devant elle, s'arrêtèrent sur *Othello*, dont elle sortit une enveloppe. Sur ce, elle se rapprocha de sa petite-fille et là, elle reprit la parole – les accents dans sa voix étaient cette fois d'une telle urgence qu'Astrid se trouva incapable de garder le sourire.

– Tout de même, écoute-moi. Je ne prétends pas savoir comment font les jeunes de nos jours, mais les criminels ont toujours existé et j'ai assisté à la chute de quelques-uns en mon temps. L'argent ne peut sauver personne, mais il peut venir en aide à ceux qui souhaitent se tirer d'un mauvais pas. Ça n'a rien d'une dot importante, ma chérie, c'est juste la somme nécessaire à une jeune femme contrainte d'affronter seule le monde. J'espère de tout cœur que Charlie et toi vivrez heureux durant de nombreuses années, que tu n'auras nul besoin de ce que je te confie aujourd'hui, et que tu pourras en faire don à ta fille.

Elle tendit l'enveloppe à Astrid qui, encore secouée par la teneur inhabituelle de cette conversation, ne trouva rien d'autre à faire que de l'ouvrir. Elle contenait une petite brochure verte où il était écrit WHITE COVE SAVINGS & TRUST. Elle la feuilleta et constata que sa grand-mère avait raison – le montant n'avait rien de démesuré –, néanmoins c'était bien plus que ce que Caroline avait proposé à Virginia, quand cette dernière était devenue veuve, et trop pour qu'Astrid sache quoi en faire.

– Ne t'inquiète pas, cet argent se trouve sur un joli petit compte en banque sans risque et il peut y rester un certain temps. Seulement, tu ne dois pas en souffler mot à Charlie.

La condition de ce cadeau est que toi et toi seule auras accès à ce compte. Tu m'as comprise ? Cela doit rester notre secret.

– Merci, marmonna Astrid.

Elle aurait voulu protester qu'elle était incapable de cacher quoi que ce soit à Charlie, même si elle essayait, mais elle était choquée par l'intensité, la gravité avec lesquelles sa grand-mère s'adressait à elle. Elle cligna des yeux, replaça la brochure dans son enveloppe. Pour la première fois, elle en voulait à Charlie de ne pas l'avoir accompagnée ce soir – s'il avait été là, sa grand-mère aurait pu constater qu'ils formaient un couple uni, qu'on pouvait faire confiance à son mari. De plus, lui aurait su quoi faire de cet argent et elle n'aurait pas été forcée de le gérer seule.

– Merveilleux !

Mrs Donal tapa dans ses mains, elle avait retrouvé son ton aristocratique et détaché.

– Viens, ma chérie, reprit-elle en attrapant Astrid par le bras pour la tirer de son fauteuil. Je suis sûre que le dîner est prêt, maintenant : des huîtres et une petite soupe de poisson. Je crois bien avoir du champagne aussi pour célébrer tes noces et ton air de grande personne.

En traversant le vestibule, Astrid aperçut Victor, son garde du corps, qui surveillait la pelouse. Pour la première fois depuis qu'elle était devenue Mrs Charlie Grey, le mariage et l'âge adulte cessèrent de ressembler à une interminable fête scintillante à ses yeux.

3

– Anthony, appela Cordelia de la salle de billard de l'étage, appuyée contre le chambranle, un mocassin par-dessus l'autre.

Ses cheveux étaient coiffés en une tresse lâche, elle portait une chemise masculine en denim – nouée à la taille, manches remontées – sur une robe noire à bretelles. Aux yeux de n'importe quel homme, elle ressemblait sûrement à une fille qui s'apprêtait à passer la soirée chez elle à lire des magazines de mode, mais Astrid, elle (encore vêtue de l'élégante robe noire qu'elle avait mise pour se rendre chez sa grand-mère), contempla son amie de la tête aux pieds et un petit sourire apparut au coin de ses lèvres. Il suffisait d'un peu d'imagination féminine pour comprendre ce que Cordelia avait derrière la tête.

– Anthony ?

– Oui ? répondit celui-ci sans se retourner.

Il était penché sur la table de billard, sur le point de jouer, et ne semblait pas ravi d'être dérangé. Charlie était déjà parti régler cette affaire qui les avait préoccupés, Jones et lui, toute la journée, et il était accompagné de ses meilleurs hommes. Ceux qui étaient un peu moins expérimentés se trouvaient sur le périmètre de la propriété ou stationnés sur le toit, armés, donc la salle de billard n'était peuplée que des plus jeunes membres de son équipe, le visage encore rose ponctué du maigre duvet qu'ils parvenaient à faire pousser.

– Un des phares de la Marmon a besoin d'être réparé. Vous m'accompagnez ?

Anthony joua son coup, se retourna et ne vit pas sa balle rater largement sa cible, s'échouer contre la bande de feutre vert.

– Maintenant ?

– Oui, confirma Cordelia en fixant sur lui, sans ciller, ses doux yeux bruns qui dissipaient l'étrangeté de sa requête. Si je l'emmène ce soir, elle sera prête demain, ajouta-t-elle avec fermeté comme si cela expliquait tout.

– Mais on est en pleine partie...

Il s'interrompit en voyant Cordelia s'écarter de la porte et lever le menton avec un air impérieux.

– Oui, mais si nous y allons tout de suite, nous serons de retour avant la nuit. Charlie insiste pour que nous ne quittions pas le domaine en soirée, et je tiens à récupérer la voiture demain.

Comprenant que Cordelia resterait intraitable, Anthony jeta sa queue sur la table et sortit de la pièce avec mauvaise humeur, suivi de près par la sœur de son patron, qui adressa à Astrid un clin d'œil avant de disparaître dans le grand escalier. Ils n'échangèrent pas un mot le temps qu'il leur fallut pour traverser la pelouse et accéder au garage. Il était encore fâché d'avoir dû interrompre sa partie, il ne remarqua donc pas que les deux phares de la Marmon fonctionnaient parfaitement lorsque Cordelia démarra et klaxonna pour qu'il la suive dans l'une des vieilles Ford T que les Grey gardaient pour ce genre de missions mineures.

Tout en parcourant les routes boisées qui menaient à Old Oyster Town, Cordelia observa Anthony dans son rétroviseur ; il affichait une expression butée, un regard distrait. Comme il restait dans ces dispositions à la station-service, elle ne prit même pas la peine de lui parler, se contentant de lui signaler d'un geste qu'elle entrait chercher le mécanicien. Il lui répondit d'un signe indifférent et déplia un journal pour patienter.

À l'intérieur de l'atelier, un vieil homme en bleu taché de graisse était installé sur une chaise, les pieds sur son bureau. En voyant Cordelia arriver, il s'empressa de cacher la bouteille qui se trouvait près de ses pieds et de vider le contenu de son gobelet. Son corps était frêle au niveau des bras et des jambes, mais la masse perdue là semblait s'être repositionnée autour de son ventre.

– Inutile de vous inquiéter pour moi, dit-elle avec un sourire.

– C'est idiot, je suppose, mais on a du mal à savoir à qui se fier ces jours-ci, grommela-t-il en récupérant sa bouteille. Maintenant que je vous vois mieux, vous avez l'air réglo. Cela dit, nous sommes tout de même fermés, mademoiselle.

– Oh, peu importe. Je me demandais simplement si je pouvais laisser ma voiture ici jusqu'à demain. Est-ce possible ? C'est le coupé Marmon, juste devant.

L'homme avait dû avoir les yeux bleus dans sa jeunesse, mais ils étaient désormais presque argent. Il eut une expression soupçonneuse.

– Dix dollars pour vous si vous êtes d'accord.

– C'est beaucoup d'argent pour un simple gardien de nuit, observa-t-il.

– Pas si l'on compte la prime pour me laisser filer par la porte de derrière, précisa-t-elle avec un grand sourire. Plus un petit verre de votre whisky. Et bien sûr, vous allez devoir affronter mon ami Anthony, quand il viendra me chercher.

L'homme tira un gobelet propre du tiroir où il rangeait sa liqueur et le remplit. Cordelia fit un pas dans sa direction, déposa un billet de dix sur la table, à côté d'un mot adressé à Anthony. Elle y expliquait qu'elle n'avait pas d'ennuis, que si lui n'en voulait pas non plus, il ferait bien de se taire, et qu'elle devrait être rentrée avant que Charlie ne remarque son absence. Elle croisa le regard du vieil homme, trinqua. Elle vida son verre en se remémorant le nom donné par les Indiens à l'alcool : l'« eau de feu ».

– Merci, dit-elle avant de griffonner un numéro sur le journal posé sur le bureau. Voici comment joindre mon frère Charlie, si un jour vous avez envie de whisky importé. En temps normal, il ne s'occupe pas des particuliers, mais si vous précisez que vous êtes un ami à moi, il fera une exception. Je m'appelle Cordelia.

La compréhension se lut lentement dans les yeux argent.

– Merci, mademoiselle.

Elle lui sourit à nouveau puis se rendit à la fenêtre, où elle fit un signe à quelqu'un dans un roadster noir, à l'arrêt près de la pompe. Les phares s'allumèrent, le véhicule se mit en mouvement. Anthony leva le nez de son journal et se replongea dedans aussitôt en constatant que le roadster faisait demi-tour, pour prendre la direction de la ville.

– Vous me gardez ça, aussi ? demanda Cordelia en ôtant la chemise bleue, qu'elle accrocha à une patère près de la porte.

– Comptez sur moi, mademoiselle.

Le crépuscule tombait, elle passa par-derrière et traversa le parking poussiéreux. C'était l'heure, entre chien et loup, où la lumière, particulière, joue des tours aux yeux mal habitués et où l'on peine à distinguer quoi que ce soit, surtout si ce que l'on cherche est vêtu de noir.

Ils ne se parlèrent pas avant quelques kilomètres. Ils venaient de quitter la route d'Old Oyster Town et d'emprunter la nationale quand Max se gara brusquement et se jeta sur Cordelia. Son baiser la secoua pendant quelques secondes, puis elle s'écarta avec douceur, en souriant.

– Je suis désolée, je dois avoir un goût de whisky frelaté. Le vieux ne me faisait pas confiance, j'ai dû trinquer avec lui.

– Je m'en fiche, répondit-il en redémarrant la voiture.

Elle avait oublié à quel point il était beau, avec ses cheveux noirs si courts qu'ils en étaient réduits à une ombre foncée sur son crâne, son regard bleu pâle sérieux et décidé, comme toujours. Il la dévisagea, déglutit. Puis un sourire, aussi sincère que rare, se dessina lentement sur ses lèvres.

– Je suis si heureux d'être avec toi.

La sensation qu'elle éprouvait en voyant Max en cet instant était la même que le jour où elle avait posé les yeux sur lui pour la première fois. Elle venait d'arriver à New York, lui était aux commandes de son avion au-dessus de Pennsylvania Station et traçait dans le ciel des lettres de fumée blanche. « C'est Max Darby », l'avait informée une passante avec impatience comme elle se renseignait.

Son nom resterait à jamais associé à l'émerveillement de ce premier contact avec la ville. Elle n'avait même pas été réellement étonnée, juste un peu prise au dépourvu, quand, quelques semaines plus tard, après un terrible concours de circonstances, son appareil s'était écrasé pile devant elle et que, pour lui venir en aide, elle avait été forcée de se surpasser. Voilà tout ce qu'elle ressentait lorsqu'il tournait son regard calme, intense dans sa direction : il était capable de grandes choses, et elle aussi, par conséquent.

Elle attrapa sa main et ne la lâcha plus. Ils discutèrent de ce qui leur était arrivé depuis la dernière fois qu'ils s'étaient vus. Ce dont Cordelia se souvenait surtout, c'était du temps passé à se rejouer en pensée la scène devant le *Caveau*, à savourer en mémoire l'urgence de ses baisers sur le trottoir ce soir-là.

Il fallut qu'ils atteignent Harlem pour que Max se détende un peu. Cependant, tandis qu'ils traversaient la rue pour accéder à la maison de brique brune où vivait sa mère, il ne cessait de jeter des coups d'œil par-dessus son épaule comme s'il craignait d'être suivi. La tension disparut totalement lorsqu'ils arrivèrent au palier du premier étage et que la porte marquée d'un « 2 » tracé à la main s'ouvrit d'un coup.

– Cordelia ! Je suis ravie de vous revoir, ma douce ! s'exclama Mrs Darby après avoir serré son fils contre elle.

Prenant Cordelia par le bras, elle ajouta :

– J'ai harcelé Max pour qu'il vous invite à nouveau. Enfin, entrez donc. Le repas va être froid.

Tout était très ordonné dans le séjour de Mrs Darby – les vieux meubles de style victorien étaient cirés, arrangés avec simplicité, la lumière était chaleureuse, la table mise pour trois. Un ventilateur ronronnait dans la cuisine et un phonographe jouait un concerto pour piano dans la pièce d'à côté. On entendait des enfants crier dans la rue et, en sourdine, les voisins se déplacer à l'étage. C'était un endroit dont les secrets n'avaient pas à être révélés, car – contrairement au reste du monde – il n'en recelait aucun. Pendant un instant, alors que tous trois, tête baissée, écoutaient le bénédicité dit par Max, Cordelia oublia tout ce qui avait motivé son installation à New York et fut parfaitement satisfaite.

Partout ailleurs, à Manhattan, la soirée ne faisait que commencer. À Harlem, des voyeurs des quartiers blancs venus se rincer l'œil, en quête de beautés brunes aux longues jambes et de numéros exotiques, scrutaient le spectacle de la rue derrière les vitres de leur voiture. Sans doute auraient-ils été surpris par la tranquillité de la scène qui se déroulait dans l'appartement du premier étage d'une vieille maison de brique, où deux des personnes les plus en vue de la presse à scandale savouraient la compagnie l'un de l'autre, en toute intimité. Cordelia n'aurait souhaité être nulle part ailleurs. Chaque fois qu'elle posait les yeux sur le beau visage pur de Max, elle ressentait un frisson de fierté à le savoir sien, lui qui était doué d'un talent si exceptionnel. Quant à lui, il ne cessait de couler des regards en douce dans sa direction, comme s'il ne parvenait pas à croire qu'il pût être en compagnie d'une fille comme elle dans la salle à manger de sa mère.

Après le dîner, Mrs Darby laissa aux jeunes gens un peu de temps à eux. Max s'assit sur le canapé en chintz jaune, la tête de Cordelia sur ses genoux. Elle était étendue, les pieds sur l'accoudoir, paupières fermées ; Max jouait avec ses cheveux.

– Tu sais, quand je vivais à Union, dès que j'avais un moment, j'allais à la bibliothèque pour lire des journaux new-yorkais..., commença-t-elle d'une voix pensive. Je scrutais les colonnes des faits divers et la chronique mondaine dans l'espoir de voir mon père mentionné quelque part. J'adorais me renseigner sur la ville aussi. Je faisais même collection de vieux guides, pour pouvoir apprendre le nom des rues, le plan du métro, les différents quartiers, en me disant que comme ça, quand je viendrais habiter ici, je ne serais jamais perdue.

– Ça ressemble à ce que tu avais imaginé ?

– Pas exactement. New York dépasse largement ce à quoi je m'attendais ! Mais le plus drôle, c'est que je m'étais toujours dit que ma vraie vie débuterait ici, parce que je ne serais plus obligée de faire appel à ma seule imagination. Pourtant, ici aussi, je suis parfois comme prisonnière. Et je continue d'éplucher les journaux. Tu sais quel nom je cherche, désormais ?

Un petit sourire apparut sur le visage de Max.

– Le mien ?

Dans son regard, on lisait l'envie de faire quelque chose qui l'effrayait, mais qu'il était déterminé à accomplir, quelles qu'en soient les conséquences.

Elle se mordit la lèvre.

– Tu as déjà cherché le mien ? se renseigna-t-elle.

Il se pencha vers elle pour replacer une petite boucle de cheveux derrière son oreille.

– Oui. Par hasard d'abord, et ensuite parce que je me demandais d'où pouvait bien venir une fille comme toi. Lorsque j'ai découvert qui tu étais, j'en ai conclu qu'il valait mieux que je garde mes distances. Pour autant, j'ai continué de chercher ton nom, sans savoir pourquoi.

– Et maintenant, tu as compris ?

– Oui. Parce que tu es la fille la plus courageuse que je connaisse.

Cordelia baissa les yeux. Petite, on lui avait appris à balayer les insultes, mais elle n'était pas encore très douée pour accepter un compliment. Ni l'un ni l'autre n'ajoutèrent quoi que ce soit et Cordelia aurait volontiers savouré cet agréable silence un peu plus longuement, mais une pensée lui revenait sans cesse depuis un moment.

– Charlie est sur un coup ce soir.

– Comment le sais-tu ?

– Je n'en suis pas certaine, en fait. Je le sens. Il était préoccupé – et il n'était pas le seul, ils l'étaient tous. Quand il est parti, il m'a recommandé de rester à proximité de mon garde du corps et de ne quitter Dogwood sous aucun prétexte.

Elle sourit, ouvrit les paupières et croisa le regard de Max. À son grand étonnement, il ne lui sourit pas en retour.

– Que fabrique-t-il, à ton avis ?

– J'imagine que ça doit avoir un rapport avec les Hale, même si je ne suis sûre de rien. Pourquoi cet air chagrin ? Tu n'es pas content que je sois là ?

– Bien sûr que si. Mais si Charlie estimait que tu courais des risques ce soir, ce n'était peut-être pas prudent de sortir.

– Mais je...

– Promets-moi qu'à l'avenir, en cas de danger, tu resteras où tu es et que tu me laisseras venir jusqu'à toi.

– D'accord. Promis.

– Bien.

Max repoussa les cheveux sur son front, comme s'il souhaitait voir la totalité de son visage avant de l'embrasser.

Ils échangèrent un baiser très doux qui laissa Cordelia envahie d'une plaisante lassitude. Elle posa la tête au creux de l'épaule de Max.

– Si seulement je pouvais passer la nuit ici, soupira-t-elle. Mais ça scandaliserait ta mère, non ? Sans parler de mon pauvre garde du corps qui doit être dans tous ses états, terrorisé à l'idée que je ne sois pas de retour avant son patron.

– Je sais, regretta tristement Max.

Pourtant, ils ne se levèrent pas tout de suite et, lorsqu'ils décidèrent de quitter cette pièce si tranquille et sa lumière douce et chaleureuse, ce fut à regret, avec lenteur. Sur le seuil, il décrocha son blouson d'aviateur de la patère et le lui tendit.

– Tiens, mets ça.

– Mais, Max, tu en as besoin ! Et puis il doit faire trente degrés dehors, je n'aurai pas froid.

Il a hoché la tête.

– Prends-le quand même.

Cordelia comprit alors qu'il souhaitait surtout qu'elle ne sorte pas les bras nus.

– Très bien.

Ils descendirent l'escalier, elle posa le blouson sur ses épaules.

Dehors, on aurait cru qu'il faisait presque jour, grâce à l'éclairage des réverbères et des phares des voitures. De la musique résonnait quelque part, des rires et des cris surgissaient par les fenêtres des étages. Il attrapa sa main et descendit du trottoir le premier, pour la protéger des véhicules arrivant dans ce sens puis leva le bras. Un taxi jaune s'arrêta à leur hauteur, Max se pencha vers la fenêtre pour négocier le prix de la course.

– Il va t'emmener, annonça-t-il en se retournant vers Cordelia.

– Merci.

– Je suis content que tu sois venue.

– Moi aussi.

– Je ferais mieux de te raccompagner, dit-il soudain.

– Non... Il faut que tu sois à l'aérodrome tôt et si tu me ramènes à cette heure, le temps que tu reviennes ce sera déjà presque le matin.

Pendant un instant une certaine raideur réapparut entre eux, un curieux air de formalité comme en écho de celui avec lequel ils se comportaient autrefois. Sans la quitter des yeux, il secoua légèrement la tête, comme s'il n'arrivait pas à croire qu'elle était réelle. Il entrouvrit ses lèvres, elle retint son souffle, car pendant une fraction de seconde, elle fut persuadée qu'il s'apprêtait à lui avouer qu'il l'aimait. Au lieu de ça, il lui tint la portière et la regarda avec tendresse s'installer sur la banquette arrière.

– Je t'appelle très vite, affirma-t-il avec un sourire – et tous deux surent qu'il l'avait pensé très fort.

– J'espère.

Elle lui sourit à son tour, il referma la portière ; elle continua de sourire lorsque le véhicule s'engagea dans la circulation. Elle n'alla pas jusqu'à jeter un coup d'œil par-dessus son épaule pour s'en assurer, mais elle était convaincue qu'il ne quittait pas le taxi des yeux. Elle s'enfonça gaiement dans son siège en cuir, sans remarquer la berline gris métallisé de l'autre côté de la rue qui exécutait un demi-tour pour la prendre en filature, alors qu'elle se dirigeait vers le pont de Queensboro.

4

Les véhicules en ville, la nuit, semblaient des visages impassibles, aux traits de pierre, aux yeux aussi fixes que la lune. Leurs phares défilaient à un rythme régulier. Astrid aimait l'image de son mari qui apparaissait clairement à chaque faisceau lumineux, sa mâchoire bien dessinée, sa carrure imposante sous sa chemise. À son réveil, ce matin-là, elle avait été tentée de lui confier le secret de sa grand-mère Donal, puis elle s'était souvenue de sa promesse à la vieille dame. Astrid s'était donc contentée de roucouler qu'elle en avait assez d'être séparée de lui et de le supplier de l'emmener lors de ses tournées nocturnes. Elle vibrait d'excitation à cette perspective.

Le monde dans lequel Charlie était sur le point de la faire pénétrer n'était pas un de ceux auxquels sa mère aurait un jour accès. Ni aucune des jeunes étudiantes qui feraient leur rentrée à l'automne à l'école de Miss Porter, dans le Connecticut, pour y perfectionner leurs talents de futures épouses modèles. Tout cela pour convoler avec quelque fâcheux du style de Beau Ridley – le premier garçon à avoir embrassé Astrid – qui très vite se transformerait en vieux barbon, à l'image des maris que collectionnait sa mère. Virginia Donal de Gruyter Marsh s'était toujours sentie en compétition avec sa fille, pour la simple raison, aussi idiote qu'indéniable, que celle-ci serait à jamais très précisément âgée de vingt-deux ans de moins qu'elle. Cependant, Astrid n'avait jamais perçu une jalousie aussi désespérée chez sa mère que cet après-midi-là au téléphone. Cette vieille peau avait tenté de s'incruster parmi les jeunes et belles plantes, arguant que sa fille lui manquait. Un prétexte peu crédible. Mais Astrid connaissait le motif véritable : Virginia ne supportait pas qu'Astrid ait choisi une voie totalement différente de la sienne en renonçant à une ribambelle de partis fortunés, leur préférant la chance de passer des soirées telles que celle qui s'annonçait.

Ils descendaient la Sixième Avenue à fond de train. Charlie était penché en avant, les coudes sur les genoux, ses yeux bruns trahissant sa concentration sur la tâche qui l'attendait. Astrid posa une main protectrice dans son dos. Il travaillait si dur, son Charlie. Depuis la mort de son père, ses affaires étaient devenues son obsession, et il se démenait pour les faire prospérer, surtout dès qu'il s'agissait de voler des clients aux Hale. Ceux-ci avaient répliqué, évidemment, en enlevant Astrid – mais Charlie l'avait sauvée. Et maintenant, elle le sauverait, elle, à sa manière, en s'assurant qu'il ne s'épuise pas au travail, et qu'il garde toujours un peu de légèreté grâce à sa jolie présence à ses côtés.

– C'est là, annonça Charlie au chauffeur, qui engagea la Daimler dans une rue bordée d'arbres, perpendiculaire à la très large avenue.

Astrid se redressa avec excitation. Ils longeaient les bâtiments en brique rouge du Village, ancien quartier familial aujourd'hui en vogue sans avoir perdu son cachet. Elle était venue ici un nombre incalculable de fois en compagnie de

Charlie et de la bande de White Cove – des jeunes gens qui, comme elle, aimaient les soirées folles et pour qui le lever du soleil marquait la fin plus que le début d'une journée. Mais jamais elle ne s'était rendue dans le Village comme ceci – furtivement, sans intention de s'afficher.

– Là, répéta Charlie.

Le chauffeur stationna devant une ancienne boutique dont la vitrine avait été peinte en noir de l'intérieur. Au-dessus de l'entrée clignotait une enseigne PHARMACIE. Sans un regard pour Astrid, Charlie descendit de voiture. Astrid le suivit dans la foulée, passa une jambe à l'extérieur, posa son talon haut sur le trottoir. Elle lâcha un couinement rageur en sentant la portière métallique se refermer sur son mollet.

– Charlie !

– Mais qu'est-ce que tu fais ?

Le visage de Charlie disait toute sa surprise et ce ne fut qu'après avoir vu la bouche contrariée de sa femme qu'il se rendit compte que sa jambe était égratignée.

– Je suis désolé, ma puce, mais tu ne bouges pas de la voiture.

– Charlie, tu avais dit que je pouvais t'accompagner, se plaignit-elle.

– Je fais juste un saut à l'intérieur et après ça, je t'emmène chez un italien épatant à deux pas d'ici, d'accord ? Ted va rester avec toi, poursuivit-il en parlant du chauffeur. Il est armé.

Astrid sortit sans un mot, puis referma la portière ; sa robe dorée semblait laisser derrière elle un sillage scintillant. Elle écarta une boucle blonde de son visage et croisa le regard de Charlie. Il leva le menton, dans une contradiction silencieuse, mais il cligna des yeux le premier. Astrid, consciente d'avoir remporté la partie, lui adressa un grand sourire. Une seconde plus tard, il capitulait totalement. D'un subtil mouvement de la tête, Charlie indiqua à son garde du corps de les précéder. Il prit la main d'Astrid et l'entraîna à sa suite en direction de la porte. Elle ondula dans sa robe ajustée pour tenir le rythme.

Le garde du corps pressa son gros doigt sur la sonnette.

Durant ce qui parut une éternité, il n'y eut aucun bruit à l'intérieur. Puis la porte s'entrouvrit sur un long visage blafard doté d'une paire de lunettes.

L'homme scruta les trois jeunes gens sur le seuil. Il fixa Charlie, puis Astrid, Charlie à nouveau, et ses yeux s'attardèrent plus longuement sur l'héritier de la fortune du bootlegger Grey.

– De quoi souffrez-vous ? s'enquit-il, soupçonneux.

Le garde du corps se tourna vers Charlie, qui répondit :

– Je n'arrive pas à dormir, la nuit.

– Depuis combien de temps durent ces insomnies ? demanda l'homme.

Il n'y avait dans cette question aucune curiosité, remarqua Astrid avec un petit sourire en coin, car ce n'était pas la première fois qu'elle était témoin de ce rituel du mot de passe.

– Huit jours, répondit Charlie.

L'homme hocha la tête et ouvrit la porte pour qu'ils puissent le suivre à travers une pharmacie désaffectée, où les flacons de médicaments flottaient tels des fantômes sur les étagères en miroir, jusqu'à une salle, tout au fond. Plusieurs petites tables étaient éclairées par des plafonniers aux abat-jour élimés, ornés de glands de passementerie. Un vieux phonographe jouait « Runnin' Wild ». Cinq couples occupaient la pièce, aucun n'était du genre à participer aux tournois de croquet sur gazon qui s'organisaient à White Cove le dimanche.

– Je vois beaucoup d'alliances, mais je crois que nous sommes le seul couple légitime ici ! murmura Astrid, ravie, à l'oreille de Charlie tandis que l'homme aux lunettes les guidait jusqu'à leur table.

Elle trouvait très drôle d'atterrir dans ces endroits que l'on fréquentait pour des raisons allant à l'encontre de la morale.

– Que désirez-vous ? demanda l'homme aux lunettes tandis qu'Astrid s'installait sur une vieille chaise en bois.

– Je souhaiterais parler au propriétaire, exigea Charlie sans s'asseoir.

– Oh, Charlie, profitons-en un peu ! Nous prendrons deux verres de ce que vous avez de meilleur, lança Astrid avec un geste souple de la main et un petit clin d'œil théâtral.

L'homme se détendit alors pour la première fois depuis leur arrivée, et Astrid décida qu'elle aimait son visage, pour partie plongé dans l'ombre.

Charlie prit place à côté d'elle à contrecœur, et le garde du corps se posta dans l'angle. Leur hôte, quant à lui, disparut derrière un rideau.

– Tu vois, Charlie, bientôt, je te serai indispensable ! Quelque chose me dit que tu as besoin d'une touche féminine dans ce genre d'affaires. Tu peux être affreusement intimidant, tu sais.

Les veines du cou épais de Charlie se mirent à saillir légèrement. Elle posa sur lui un regard apaisant, jusqu'à ce qu'un peu de douceur apparaisse dans ses yeux, puis elle se pencha pour lui glisser :

– Promets-moi que tu ne viendras jamais dans un bouge comme celui-ci accompagné d'une fille autre que moi.

– Pourquoi diable voudrais-je...

Astrid lui désigna discrètement les clients autour d'eux, comme pour le presser d'ouvrir les yeux.

– Tu sais très bien.

– Astrid.

Il plaça ses deux mains autour de sa taille.

– Jamais je ne ferai une chose pareille, affirma-t-il.

– Je sais, je sais, mais promets-moi.

Il se baissa pour approcher sa bouche de son oreille.

– Jamais je ne ferai ça, répéta-t-il, sa voix sérieuse éraillée par la sincérité du sentiment.

Elle sentait venir un baiser, mais leurs boissons arrivèrent d'abord, servies dans des tasses à café blanches ébréchées.

Radieuse, Astrid porta la tasse à ses lèvres. Mais le whisky avait un goût si effroyable qu'elle la reposa définitivement sur sa soucoupe.

– Oh, Charlie, ne le dis pas à Mister Lunette, mais c'est dégoûtant !

Un petit rire pétillant lui échappa, qui eut pour effet de rompre la douceur du moment précédent. Charlie se détourna lentement d'elle et fit signe au serveur d'approcher. Celui-ci s'écarta du mur pour rejoindre leur table. Un nouveau morceau commençait sur le phonographe, encore une vieille chanson – Astrid ne se souvenait plus du titre, mais elle était certaine de l'avoir entendue dans les cafés à Paris l'année qui avait suivi le second divorce de sa mère, du temps où elles vivaient dans des hôtels en Europe.

– Je suis désolé, annonça froidement Charlie. Mais ma femme trouve cet alcool imbuvable.

– Oh, imbuvable, c'est un peu exagéré ! s'exclama Astrid.

– Je vous prie d'accepter mes excuses.

Le serveur, qui avait répondu d'un ton tout aussi glacial, s'abstint de poser les yeux sur Astrid.

– Cependant, nous n'avons rien de mieux à vous proposer, ici, ajouta-t-il. Madame préférera peut-être un autre genre d'établissement.

– Ma femme apprécie beaucoup cet endroit, répliqua Charlie en se levant et en écartant sa chaise. J'aimerais en toucher un mot au propriétaire.

– Je suis le propriétaire, monsieur.

– Alors je voudrais en discuter avec vous. En privé.

L'homme abaissa les coins de sa bouche, secoua la tête, comme s'il ne voyait pas l'intérêt de cette requête inhabituelle, mais acceptait de s'y plier. Charlie adressa à son garde du corps un regard lourd de sens. Avec un petit couinement inquiet, Astrid suivit Charlie à travers le rideau dans un bureau sordide et minuscule. La table occupait la plus grande partie de la pièce, le reste se composait d'un secrétaire dont le tiroir du haut, ouvert, révélait un stock de bouteilles remplies de liquide ambré.

– Je m'appelle Charlie Grey, dit Charlie en tirant une chaise pour pouvoir s'y asseoir.

– Je sais qui vous êtes, monsieur Grey.

Les yeux d'Astrid filèrent avec excitation en direction de son mari à cette preuve de son influence et du rayonnement de sa réputation, jusqu'à des tripots de ce genre. Bien qu'il ne lui rendît pas son regard, elle se plaça juste derrière lui, posant délicatement ses doigts couverts de bagues sur son épaule, estimant qu'elle constituait sans doute un impressionnant accessoire, pour lui.

– J'importe de l'alcool. Du bon. Rien à voir avec ce que vous servez.

– Je sais ce que vous faites, monsieur Grey.

– Goûtez. Il arrive tout juste des Bahamas. Top qualité.

Charlie tira une flasque de la poche intérieure de son manteau et versa l'équivalent d'un dé à coudre de liquide brun dans deux des tasses à café soigneusement alignées sur le bureau. Les deux hommes burent, reposèrent leur verre et se dévisagèrent. Toute la journée, Astrid s'était imaginé avec excitation cette partie de la soirée – ce moment où on la ferait passer derrière un rideau et où elle serait plongée au cœur de l'action –, pourtant, son esprit se mit bientôt à divaguer. La pièce était petite, après tout, et pas très intéressante, aussi ne put-elle s'empêcher de se demander, rien qu'un instant, quelles festivités se déroulaient sur le toit du *Ritz* ce soir-là. Puis son regard s'attarda sur l'unique objet de décoration, une photographie encadrée représentant deux enfants en accoutrement de dentelle blanche, censés être élégants, se figura-t-elle.

– Combien de caisses je vous livre ? s'enquit Charlie.

– Monsieur Grey, je ne suis pas certain que nous nous soyons compris.

– Dites-moi, monsieur ! intervint Astrid. Ce sont vos enfants ?

Surpris, l'homme suivit des yeux le doigt pointé d'Astrid.

– Oui, confirma-t-il avec précaution.

– Oh, ils sont tellement adorables, roucoula-t-elle.

– Merci.

Astrid lui sourit, il lui sourit en retour.

– Ce sont mes aînés, Rosie et Matthew, précisa-t-il.

Charlie repoussa sa chaise et se leva, d'un même mouvement.

– Alors, vous voulez combien de caisses ?

– Monsieur Grey, votre liqueur est excellente. Mais je ne peux rien vous acheter. Je passe commande auprès de Coyle Mink.

L'homme marqua un temps d'arrêt, ses yeux tombants se concentrèrent sur Charlie.

– Il contrôle le Bronx, ajouta-t-il.

Charlie posa les poings sur la table et se pencha en avant, ses postillons jaillissaient sur le nez de l'homme.

– J'ai entendu parler de Coyle Mink, ainsi que du Bronx, figurez-vous, mais ici, on n'est pas dans le Bronx et dorénavant, c'est auprès de moi que vous vous fournirez.

– Monsieur Grey, je...

– Combien de caisses ?

Soudain, Charlie hurlait.

– Mais je...

– Combien de caisses ?

Il avait baissé d'un ton, mais sa voix n'était pas moins menaçante. Il avait encore postillonné, une petite goutte scintillait sur le front long et ridé de son interlocuteur.

– Cinq..., s'aventura ce dernier, espérant que ça suffirait.

– Cinq.

Charlie remonta ses épaules, il avait répété le mot comme s'il le savourait.

– Cinq caisses pour commencer. Mes hommes viendront demain vous les livrer.

La flasque disparut à l'intérieur de la veste de Charlie et il sortit une carte qu'il fit tournoyer entre deux doigts avant de la déposer sur le bureau.

– Ce fut un plaisir de faire affaire avec vous. Je vous présente mon épouse, Astrid, au fait. N'est-elle pas la plus belle femme qu'un homme puisse s'offrir ?

– Oui, répondit le tenancier, mais sa voix était creuse et dépourvue de toute conviction, à l'opposé de celle qui avait précisé « Rosie et Matthew » un peu plus tôt.

Une certaine tristesse gagna le cœur d'Astrid qui comprit, au ton de l'homme, que celui-ci se fichait bien de sa beauté. Avant qu'elle ait eu le temps d'ajouter quoi que ce soit, le bras de Charlie l'agrippait pour l'entraîner hors de la pièce. Elle jeta un coup d'œil en direction de l'homme par-dessus son épaule, mais il gardait la tête baissée vers son bureau, affichant une expression de défaite, hébétée et exténuée.

Astrid sentait le triomphe exalter le corps de Charlie. Son succès avait mis du ressort dans sa démarche. Il traversa le speakeasy en se pavanant ; les clients assis aux tables se tournèrent dans sa direction avec docilité, comme des villageois admireraient un Viking de passage. Il n'eut aucun besoin de préciser quoi que ce soit au garde du corps posté à l'entrée – celui-ci leur emboîta le pas lorsqu'ils quittèrent la pharmacie. Charlie tint la portière à Astrid, la fit monter en voiture. Elle entendit le métal cogner le métal, Charlie prit place à côté d'elle et soudain il la plaqua contre le siège arrière, sa bouche collée à la sienne pour tenter de l'ouvrir de force.

Il était fier de lui. Elle aurait aimé pouvoir en dire autant, mais l'état lamentable dans lequel ils avaient laissé cet homme – le visage défait, comme si la vie venait de lui assener un coup supplémentaire – avait donné à sa soirée un goût amer.

– Charlie, je me sens épuisée, tout à coup, affirma-t-elle, en le repoussant. Tu crois que tu pourrais me ramener à la maison ?

– Aucune chance, poupée ! répliqua-t-il, les yeux noirs chargés d'électricité, en l'attirant à lui. Je ne vais pas te lâcher maintenant.

Les New-Yorkais ne tiennent pas en place. Chaque année, ils circulent plus vite, trouvent de nouvelles activités pour absorber leur énergie frénétique. Ils paradent et acclament, fanfaronnent et observent, se lancent dans de complexes parties de cache-cache, comme si les canyons de béton étaient des sortes de terrain de jeux bourdonnants et comme si le fait de continuer à jouer les empêchait de vieillir à jamais. N'importe quel nouveau venu dans cette immense métropole pourrait trouver étrange que la première projection d'un film de cinéma donne lieu à une telle cohue : les journalistes en meute se poussaient, se bousculaient devant un cordon de velours, en criant des noms souvent mentionnés dans les colonnes des journaux ou cités avec révérence à la radio. Cela dit, l'enjeu pour les fiers détenteurs de ces patronymes, à en juger par la splendeur de leurs tenues, semblait de toute évidence ne pas se limiter à s'installer dans l'obscurité pour contempler leur propre image sur le grand écran.

Devant le cinéma Loews à l'angle de la 45e Rue et de Broadway, Letty avait paru tout à fait à sa place, aux bras de ses deux mentors. Elle avait pris la pose et souri aux photographes, vêtue de sa robe ondulante orangée qui mettait en valeur l'éclat de ses épaules. Un étroit ruban d'argent ceignait le carré net et brillant de ses cheveux, retenant un magnolia frais au-dessus de son oreille gauche. Cet après-midi-là, Sophia avait dispensé à Letty ses propres leçons pour devenir une star, des leçons qui ne ressemblaient pas à celles de Valentine. Sophia avait enseigné à Letty comment poser pour une photo, sourire au public, irradier de superbe et de glamour. Et peut-être ces conseils de Sophia étaient-ils les plus précieux, car alors que Letty les appliquait à la lettre, les photographes l'interpellaient comme si, elle aussi, était actrice de cinéma.

Toutefois, lorsque les lumières s'éteignirent dans la salle, Letty fut transportée dans le monde de Minetta Carrington, mondaine spirituelle et passionnée, mariée à un play-boy insipide, mais attirée par son amour de jeunesse devenu champion de tennis. Letty suivit avec passion l'héroïne dans sa quête à travers les mers du Sud et l'Europe et sentit son cœur fondre à cette histoire magnifique d'un amour impossible.

– Ça t'a plu ? murmura Letty à son amie, encore émerveillée, à l'instant où la lumière revint.

– Qu'est-ce qui m'a plu ? demanda Sophia.

Depuis dix minutes, celle-ci était retournée sur son siège, et dirigeait toute son attention sur les deux gentlemen en nœud papillon assis derrière elles, qui semblaient à Letty vaguement familiers. Cependant, elle était incapable de déterminer si elle les avait croisés lors du tourbillon qui emportait ses soirées récemment, ou aperçus dans un film autrefois.

– Oh, reprit Sophia en changeant de ton, laissant tomber son poignet chargé d'un bracelet de diamants sur la main de Letty. Le film. Délicieux, n'est-ce pas ?

– Au début, oui. Mais c'était tellement plus que ça ! L'histoire est si triste, je n'arrive pas à croire que...

Letty s'interrompit en repensant au triste destin de l'héroïne, seule sur un bateau en route vers un New York qui n'avait plus rien à lui offrir.

– J'ai trouvé cela exquis, confia Valentine à Letty à voix basse en contournant sa femme.

Puis il sourit et Letty se rendit compte qu'il posait sur elle un regard aussi admiratif que celui qu'elle lui rendait.

Tout autour d'eux, hommes et femmes du monde se levaient, lissaient leur robe de soie, arrangeaient leurs manches de costume. Tous avaient les yeux rivés sur la porte, comme tétanisés à l'idée que la suite des événements puisse commencer sans eux. Elle savait que c'était un peu sot, mais Letty était étonnée que tous ces gens parviennent à quitter l'univers du film aussi facilement. Ça la dérangeait presque. Cependant, elle trouvait une consolation dans le fait que Valentine ait partagé son intérêt.

– Nous y allons, ma chère ? disait-il à Sophia.

– Oui, chéri, répondit-elle. Sauve-moi, je suis tellement assommante que je vais finir par faire mourir d'ennui ces deux-là.

– Non ! Impossible ! s'exclamèrent les deux hommes, presque à l'unisson, comme s'ils étaient jumeaux.

Il s'ensuivit toute une série d'embrassades virtuelles et d'échanges de promesses, puis Sophia les supplia de transmettre tout son amour et ses bons baisers à leurs carlins.

– Ce sont des frères ? s'enquit Letty à voix basse, lorsqu'ils commencèrent à s'éloigner par l'escalier monumental qui menait à l'entrée.

– Des frères ! s'esclaffa Sophia avant de se pencher vers elle en conspiratrice. Remarque, j'imagine que ce sont plus des frères qu'autre chose aujourd'hui, mais pendant longtemps, ils furent plus proches d'être monsieur et madame.

Letty écarquilla les yeux, sa bouche fit un rond de confusion. Comment était-ce possible, avait-elle très envie de demander, alors qu'il s'agissait de deux hommes, ainsi que tout le monde pouvait le voir ? Mais Sophia lui adressa un clin d'œil et Letty comprit. S'entendre confier ce genre de ragots déclencha en elle un petit piaffement de satisfaction.

Tandis qu'ils prenaient la direction du hall, elle se souvint de la prédiction de Sophia sur leur amitié imminente. Un lustre imposant surplombait la foule du rez-de-chaussée, dispensant une lumière qui mouchetait les visages, dont beaucoup étaient tournés vers le haut, dans l'attente de voir apparaître les stars du film. Letty se sentait si importante qu'elle fut à peine surprise lorsque la première personne à approcher leur petit groupe tendit la main vers elle.

– Vous devez être Letty Larkspur ! Je mourais d'envie de vous rencontrer !

Letty adressa un sourire béat à l'homme, blond, grand, dont le visage à la beauté fade ne lui était pas totalement inconnu. Elle répondit cependant d'un vague hochement de tête, sans dire quoi que ce soit. Le mutisme créait le mystère – tel était le conseil que lui avait prodigué Sophia, lorsqu'elles se préparaient.

– Je suis Laurence Peters, poursuivit-il. Je joue le rôle de l'adversaire du champion de tennis, vous vous souvenez, au milieu du film ? Celui qui jette sa raquette, énervé ?

– Bien sûr. Je ne vous reconnaissais pas, sans votre visière.

– Vous êtes magnifique ! s'extasia-t-il.

Sophia s'éclaircit la gorge, les yeux de Laurence passèrent de Letty à ses mentors, impressionnants dans leur posture très droite, qui le dévisageaient avec un regard sceptique.

– Eh bien, euh..., bafouilla Laurence, comme gêné d'avoir soudain pris conscience de son rang, inférieur, au panthéon du cinéma. Vous irez à la soirée organisée par Jack Montrose, j'espère ?

Cette fois, Letty ne réagit pas tout de suite, car elle ignorait totalement qui était Jack Montrose, ou pour quelle raison elle devrait se rendre à cette sauterie. Cependant, Sophia se chargea de répondre à sa place.

– Bien entendu, nous irons chez Jack, affirma-t-elle d'un ton hautain.

Sur ce, elle posa son bras autour des épaules de Letty et l'entraîna en direction de la porte.

– De quel genre de soirée s'agit-il ? s'enquit Letty comme ils sortaient sur le trottoir, sous les crépitements des flashs, à nouveau.

– Celles que fréquentent les gens comme nous, répliqua Sophia en riant avec un grand mouvement de cheveux.

– Pour mieux nous y ennuyer fermement, rebondit Valentine, moins enthousiaste.

– Chéri, ne dis pas des choses comme ça ! le réprimanda Sophia en souriant de plus belle et en resserrant sa poigne sur Letty. On risquerait de t'entendre et de croire que tu le penses.

Valentine s'excusa d'un demi-sourire auprès de Letty.

– Je veux relire mon texte pour *Le Bon Lieutenant* et en plus, demain, nous avons répétition en costume, je tiens à être bien reposé.

– Tu vois, chérie, il est encore plus futile que moi ! lança Sophia en faisant signe à leur chauffeur, sans voir l'expression irritée que sa remarque avait fait apparaître sur le visage de Valentine.

– Ne nous abandonne pas ! s'exclama Letty sans réfléchir.

– Vous vous amuserez beaucoup mieux sans moi, mesdames.

Valentine, qui avait retrouvé son sourire, salua galamment Letty d'une petite courbette.

– Chéri, ne sois pas ridicule, tu vas cruellement nous manquer.

Sophia se retourna pour embrasser son mari ; la limousine couleur crème approchait. Sophia ôta son gant et, du pouce, effaça la trace que son rouge à lèvres avait laissée sur la bouche de Valentine.

– La teinte est un rien trop foncée pour toi, remarqua-t-elle en riant. Voilà, c'est mieux. Mais dis-moi, amour, peux-tu rentrer en taxi ? Tout à coup, je suis terriblement pressée d'aller à la fête...

Letty n'aurait su dire si cette suggestion peinait Valentine, si elle se sentait triste pour lui, ou si elle était tout bonnement déçue. Elle avait envie de discuter du film avec quelqu'un et il était la seule personne, d'après ce qu'elle pouvait en juger, à l'avoir regardé.

– Bien sûr, chérie, répondit-il.

Il embrassa Sophia, puis Letty, sur la joue, avant de s'éloigner sur Park Avenue, comme n'importe qui. Pendant un instant, Letty le suivit des yeux dans la foule agglutinée sur les trottoirs, puis elle entendit Sophia l'appeler. Elle s'engouffra donc dans la limousine dans le sillage de la traîne turquoise de sa robe et aussi simplement que ça, elles partirent en quête de nouvelles distractions.

Astrid ignorait depuis combien de temps elle dormait lorsque Charlie rentra et la réveilla. La chambre ronde qui avait autrefois appartenu à Darius Grey, désormais la leur, était jonchée de vêtements qu'ils n'avaient pas encore rangés après leur voyage de noces. Les premières lueurs de l'aube, dans cette tour de guet, filtraient déjà en biais par les hautes fenêtres. Astrid se détourna de la porte pour qu'il ne remarque pas ses yeux grands ouverts, et fixa la fenêtre en souhaitant très fort sombrer dans ce sommeil qui était d'ordinaire le sien – celui, massif, bienheureux, d'une fille égoïste juste ce qu'il faut et n'ayant aucune obligation de réveil. Les premiers rayons du soleil commençaient déjà à poindre dans le ciel et de l'autre côté de la pièce, Charlie ne faisait aucun effort pour étouffer ses allées et venues.

Astrid se remémora la soirée en une série de scènes atroces. Charlie l'avait traînée dans tout Manhattan, vantant les charmes de sa femme, sa famille, ses prouesses de bootlegger, clamant à qui voulait l'entendre qu'il serait bientôt plus gros que Coyle Mink. Lorsqu'elle avait enfin réussi à le convaincre de la ramener à Dogwood, ils avaient été accueillis à la porte par Jones. Astrid était montée se coucher sans attendre Charlie, qui avait ensuite beaucoup crié, au premier étage. La dispute avait dû se prolonger jusqu'à maintenant.

Écoutant Charlie se débattre avec sa veste, ses chaussures, Astrid comprit qu'il était encore plus soûl que tout à l'heure. Il parvint finalement à se déshabiller puis il s'affala de tout son poids sur le matelas à côté d'elle. Aussitôt, il se mit à ronfler. Les ronflements ne l'avaient pas dérangée outre mesure lors de leur lune de miel – elle avait refusé de dormir de tout le séjour et quoi qu'il en soit, cette particularité, si masculine, l'avait ravie plutôt que tourmentée. Mais elle savait désormais quelle torture c'était.

Elle se retourna pour ne pas être forcée de le voir, puis se retourna une fois encore. L'aube se dessinait sur ses hautes pommettes, sur la courbe de ses paupières closes. Pendant des heures, crut-elle, elle fixa ce visage en se demandant ce qui se passait derrière, jusqu'à ce qu'elle ait l'idée de se dégager de leur drap blanc pour rejoindre le canapé, où elle s'allongea, et ferma les yeux.

5

– Qu'est-ce que je te disais ? Parfois on s'amuse davantage entre filles.

Pour étayer son propos, Sophia héla un serveur dont elle délesta le plateau de cuivre de deux flûtes. Cela dit, Letty était déjà largement convaincue. Elle avait bien compris quelle déconvenue elle aurait pu ressentir si elle était rentrée à la maison pour parler cinéma, au lieu d'assister à une fête telle que celle-ci, plus fastueuse encore que tout ce qu'elle avait pu voir dans les films.

– Val est un romantique, tu sais. C'est un amoureux du cinéma, il s'inquiète de son texte à s'en rendre malade, par exemple. Mais il est tout aussi essentiel de sortir de chez soi de temps en temps, quand les puissants s'amusent lors de fêtes comme celles-ci, où tout le monde se presse pour t'admirer dans tes plus beaux atours !

– Oh, oui, ça, je vois.

Balayant du regard l'immense étendue du salon de Jack Montrose, Letty mesurait le magnétisme incroyable qui se dégageait de ces hommes en smoking et de ces femmes habillées à la dernière mode. On ne pouvait cependant nier l'influence du décor, qui devait donner à n'importe qui le sentiment d'être important. Les dimensions de cette pièce étaient presque improbables, comme infinies dans deux directions. Derrière Sophia et elle se trouvait une paroi de miroirs dorés et en face, une série de portes vitrées, qui ouvraient sur une terrasse surplombant la douce topographie des cimes d'arbres de Central Park. Les places assises étaient disposées par grappes un peu partout, canapés blancs et bas ou chaises longues que séparaient des rosiers en pots. À leurs pieds s'étirait un tapis en peau d'ours.

– On ne sait jamais sur qui l'on peut tomber dans des moments comme ceux-là – si tu dois oublier tout ce que je te dis, chérie, garde bien ça dans ta petite tête. Fais-toi inviter à autant de soirées que possible et une fois sur place, entraîne-toi à repérer l'homme le plus important de la pièce. À mes débuts, j'avais pris l'habitude de me chronométrer – je suis devenue si forte que j'étais capable de localiser les pontes avant même que le groom ait récupéré mon manteau.

Sophia planta sa cigarette dans son fume-cigarette, marquant une pause assez longue pour laisser à un homme le temps de se matérialiser devant elle, briquet à la main.

– Merci, dit-elle d'un ton dédaigneux.

Puis, lorsqu'il eut disparu, elle reprit :

– Alors... À ton tour d'essayer.

Letty se redressa sur son siège, lissa sa robe sur ses genoux. Ses yeux bleus scrutèrent à droite, à gauche, mémorisant le visage des invités. Sur leurs traits se lisaient la fierté, l'intelligence, la gaieté. Pendant un instant, Letty fut incapable d'en distinguer un plus qu'un autre. Tous semblaient du genre à s'être rendus deux fois en Europe, à avoir leur propre chauffeur et un compte au prestigieux grand magasin *Bendel*. L'échotier Claude Carrion, qu'elle connaissait pour l'avoir croisé au *Caveau*, traversait la pièce en se pavanant et Letty, qui avait entendu Sophia mentionner son nom à plusieurs reprises au moment où elles se préparaient, se demanda si ce n'était pas là une sorte de test et s'il ne serait pas, par hasard, le plus influent ici.

Soudain, elle aperçut un visage qui la fit sourire malgré elle, et oublier du même coup ce qu'elle était en train de chercher.

– Oh, excuse-moi, tu veux ? J'ai vu quelqu'un que je dois saluer.

– Je crois que tu n'as pas trouvé le gros poisson, ma puce, commenta Sophia avec un sourire bienveillant, en donnant une petite tape sur l'épaule de Letty. Mais s'il le faut. Un homme qui n'est rien aujourd'hui peut être important demain et on ne sait pas toujours identifier le cousin germain d'un roi.

– Merci, répondit Letty, reconnaissante, bien qu'elle n'eût nul besoin d'une permission particulière pour approcher de l'homme qui se tenait à la balustrade de marbre, dehors, sur la terrasse.

Il fit un pas dans sa direction dès qu'il la remarqua, la main tendue pour la saluer.

Sa dernière rencontre avec Grady Lodge ne revint à Letty que lorsqu'elle se trouva à côté de lui. Ce souvenir lui fit monter le rose aux joues. C'était le soir où il avait prévu de la présenter à ses parents, mais de manière assez impardonnable, elle avait oublié le rendez-vous, et quand elle y était finalement arrivée, il n'avait plus souhaité la voir. C'était aussi le soir où elle avait découvert que ce garçon qui avait choisi de vivre de sa prose était néanmoins l'héritier d'une famille millionnaire. Letty ne l'avait croisé qu'une fois depuis et ils ne s'étaient pas adressé la parole.

Il était accompagné d'une certaine Peachy Whitburn, issue du même monde qu'Astrid Donal, de celles qui règnent sur une pièce comme si celle-ci leur appartenait.

– Comment allez-vous ? dit Letty en imitant son geste de la main.

– Et vous, comment allez-vous ? répéta-t-il en riant. Je suis ravie de constater que vous rougissez encore, ajouta-t-il, d'un ton qui lui fit comprendre qu'il n'était plus fâché. C'est signe que vous restez humaine, quelles que soient vos fréquentations.

– Oh, fit Letty, regrettant de ne pouvoir s'empêcher de rougir, justement, une paume sur sa joue.

– Je suis désolé. Cela vous a-t-il paru sévère ? C'était prétentieux de ma part. Je voulais simplement dire que je lis chaque jour des articles concernant votre ascension.

– *Chaque jour* ? Vous exagérez.

Détournant le regard un instant, Letty croisa celui de Sophia, qui l'observait du canapé.

– Je n'ai en tout cas rien fait qui mérite ce type d'attention, précisa-t-elle.

– La couverture actuelle est peut-être en avance sur vos activités futures. J'aimerais penser que je suis le seul à savoir que vous êtes spéciale, mais ça semble peu probable.

À ces mots, Grady sourit, avec tristesse, presque, et enfonça davantage ses mains dans ses poches.

La flatterie provoqua sur la peau nue du bras de Letty un frisson agréable qui dura jusqu'à ce qu'elle remarque la mélancolie qui perdurait dans les yeux gris de Grady.

– Vous fréquentez toujours Peachy Whitburn ? demanda-t-elle maladroitement. Je vous ai vus ensemble l'autre soir au *Caveau*, vous aviez l'air très heureux tous les deux.

– Oh, oui, Peachy, répondit-il sans que cette évocation lui redonne le sourire. J'imagine que je devrais l'épouser. C'est ce que tout le monde me conseille.

Letty était presque contente de le savoir aussi peu enclin à épouser Peachy Whitburn, mais tout à coup, la recommandation la plus récente de Sophia lui revint : elle était censée se concentrer sur l'homme le plus important de la pièce. Elle se sentit confuse de s'intéresser au seul invité présent dont elle savait pertinemment qu'il ne lui offrirait jamais de rôle. Elle se retourna vers Sophia d'un air coupable, pour tenter de deviner ce qu'elle pensait d'elle maintenant, mais toute sa culpabilité s'évanouit d'un coup lorsqu'elle constata que Sophia ne se trouvait plus sur le canapé près du tapis en peau d'ours blanc.

Elle eut envie de se faire toute petite, imaginant déjà Sophia fâchée contre elle au point de quitter la fête. Quelle solitude serait la sienne si c'était le cas – dans un endroit tel que celui-ci. L'idée la plus terrifiante de ces dernières semaines. S'éloignant légèrement de Grady pour approcher un peu du centre de la musique et des bavardages, elle tendit le cou en quête de son amie et modèle, mais ne réussit à voir que des invitées en tenue colorée, dont aucune n'était turquoise.

Lorsque enfin elle repéra la robe en cascade de Sophia, Letty s'était tellement écartée de la balustrade qu'elle était presque sur le seuil de la grande salle de bal. Pourtant, d'un coup, Letty n'était plus persuadée qu'il s'agissait bien là de Sophia. Un bras en velours rouge entourait la taille de la femme et la main au bout de cette manche rouge était plaquée avec familiarité sur le haut de sa cuisse.

– Grady, vous voulez bien m'excuser un moment ? murmura Letty en entrant dans la pièce.

Il répondit, mais elle n'entendit pas la totalité des mots, car à cet instant la femme se retourna et Letty eut la confirmation qu'il s'agissait bien de Sophia. Son visage rayonnant était tourné vers l'homme en smoking de velours rouge, elle lui souriait béatement. Lui n'était pas beau à proprement parler, il avait des traits burinés, épais, et un corps massif, comme s'il faisait beaucoup de sport et se nourrissait surtout de viande. C'était un homme influent, pas de doute, et assez vieux pour avoir les cheveux grisonnants. Assez vieux pour être le père de Letty, ou de Sophia, même.

Letty avança dans leur direction et se rendit compte que l'homme en veste rouge était leur hôte, Jack Montrose. Elle en conclut que Sophia était allée le trouver parce qu'elle ne se sentait pas bien. C'était la raison pour laquelle il la serrait de si près, sûrement ; elle ne devait plus tenir debout, il était sur le point de l'emmener dans un endroit où elle pourrait se reposer. Ils franchirent une porte à l'autre bout de la salle de bal. Letty les suivait de près quand soudain un smoking noir lui bloqua le passage.

– Letty Larkspur !

Elle leva les yeux et découvrit le joli visage radieux de Laurence Peters.

– Je n'ai pas le temps de discuter, répondit-elle très vite.

– Discuter ? Qui a parlé de discuter ?

Il s'esclaffa avec bonne humeur et s'empara d'une de ses mains comme s'il souhaitait lui faire traverser la salle en valsant.

– Il y a là-bas quelques danseurs de deuxième catégorie, je pensais que nous pourrions peut-être leur montrer comment on s'y prend.

– Non, je...

Letty jeta un coup d'œil par-dessus son épaule et aperçut Grady, dans l'encadrement de la porte-fenêtre menant à la terrasse, qui l'observait. Elle devinait l'image qu'elle devait donner en cet instant précis, avec sa robe toute fine de couleur vive, et Laurence apparemment sur le point de l'entraîner sur la piste. Mais elle ne pouvait se laisser aller à ce genre de considérations. La femme qui l'avait prise sous son aile, qui avait promis de lui enseigner tout ce qu'elle savait était malade, Letty devait lui venir en aide.

– Miss Larkspur, je suis conscient de ne pas être aussi célèbre que Valentine ou Sophia.

Le front de Laurence s'était soudain creusé de colère, sa bouche formait une moue.

– Mais je ne vois pas en quoi cela vous autorise à me traiter aussi mal.

– Je suis désolée, c'est involontaire, répliqua Letty, qui tenta de s'éloigner, car elle avait déjà perdu de vue Sophia et Jack Montrose. Mais vous allez devoir m'excuser.

– Eh bien, j'espère que vous vous ferez pardonner ! lança Laurence dans son dos.

Elle passa l'angle où elle avait aperçu pour la dernière fois Sophia, au bras de leur hôte. Un couloir aux lumières tamisées apparut, que Letty emprunta à la hâte. De là, elle n'entendait presque plus la fête. Elle arriva près de deux portes qui se faisaient face. Sophia devait forcément se trouver derrière l'une ou l'autre. Letty approcha de la première et frappa timidement. N'obtenant aucune réponse, elle se tournait vers la seconde lorsqu'un gémissement sourd lui parvint, de l'intérieur, semblant confirmer les souffrances de Sophia.

– Sophia ! s'étrangla Letty en cognant à la porte.

Personne ne répondit, mais il y eut un bruit, comme si quelqu'un était poussé contre le battant, puis un nouveau gémissement. Letty sentit son cœur frissonner. Elle frappa un peu plus fort.

– Sophia !

Les bruits cessèrent, la porte s'entrouvrit.

– Quoi ?

Jack Montrose avait le teint plus rubicond qu'au début de la soirée, la cravate défaite, et Letty comprit aussitôt qu'il était en colère. Elle déglutit et se força à soutenir son regard.

– Où est Sophia ? demanda-t-elle affolée. Est-ce qu'elle va bien ?

Il la dévisagea, presque interrogateur, puis un sourire se dessina doucement son visage, sans gagner ses yeux. Ce sourire était bien pire que la grimace qu'il remplaçait et pendant un instant, Letty se sentit aussi mal, aussi minuscule et triste que le soir où elle avait failli, à son corps défendant, se produire lors d'un enterrement de vie de garçon, devant une salle remplie d'hommes qui après l'avoir sifflée avec concupiscence avaient exigé qu'elle se déshabille.

– Elle est indisposée, c'est tout.

Il avait répondu avec lenteur en étirant lascivement chacun des mots, pour bien signifier qu'ils savaient tous les deux que c'était un mensonge.

– Je m'occupe d'elle. Elle ira mieux dans une minute.

La porte se referma violemment avant que Letty n'ait eu le temps d'ajouter quoi que ce soit. Elle tituba en arrière, sonnée d'avoir découvert de manière irréfutable que cette femme, qui avait l'amour de Valentine O'Dell, éprouvait le besoin de lui être infidèle. Si d'autres sons provenaient de cette pièce, elle ne voulait pas les entendre. Elle aurait tant aimé que Sophia surgisse tout à coup pour expliquer que ce n'était pas du tout ce que Letty croyait, mais il n'en fut rien. Et, au bout d'un moment, Letty, tête basse, regagna à pas lents la soirée. Elle ne pensait qu'à Valentine, lui qui avait quitté l'avant-première, de manière si simple et anonyme, à pied ; elle ne voyait pas comment elle réussirait à lui cacher ce que lui avait fait Sophia.

6

Ce fut la chaleur qui réveilla Cordelia. Elle s'extirpa de ses draps entortillés et vit que la bonne était déjà passée. Un plateau en bois verni avait été dressé à proximité de son lit, sur lequel l'attendaient une cafetière pleine et une carafe de jus d'orange. Constatant que le journal n'avait pas été livré avec le reste du petit déjeuner, Cordelia pesta contre Milly, qui semblait incapable de se concentrer sur quoi que ce soit assez longtemps pour bien faire les choses et qui aurait dû savoir, à présent, comment Cordelia aimait commencer sa matinée.

Mais tout à coup, elle se souvint de la difficulté qu'avait eue Milly à se remettre de la mort de Danny, tombé sous les balles la nuit où Astrid avait été kidnappée, et elle pensa aussi à toutes les tâches qui lui incombaient, depuis que celle-ci était la nouvelle maîtresse de maison, et décréta qu'il était inutile de se fâcher. Le *Caveau* avait fait salle comble la veille et Max Darby l'aimait – du moins, elle était à peu près certaine qu'il l'avait pensé. D'ailleurs, cette habitude de lire des quotidiens dans l'espoir de découvrir le monde à travers leurs grandes pages noircies paraissait comme un vestige de sa vie d'autrefois. Surtout dans ce lieu. Elle se leva et traversa les tapis blancs et moelleux, longea les meubles immaculés de la suite Arum – qui même à cette heure était déjà fleurie, comme chaque jour, de bouquets éponymes – pour aller contempler par la fenêtre le paysage ondoyant de velours vert tendre, la pelouse qui s'étirait à l'ouest de Dogwood. Ce qu'elle avait devant elle, c'était la façon dont son père envisageait la vie, et désormais, c'était également la sienne.

Avec un soupir de satisfaction, Cordelia décida d'aller trouver Charlie pour l'informer des bons résultats de la veille au *Caveau*. C'était agréable d'avoir un frère ; ils n'avaient jamais besoin de l'exprimer à voix haute, car ils pouvaient d'un seul regard échangé se le confirmer mutuellement : leur père aurait été fier d'eux. Elle enfila un pantalon ample et une chemise ivoire au col flou, remonta ses cheveux pour dégager sa nuque et l'aérer autant que possible. Puis elle se servit une tasse de café et descendit d'un étage.

En arrivant sur le palier du premier, elle croisa Keller, un des hommes de Charlie, qui sortait de la salle de billard, et le salua d'un grand sourire.

– Bonjour ! Ça va, ce matin ?

Il détourna la tête.

– C'est l'après-midi, maintenant.

Avant qu'elle puisse répondre, il reprit sa descente de l'escalier.

– Quelque chose qui cloche avec Keller ? interrogea-t-elle en arrivant dans le bureau de Charlie avant de s'avachir dans le fauteuil placé face à lui.

Son frère regardait par la fenêtre et ne se retourna pas immédiatement pour l'accueillir. Dehors, le ciel devenait brumeux, Cordelia se demanda si la pluie s'annonçait.

– Qui ?

– Keller ! Le nouveau. Celui qui n'a pas trois poils de barbe.

Quelques secondes s'écoulèrent sans réaction de Charlie ; Cordelia sentit sa belle humeur s'assombrir un peu. Elle avait envie que son frère se réjouisse autant qu'elle de leur bonne fortune, mais il ne consentait même pas à poser les yeux sur elle.

– Il n'a pas de problème particulier. Simplement, il n'a pas beaucoup dormi la nuit passée et j'imagine qu'il le paie aujourd'hui.

Charlie ôta ses pieds du rebord de fenêtre et fit lentement pivoter son fauteuil, qui émit un grincement.

– Charlie ! s'exclama Cordelia lorsqu'elle découvrit son visage. Tu as une mine effroyable. Tu pourrais penser à te reposer un peu toi aussi.

Avec un petit sourire, il s'alluma une cigarette, puis plaça les pieds sur son bureau.

– Papa ne dormait jamais, affirma-t-il après un moment.

– Vraiment ?

– Il n'aimait pas ça, c'est du moins ce qu'il disait. Il racontait que la nuit, il tournait et se retournait dans son lit, à s'inquiéter d'avoir oublié quelque chose.

– Il ne t'aurait pas forcément souhaité le même destin.

Les yeux de Charlie se perdirent dans le vague, très flous. C'étaient des yeux fatigués, voilés, cernés de poches tombantes.

– En tout cas, il aurait sûrement voulu que tu dormes sur tes deux oreilles, toi. Il te trouvait aussi jolie que ta mère, et aussi précieuse. Il répétait que tu méritais d'être gâtée comme il aurait gâté ta mère si elle avait vécu.

Il tint sa cigarette entre son index et son pouce, pensif.

– J'ai un souvenir d'elle, je t'en ai déjà parlé ?

Cordelia retint son souffle.

– Non, jamais.

– Enfin, ce n'est pas tellement un souvenir. Plutôt une image, dans mon esprit, d'une baraque, quelque part, dans une des planques de papa, j'imagine. Ils écoutaient la radio, ils dansaient. Duluth Hale était présent, c'était du temps où ils étaient encore amis. Je me souviens de sa grosse figure avec sa gueule béante, il dansait autour de Mrs Hale, tout le monde riait beaucoup.

– Ça avait l'air sympa, commenta Cordelia en souriant.

Elle ignorait que Duluth Hale et son père avaient été amis à ce point, leur relation lui parut moins terrible, racontée ainsi.

– Ils devaient être soûls. Et papa m'a sûrement collé une baffe juste après en me disant que j'aurais mieux fait d'être né d'une jolie fille comme Fanny au lieu de la bonne à rien dont on m'avait sorti.

Charlie évitait toujours soigneusement de croiser le regard de Cordelia, ce qui lui convenait assez, car elle sentait que son visage s'était décomposé. Elle n'aimait pas imaginer de différences de traitement entre Charlie et elle, ni que son père ait pu dire des choses aussi méchantes. Mais elle fut dispensée de toute réaction par l'arrivée d'Elias Jones, qui se dirigea droit sur le bureau.

– Cordelia, j'ai besoin de parler à Charlie.

Elle comprit qu'il voulait s'entretenir avec lui seul à seul.

– Bien sûr.

Elle se leva maladroitement, à la fois ravie de s'éclipser et peinée de n'avoir su trouver les mots pour son frère.

– J'ai également quelque chose à te dire. Plus tard, ajouta Jones.

Elle hocha la tête et, après avoir une nouvelle fois essayé de croiser les yeux de Charlie, en vain, elle quitta la pièce.

L'acajou sombre de l'escalier était souligné d'un éclat bleu grâce à la lucarne en surplomb. Cordelia s'immobilisa, elle se demandait ce qui expliquait son sentiment de malaise. Elle avait déjà vu Charlie d'humeur exécrable et Jones avait toujours un point ou un autre à évoquer avec lui en tête à tête. Pendant un instant, elle resta là, figée, hésitant à rejoindre sa chambre ou à descendre au rez-de-chaussée. Soudain la porte de la salle de billard s'ouvrit sur l'un des hommes de Charlie. Apercevant Cordelia, il marqua un temps d'arrêt puis ses paupières s'abaissèrent et sa bouche se tordit d'une drôle de manière.

– Quoi ? voulut-elle savoir, indignée.

Il répondit d'un simple haussement d'épaules et dévala l'escalier deux marches à la fois. La porte de la salle de billard était entrouverte, elle s'attarda sur le seuil, comme si elle pouvait y surprendre quelqu'un en train de faire quelque chose susceptible d'expliquer l'atmosphère lugubre qui planait sur Dogwood. Cependant, il ne restait là qu'une seule personne – Victor, le garde du corps d'Astrid, assis sur le canapé élimé près de la fenêtre, les jambes croisées, un journal étalé devant lui.

Il se leva en l'apercevant et rangea prestement le journal.

– Miss Cordelia.

– Où est Astrid ?

– Je ne sais pas. Je ne l'ai pas vue de la matinée, est-ce qu'elle va bien ?

Il avait répondu trop vite, et conclu en faisant craquer ses jointures, signe d'un certain embarras.

– J'imagine qu'il n'y a rien d'étrange à la savoir encore au lit à midi passé, observa Cordelia avec lenteur. C'est ainsi qu'elle a été élevée.

– C'est vrai. Bien sûr, rebondit Victor, qui s'éclaircit la gorge.

– Victor, qu'est-ce qui ne va pas ?

– Ils ne vous ont rien dit ?

– Dit quoi ?

Mais avant qu'il puisse répondre, elle entendit son propre nom à la radio. Elle oublia aussitôt Victor et fonça au pas de charge en direction du transistor bourdonnant.

– … depuis que Miss Grey est entrée dans sa vie, le jeune pilote semble avoir perdu sa bonne fortune. Lui qui jusque-là paraissait incapable de sortir du droit chemin est depuis peu en pleine errance, comme s'il n'avait plus le goût de l'aviation. Bien qu'il ait la réputation de ne pas toucher à l'alcool, il a été repéré dans plusieurs débits de boisson notoires. Bien sûr, nombreux sont ceux qui étaient persuadés qu'il reviendrait au meilleur de sa forme une fois que la fille du bootlegger aurait disparu de sa vie, mais ainsi que nous l'avons appris ce matin par la chronique « Oiseaux de Nuit », il apparaît qu'ils se voyaient régulièrement, qu'en réalité Cordelia rendait visite à Max Darby chez sa mère, à Harlem, et qu'elle n'ignorait pas le secret de sa nature d'homme noir…

Les yeux de Cordelia se posèrent sur Victor. Elle sentait son visage comme paralysé, elle ne trouvait absolument rien à dire.

– C'est aussi dans la presse, j'imagine ?

– Je ne sais pas…

– Peu importe.

Elle traversa la pièce, lui arracha le journal des mains et dénicha les échos mondains. Là, sur près d'un quart de page, s'étalait une photo d'elle et Max sortant de l'appartement de Mrs Darby, puis une autre, plus petite, de Max embrassant sa mère dans la rue, le lendemain matin. Avec le noir et blanc de l'impression, la différence entre la couleur de leur peau était exagérée, mais l'on distinguait parfaitement entre eux un air de famille.

Après ça, elle ne fut plus capable d'entendre le moindre son, ni la radio, ni le ventilateur au plafond, ni ce que Victor pouvait tenter de lui dire.

– Si Jones me cherche, préviens-le que je suis partie pour une longue promenade.

Elle n'attendit pas la réaction de Victor. Avant même d'avoir terminé d'articuler le dernier mot, elle était déjà dehors. Elle fonça vers la bibliothèque au rez-de-chaussée et demanda à être mise en relation téléphonique avec le bureau des Hudson Laurel.

– Ligne de Mrs Hudson Laurel.

La voix était étrangement pincée et bien que Cordelia n'eût jamais rencontré les mécènes de Max, elle sentit aussitôt qu'elle avait affaire à une secrétaire et non à la maîtresse de maison en personne.

– Max est-il là ?

– Je suis désolée, répondit la voix avant de laisser un blanc. Je ne sais pas de qui vous voulez parler.

Cordelia ferma les yeux avec abattement, serra les dents. L'horrible froideur de cette affirmation lui donnait envie d'exploser, mais elle savait que cela la desservirait. Tout ce qui comptait pour le moment, c'était de trouver Max.

– Si, répliqua-t-elle d'un ton neutre. Vous le savez très bien.

Elle perçut un soupir brusque à l'autre bout de la ligne.

– Eh bien, il n'est pas là. Mrs Laurel ne peut plus le garder chez elle. C'était comme un membre de la famille, vous savez, mais ça ne suffit plus. Mrs Laurel était une suffragette ! Elle n'a toujours pas accepté qu'*ils* aient eu le droit de vote avant nous, les femmes.

Cordelia plaça sa main sur son front puis fit glisser ses doigts le long de son visage jusqu'à ses tempes, pour les masser.

– Je vous en supplie, murmura-t-elle. Dites-moi seulement où il est.

Après une longue pause, son interlocutrice poursuivit, sur un autre ton :

– Il n'y a qu'un endroit qu'il aime par-dessus tout. Mr et Mrs Laurel ont eu une violente dispute ce matin et j'imagine que monsieur n'a pas encore eu le cœur d'annoncer à ce garçon qu'il ne pourra plus le financer.

– Merci.

Cordelia posa le combiné et s'autorisa un moment les paupières closes. Après ça, l'instinct prit le relais. Elle sauta dans sa voiture et franchit le portail à toute vitesse, ignorant les cris du garde qui voulait savoir où elle se rendait et si Charlie avait donné son accord. Elle n'eut aucun mal à passer outre, car elle n'entendait rien hormis les imprécations qu'elle se lançait mentalement à elle-même.

Lorsque Letty ouvrit l'œil, elle constata que la lumière par la fenêtre était encore ténue. Le grand mur blanc à côté d'elle se teintait d'un vert pâle qui évoquait les six heures du matin, autrement dit, elle était en retard et son père ne tarderait pas à venir la tirer du lit. Elle s'enfonça sous ses couvertures, ferma les yeux, et regretta de ne pouvoir rester là davantage au lieu d'aller à la laiterie. Elle remonta le drap sur son menton, laissa sa surface douce caresser sa peau. C'est son contact qui la fit sursauter : il s'agissait d'un drap de soie. Elle rouvrit les yeux, cligna des paupières et se souvint qu'elle n'était plus à Union, mais à Manhattan, terre de stars de cinéma, dont une avait disparu, sous ses yeux, dans une pièce en compagnie d'un homme qui n'était pas son mari.

À Union, et même à Dogwood, elle s'habillait toujours soigneusement avant de quitter sa chambre et de commencer sa journée, mais elle était trop affamée pour ça. Elle posa donc le pied sur l'épaisse moquette et se rendit à sa coiffeuse dans cette longue nuisette couleur pêche que lui avait donnée Sophia, parmi d'autres articles dont elle ne voulait plus. Letty enfila le kimono ivoire qui était suspendu dans son placard et sortit dans l'appartement sans plus de manières. Le couloir, ponctué de riches tapis et éclairé par des appliques, était silencieux. Letty le suivit jusqu'au salon en contrebas, décoré de meubles simples et pourtant coûteux d'apparence, ainsi que de pots dorés où poussait de l'herbe des pampas sur lesquels veillaient les deux portraits géants de Sophia et Valentine. Cette pièce lui avait toujours paru un peu étrange – d'une certaine manière trop sophistiquée pour être un lieu de vie – et elle fut d'autant plus ravie d'être accueillie, dans la cuisine, par une bonne odeur de bacon grillé.

– Ah, Miss Larkspur, la jeune étoile montante ! déclara Valentine en détachant ses syllabes à la perfection.

Il était assis au guéridon près de la grande double fenêtre, les journaux du matin étalés devant lui. Letty ne put s'empêcher de sourire à cette phrase – les compliments lui faisaient perdre tous ses moyens ; elle s'illuminait dès qu'on lui en adressait, comme un enfant qui se verrait offrir un bonbon. Elle était contente de se retrouver dans cette pièce, aussi – la cuisine était simple, comparée au reste de la maison. La bonne en uniforme coupait des pommes de terre sur le plan de travail carrelé, un arôme de café provenait de la gazinière.

– As-tu faim ? s'enquit Valentine avec sollicitude.

– Je meurs de faim ! confirma Letty en se glissant sur une chaise et en plaçant ses coudes sur la table.

Valentine sourit.

– Beryl, préparez une omelette pour Miss Larkspur, voulez-vous ?

– Très bien, monsieur O'Dell, répondit la domestique en avançant vers la table, une tasse en porcelaine sur sa soucoupe dans une main, et la cafetière dans l'autre.

– Ma chère, tu es un sacré phénomène ! Ton nom est déjà sur toutes les lèvres...

D'un air jovial, il orienta la page des échos mondains dans le sens de lecture de Letty et se pencha vers elle, de telle sorte que leurs crânes se touchaient presque, en pointant du doigt une photo qui prenait presque un quart de page. On y voyait une fille dont les cheveux foncés et courts caressaient les joues pâles, emmenée sur la piste de danse par un grand garçon souriant en smoking. Le corps de cette fille entre ses bras semblait non pas minuscule, mais d'une exquise délicatesse.

– C'est moi ? s'entendit-elle dire.

– Oui, à en croire le *New York Troubadour*. « Miss Letty Larkspur, qui est très vite devenue inséparable de notre star la plus en vue, Sophia Ray, dansait cette nuit sur le toit du *Ritz* en compagnie du jeune talent de la Montrose Filmic Company, Laurence Peters... »

Valentine poussa le journal en direction de Letty, qui se mit à parcourir la colonne très vite, comme si elle craignait qu'il n'ait tout inventé.

– Alors, on dirait bien toi, non ? la relança Valentine.

– J'imagine, mais c'est juste que..., murmura Letty, en reprenant sa lecture du début. Eh bien, le plus drôle, c'est que je ne me souviens pas d'être allée sur le toit du *Ritz*.

– Non ? s'esclaffa Valentine. Ça ne me surprend qu'à moitié. Tu t'es endormie dans un de leurs salons à un moment donné après avoir avalé un petit déjeuner nocturne et Hector a dû te porter jusqu'à la voiture. Ça a dû être une sacrée fête. Apparemment, Sophia ne se sentait pas bien, elle a dû prendre une chambre au *Ritz* pour la nuit.

– Oh, fit Letty, incapable de le regarder en face.

L'image du rictus de Jack Montrose se faufila dans ses pensées, elle se sentit légèrement nauséeuse.

– Eh oui. Vous avez dû vous amuser comme des folles toutes les deux.

Si elle entendait le moindre détail supplémentaire à propos de cette nuit, Letty craignait de révéler ses soupçons à propos de Montrose et de Sophia. Durant quelques secondes, elle crut même que c'était la chose à faire. Voir Valentine ainsi – tout chiffonné au réveil, si gentil, si beau – ne faisait que confirmer qu'il méritait mieux. Pourtant, elle ne pouvait se résoudre à trahir la femme qui lui avait déjà tant appris sur l'art et la manière d'être une New-Yorkaise, aussi changea-t-elle de sujet, un peu maladroitement :

– Crois-tu qu'ils reçoivent le *Troubadour*, dans l'Ohio ?

Valentine la fixa.

– Pourquoi, tu as un prétendant qui t'attend là-bas ?

– Non, répondit-elle en secouant la tête avec exagération, comme si cela pouvait accélérer la disparition du rouge qui lui était monté aux joues.

– Sophia te trouve formidable, ajouta-t-il en se tournant vers la fenêtre.

Elle observa les tensions dans son cou et oublia momentanément toute mention de son nom dans le journal pour s'abîmer dans la contemplation du profil parfait de Valentine sur l'horizon lumineux.

– Peut-être se voit-elle en toi, telle qu'elle était dans sa jeunesse, poursuivit-il. Cependant...

Il soupira, ses paupières se fermèrent et il reprit la parole, sur un ton qu'elle ne lui avait jamais entendu.

– Cependant, essaie de ne pas *trop* lui ressembler.

– Mais... ce n'est pas pour ça que je suis là ? répliqua Letty sans réfléchir à l'effet ou au sens que pouvait avoir sa phrase.

Valentine, les yeux profonds comme des lacs, la dévisagea. Les rayons du soleil qui dardaient par la fenêtre lui donnaient une aura dorée qu'il aurait été impossible de reproduire au cinéma.

– Le spectacle, c'est un milieu difficile, Sophia est devenue une femme dure ; c'est tout ce que je voulais dire. Ne perds surtout pas ta sensibilité et... Et je détesterais te voir souffrir.

Ses mains se posèrent de tout leur poids sur les siennes et la pièce autour d'eux s'évanouit. Letty retrouva cette sensation éprouvée lors de sa rencontre avec Valentine ; son regard brun la contemplait avec chaleur et assurance, comme si pour la première fois, quelqu'un la comprenait parfaitement. Le lien entre eux flotta dans l'air, splendide et éphémère.

– Voilà, mademoiselle, annonça Beryl en glissant une assiette devant Letty.

L'omelette était parfaite, sur une assiette ovale en porcelaine blanche, saupoudrée de brins de persil et surmontée d'un quartier de pamplemousse qui semblait un sourcil froncé et accusateur.

– Quel heureux tableau !

Letty tourna la tête et découvrit Sophia, sur le pas de la porte menant au salon, le cheveu mou, mais le rouge fraîchement appliqué sur ses lèvres, une veste de smoking par-dessus sa robe du soir turquoise. Letty fut scandalisée d'imaginer Sophia traversant la ville dans cette tenue. Il fallut à la jeune fille plusieurs secondes pour comprendre que Sophia ne se montrait pas le moins du monde sarcastique : elle était véritablement ravie de voir son mari et sa protégée prendre leur petit déjeuner en toute intimité.

Valentine lança un jovial « Bonjour, ma chérie ! » et sa femme s'approcha pour plaquer un baiser sur sa bouche.

– Eh bien, que dit-on de nous ce matin ?

– Des tas de choses – n'est-ce pas là l'essentiel ? répondit Valentine avec légèreté.

Tous deux éclatèrent de rire. Sophia ouvrit le journal et se mit à chercher son nom. Ils continuèrent de bavarder, mais Letty n'entendait plus rien. Elle sentait encore l'endroit sur ses mains qui avait été en contact avec celles de Valentine, elles vibraient encore sous l'effet de la chaleur de sa peau sur la sienne.

– Du café ? proposa Beryl, s'adressant à Sophia, mais les yeux rivés sur Letty.

Soudain, cette dernière prit conscience de son apparence, elle qui n'était vêtue que de sa tenue de nuit. La caresse de la soie sur sa peau compensait à peine l'impression de nudité qui l'avait soudain saisie. La honte et la confusion l'envahirent et pendant un instant, elle regretta presque de ne pas s'être réveillée dans l'Ohio. Quelques secondes plus tôt, elle contemplait amoureusement un homme marié – le mari de sa nouvelle amie – et elle aurait pu jurer que la culpabilité irradiait par tous ses pores. Et puis il y avait aussi cette hideuse vérité, comme un coup au ventre : Sophia avait trompé son mari et Letty en avait été le témoin.

– Je ferais bien d'aller m'habiller, annonça-t-elle bêtement.

– Mais, et ton petit déjeuner ? s'étonna Valentine.

Letty se leva et repoussa sa chaise.

– Je n'ai plus très faim, mentit-elle en reculant en direction de la porte.

– Eh bien dépêche-toi, lui conseilla Sophia avec un clin d'œil amical. J'ai des tas de projets pour la journée.

– D'accord.

Mais Letty quitta la cuisine à la hâte avant tout pour éviter de croiser le regard de Sophia.

Une fois dans sa chambre, elle s'empressa d'enlever son kimono puis sa nuisette. Aussi vite qu'elle le put, elle passa ses sous-vêtements ordinaires en coton, et par-dessus une jupe plissée qui couvrait ses genoux, assortie à un haut ample de style marin. Elle s'assit à sa coiffeuse, reprit son souffle. Maintenant, elle se reconnaissait ; la jeune fille de province était de retour, après s'être brièvement égarée. Les stars de cinéma attendaient peut-être le crépuscule pour s'habiller décemment, mais elle avait pour sa part grandi dans un milieu plus simple.

Sa journée en compagnie de Sophia, la veille, lui avait paru si amusante, si folle et si riche d'enseignements. Mais le prix en était bien lourd. Le secret qu'on lui demandait de garder la dégoûtait. Elle se souvint qu'elle avait commencé à vénérer Valentine O'Dell lors de ses visites hebdomadaires au cinéma – elle l'aimait depuis longtemps, en réalité, de loin, et elle détestait l'imaginer blessé. Bien entendu, cet amour était alors un fantasme idiot de petite fille ; elle l'avait compris après quelques jours en sa compagnie. Cependant, en repensant à sa main sur la sienne, et à l'ampleur de la trahison de Sophia, elle se demanda si ce n'était pas de ce genre d'affection dont il avait finalement besoin.

Lorsque Cordelia, à l'aérodrome, vit la manière dont volait Max, elle se sentit blêmir. Le simple rugissement de l'appareil laissait entendre la virulence de sa colère. Il basculait d'un côté, de l'autre, il volait la tête en bas, réalisait des loopings, quoi qu'il fasse, l'effet était tout aussi furieux. Elle l'avait déjà vu accomplir tous ces tours de voltige, et bien qu'elle ait souvent eu peur pour lui, ils lui avaient toujours paru pleins de gaieté, et artistiques, comme une imitation du danger parfaitement exécutée. Mais cette fois, sa façon de voler semblait un véritable défi à la mort.

Le soulagement l'envahit lorsqu'il posa enfin l'appareil et qu'elle put s'élancer à sa rencontre sur l'herbe brûlée. Leurs yeux se croisèrent, le temps pour Cordelia d'y lire la rage qui l'habitait. Puis il lui tourna le dos et gagna le hangar au pas de charge.

– Max, attends !

Elle dut courir pour le rattraper. Une fois à sa hauteur, elle prit sa main. La sensation était fugace, mais sa colère sembla refluer un peu à son contact.

– Max. Je suis vraiment désolée.

Ils restèrent là un moment, à moins d'un mètre l'un de l'autre, main dans la main. Il gardait les yeux rivés au loin, elle sur l'arrière de son crâne.

– Tu n'as pas à être désolée, dit-il finalement.

Mais ses mots débordaient tant d'amertume qu'elle comprit qu'il aurait voulu, au contraire, que tous ceux qu'il avait rencontrés un jour dans sa vie soient désolés.

– Viens. Viens avec moi. Tu veux bien ?

Ses mains grimpèrent sur son avant-bras pour l'attirer à elle doucement. Il finit par lui faire face et elle vit sur son visage à quel point il avait été affecté par toutes les horreurs qui avaient été dites à son propos. Il la suivit à contrecœur, tout d'abord, mais le temps qu'ils arrivent à la voiture de Cordelia, tous deux avaient hâté le pas. Ils n'évoquèrent ni l'un ni l'autre leur destination, ils n'échangèrent d'ailleurs pas le moindre mot, attendant d'avoir parcouru une bonne partie du chemin et de se retrouver assez proches du détroit de Long Island pour sentir l'air marin.

Au loin, sur l'eau, des oiseaux remuaient au rythme doux et régulier des vagues, nées d'une source invisible, qui venaient éternellement lécher la rive de galets. Cordelia avait pensé que ce spectacle permettrait peut-être à Max de s'apaiser et de se sentir moins désespéré.

– Tu sais, je crois que tout va bien se passer, commença-t-elle avec toute l'assurance qu'elle put réunir. Ça va se tasser. Comme toujours. Ça va se calmer et tout redeviendra comme avant. Peut-être même mieux qu'avant. Tiens, je lisais l'autre jour dans le journal qu'ils ont formé le premier club d'aviation noir à Los Angeles et...

– Je ne vis pas à Los Angeles. Je vis à New York.

– Bien sûr. Mais je voulais juste te dire...

– Et je n'ai pas envie d'appartenir à un club. Je n'ai pas envie d'être une attraction exotique. Ce que je fais... Je suis le meilleur.

– C'est vrai, mais...

– Cordelia.

Elle quitta la route des yeux pour le regarder. Ils se trouvaient désormais sur une portion de route au revêtement inégal, elle devait tenir fermement le volant à deux mains pour ne pas dévier. Max fixait ses mains comme s'il essayait de trouver les mots. Soudain, il envoya un coup de poing dans le tableau de bord.

– Tu vas te faire mal, murmura-t-elle.

– Quelle importance ?

– C'est important pour moi.

– Tu n'imagines pas, dit-il en cachant son visage dans ses mains. Tu n'imagines pas à quel point la situation est dramatique. Ce n'est pas seulement parce que je suis noir. Je suis noir et je sors avec une Blanche. Tu sais ce qu'on fait aux hommes comme moi ? Et pas seulement dans le Sud. Ici même, à Queens County, ils mettent des cagoules sur leur tête et...

Il ne termina pas sa phrase. Cordelia grimaça à ce qu'il s'apprêtait à dire. Elle avait envie de répondre par quelque chose de doux et de gai, mais rien ne lui vint. Elle contempla la route devant eux, les demeures majestueuses sur les falaises, les nuages denses tapis au-dessus d'eux.

– Ramène-moi à la maison, demanda Max.

– À la maison ?

Un long silence s'ensuivit puis il précisa :

– Chez les Laurel, en fait. Voilà ce que je voulais dire.

Ils ne se parlèrent plus, Max se contentant de marmonner les indications sur le trajet, jusqu'à ce qu'ils atteignent la haie qui bordait la propriété de ses mécènes. Cordelia reconnut la vaste maison blanche, qu'elle n'avait pourtant vue que du ciel, lorsqu'ils l'avaient survolée. De cette perspective, du bas de la colline, la bâtisse semblait plus imposante, comme si elle posait sur Cordelia un regard sceptique, par-dessus un long nez fier.

– Max, je t'aime, lâcha-t-elle.

Ce n'étaient pas les mots qu'elle avait prévu de dire, mais lorsqu'elle les entendit franchir ses lèvres, leur sincérité la bouleversa.

Il resta assis sans bouger assez longtemps pour qu'elle soit sûre qu'il avait entendu, cependant il ne croisa pas son regard.

– Merci de m'avoir ramené.

Ce fut tout ce qu'il dit. Puis il sortit de la voiture et grimpa la colline d'un pas régulier.

Elle attendit, pour voir s'il jetterait un coup d'œil par-dessus son épaule, s'il lui ferait signe. Elle se demandait aussi s'il pouvait changer d'avis, si la perspective de rejoindre cette maison où on l'avait tant célébré, et où on le traitait avec une telle cruauté maintenant que son secret était divulgué, se révélerait insupportable pour lui. Mais non. Il continua de se diriger de cet air déterminé vers cette grande maison blanche qui avait fait de lui un héros. Cordelia sentit son cœur lutter, se serrer. Elle avait envie de l'appeler, de lui dire qu'elle attendrait, mais elle savait que cela ne servirait à rien. Il était trop loin d'elle désormais.

7

Dogwood était infesté d'hommes, une espèce pour laquelle Astrid avait pourtant montré un grand intérêt avant son mariage. Du temps où elle était débutante, sa réputation de séductrice ne l'avait guère embarrassée, elle avait collectionné les attentions d'hommes jeunes et moins jeunes, de galants, d'érudits ou de timides, comme le philatéliste les timbres. Mais désormais, elle trouvait les hommes détestables. Leurs voix émanaient des coins les plus éloignés de la maison, ils traversaient les pelouses deux par deux, leur fusil à l'épaule, avec arrogance. Même de loin, elle savait comme la sueur leur collait à la peau, empuantissait l'air autour d'eux, elle n'ignorait pas non plus la cruauté dont ils étaient capables.

En protestation silencieuse contre les hommes et les dégâts qu'ils causaient, Astrid avait passé la majeure partie de son temps à paresser dans un bain de bulles et n'avait quitté les limites de la suite qu'elle partageait avec son mari que lorsqu'elle avait été à court de lecture. Elle avait laissé ses cheveux sécher à l'air libre, dans la chaleur de l'été, sans avoir recours aux habituelles astuces féminines pour en atténuer les frisottis. Elle avait choisi un vêtement que lui avait offert Charlie, une sorte de robe chasuble blanche, non parce que c'était un cadeau de Charlie, mais parce qu'elle n'avait jamais pris la peine de la faire retoucher – Charlie lui achetait toujours des robes deux fois trop grandes pour elle et celle-ci était si ample qu'elle dissimulait totalement sa frêle silhouette. Malgré tous ses efforts, put-elle constater dans le miroir sur le palier du premier étage, elle était loin d'être repoussante, simplement d'une décontraction étudiée pour être adaptée à la saison chaude et au style lâche que portaient les filles cette année.

Eh bien tant pis – elle récupéra les derniers magazines dans la bibliothèque et alla s'enfermer, en compagnie de Bon Zèbre, dans la véranda, où plus personne ne se rendait jamais depuis qu'elle avait été le théâtre du meurtre de Darius. Elle mit un disque de Rudy Vallée sur le phonographe, ce qui aurait sûrement suscité quelques moqueries parmi tous les gros bras joueurs de billard du premier étage : c'était selon eux de la musique pour fillettes. Après quoi, elle appela Len, le cuisinier, et lui demanda une salade au poulet, des frites et une limonade, histoire de bien se caler, au cas où Charlie aurait des velléités de dîner avec elle. Elle ne supportait pas l'idée de s'asseoir face à lui tandis qu'il digérait nonchalamment cette nourriture gagnée en menaçant de vieux messieurs sympathiques qui ne souhaitaient rien d'autre qu'une vie meilleure pour leurs enfants. Avec une exquise désinvolture, elle s'allongea sur la banquette en velours vieux rose qui était installée entre deux plantes en pots, croisa les chevilles, ouvrit le magazine *Fame* et se plongea dans un article sur Eloise Aligash, la dame qui jouait Cara Gatling pour la radio.

Ces petits triomphes la portèrent un moment, jusqu'à ce qu'elle entende de lourds pas au-dessus de sa tête. Bon Zèbre leva le museau et jappa en direction du plafond. Quelqu'un marchait de tout son poids sur ce vieux plancher – elle était certaine qu'il s'agissait de Charlie. Elle se renfrogna et marmonna à voix haute, elle envisagea même de monter lui demander de faire preuve de davantage de considération pour les gens à l'étage du dessous, cependant, puisque cela impliquait de voir sa sale tête, elle préféra s'abstenir. Elle se contenta de réclamer une deuxième portion de frites, puis se concentra sur *Vanity Fair*.

Le magazine débordait de réflexions moralisatrices sur des pièces qu'elle n'avait pas vues et ne verrait probablement jamais, néanmoins fort utiles, lorsque soudain la porte de la véranda s'ouvrit sur Charlie, qui se dirigea vers elle de son pas lourd. Elle sentit ses épaules se raidir, mais ordonna à ses chevilles de garder cette position décontractée.

– Debout, chaton, il est temps d'aller bosser !

Charlie s'installa à l'autre bout de la banquette, secouant Astrid. Ses chevilles restèrent fermement en place, et elle leva son magazine pour qu'il continue de lui cacher son visage de brute. Le frottement de son pantalon en lin contre le velours de la banquette était le son le plus désagréable qu'elle ait entendu – bien vite battu à plates coutures par le bruit sec de ses doigts dans les frites, puis par l'horreur de celui de ses molaires en train de les écraser.

– Chaton ?

Charlie posa sa main sur la cheville d'Astrid, qui exigea de celle-ci qu'elle reste figée, indifférente à ce contact.

– Je sors et j'ai besoin de ma femme à mes côtés, ajouta-t-il.

– Ça ne me dit rien, ce soir, répondit-elle après un long moment, en espérant surtout qu'il veuille bien ôter ses doigts de sa cheville.

– Oh, ne fais pas ta mauvaise tête.

Il se leva, ce qui secoua une nouvelle fois la banquette, et traversa la pièce. À sa manière de parler – bien plus enjouée que ne l'imposait la situation – Astrid devina qu'il était persuadé d'arriver à ses fins. Elle jeta un coup d'œil par-dessus les pages de son magazine et vit Charlie qui continuait de glisser des frites dans sa bouche d'une main, et se débattait avec une boîte à cigarettes décorée posée sur une desserte en merisier, de l'autre. De dos, elle devait l'avouer, il restait à ce garçon quelques atouts. La carrure de ses épaules sous sa veste en lin beige, par exemple. Mais elle se força à se remémorer le goût fétide de ses baisers après qu'il avait fumé.

– Je sais, je n'ai peut-être pas choisi le tripot le plus marrant hier soir, poursuivit-il en allumant sa cigarette. Mais ce soir, c'est différent. Plus dans ton genre. Plus classe.

Il s'apprêtait à se retourner, Astrid se dépêcha de remonter le magazine pour cacher ses yeux.

– Je ne suis vraiment pas d'humeur, chéri, répondit-elle d'un ton aride.

– Oh, tu veux bien arrêter, oui ! aboya-t-il en lui arrachant la revue des mains.

Pendant un instant, ils se dévisagèrent – lui les traits déformés par l'irritation, elle les yeux écarquillés de surprise et les mains légèrement en hauteur, dans la position qui était la leur avant que Charlie ne s'en prenne à son *Vanity Fair*. Elle cilla, il détourna le regard, comme gêné par son propre geste.

– Excuse-moi, Astrid, je ne sais pas ce qui t'arrive. Moi je veux juste montrer comme tu es belle.

Astrid croisa les bras sur sa poitrine et détourna la tête ostensiblement.

– M'exhiber, en d'autres termes...

Charlie soupira et tenta de lisser les pages froissées du magazine, puis il s'en débarrassa et s'assit à côté d'Astrid sur la banquette.

– Allez, ne joue pas à ce petit jeu avec moi. Tu vas adorer l'endroit où je t'emmène ce soir – le *Saxton Hotel*, dans l'East Side, de très vieux clients de papa. Ils prétendent avoir reçu une nouvelle livraison de vin et de champagne, de la bonne came, du Canada, et donc ils n'auraient plus besoin de nous. Nous de la bonne came, on en a plus qu'il n'en faut, et je compte bien les convaincre qu'ils ont besoin de nous, et autant qu'avant. Après ça, je t'emmène dîner.

Astrid prit son temps pour répondre. Elle lissa le haut de sa robe sur son ventre, examina ses ongles, qui avaient bien besoin d'une petite manucure. Elle remarqua soudain que Rudy Vallée ne susurrait plus ses douceurs sur le phonographe et elle déplora cette absence de fond musical dans ses pensées. Elle balaya la pièce du regard puis remonta les yeux sur Charlie, avec une langueur exquise.

– Je n'ai pas faim.

– Mais...

– Et je n'aurai pas faim.

Il la fixa, la tête en arrière, les yeux ardents.

– Très bien, reste là. Reste là toute la soirée. Mais ne crois pas t'échapper.

Il se détourna d'elle très vite, comme si déjà son attention était passée à autre chose.

– Je dirai à Victor de te surveiller ce soir et cette fois, il n'y aura pas d'escapade en ville...

Il donnait encore des ordres lorsque la porte se referma derrière lui et c'est à ce moment-là qu'Astrid commença à penser à tout ce qu'elle aurait pu répliquer pour le remettre à sa place.

– Bonsoir Cordelia.

Paulette, l'hôtesse du *Caveau*, accueillit sa patronne à la porte du club avec un grand sourire, mais ses yeux trahissaient sa surprise. Elle dut d'ailleurs s'en rendre compte, car elle ajouta :

– Nous ne vous attendions pas.

– Je sais.

Cordelia renfonça quelques mèches égarées dans son chignon bas et observa les tables, à demi pleines en cette soirée moite où l'humidité était si oppressante que personne ne semblait vouloir bouger à moins d'y être obligé.

– Mais j'avais l'intuition qu'il pouvait y avoir du monde.

En vérité, elle avait seulement espéré qu'il y en aurait ou du moins assez pour lui ôter Max de l'esprit – éviter de ressasser que les sentiments qu'il avait pour elle avaient ruiné sa carrière, qu'il s'était éloigné sans un regard en arrière après la déclaration d'amour qu'elle lui avait faite...

– Ça se pourrait, répondit Paulette, dubitative.

– Je serai dans mon bureau si vous avez besoin de moi.

Cordelia adoptait son ton formel et distant, pour asseoir sa position en tant que supérieure de Paulette, et ne pas paraître comme une fille en manque de distractions. Chaque situation amusante ou intéressante survenue dans la journée avait ramené ses pensées vers Max, à qui elle aurait eu envie de la raconter, puis lui revenait la dure réalité, l'idée que peut-être elle ne pourrait plus jamais rien lui dire.

Elle s'enfonça dans la salle, saluant de la tête au passage les hommes derrière le bar et les quelques clients qu'elle connaissait. Une poignée de vendeuses de cigarettes étaient adossées au mur du fond, près des grosses portes de cuivre qui menaient au bureau de Cordelia, autrefois celui du président de la banque, et même si les jeunes filles se mirent en mouvement à l'instant où elles aperçurent leur patronne, leurs yeux la dévisagèrent quelques secondes de plus que d'ordinaire.

– Allez-y, leur ordonna Cordelia en franchissant les portes pour suivre le couloir, sans s'assurer qu'elles obéissaient.

Cordelia savait pertinemment ce que pensaient les filles, bien sûr. Elles se disaient qu'elle était sortie avec un Noir et elles se demandaient si elle le savait depuis le début ou si elle l'avait appris comme tout le monde par la presse.

Le mois qui avait suivi la mort de son père, Cordelia s'en était voulu tant et plus, elle avait tourné en rond, au point de filer un mauvais coton. Elle traînait à la maison, s'attardait dans le bain longtemps après que l'eau avait refroidi et s'était mise à fumer cigarette sur cigarette. Elle avait arrêté lorsqu'elle avait rencontré la mère de Max, parce que Mrs Darby lui avait fait comprendre ce qu'elle pensait des filles qui fumaient. Il lui avait été facile d'arrêter dès lors qu'elle avait vu ce que cela signifiait pour Mrs Darby et elle n'avait depuis jamais eu envie de reprendre, jusqu'à cet instant.

Pourtant, elle restait la chérie de Max. Elle le souhaitait, du moins. Ce n'était pas parce qu'il semblait loin d'elle qu'elle devait renouer avec ses mauvaises habitudes. Elle rajusta donc sa robe, une mousseline de soie fluide et fleurie qui retombait en volants sur ses épaules, et partit en quête des distractions qu'elle était venue chercher en ville.

Apparemment, ses prières avaient été entendues. Une bande d'hommes jeunes en nœud papillon, qui célébraient le prochain mariage de l'un d'entre eux, s'était installée au bar et certaines des danseuses, encore harnachées de leur tenue à plumes, avaient réquisitionné les tables autour de la piste de danse. Une alliance entre les deux groupes s'amorçait doucement, elle oscillait encore entre défi et séduction, mais l'électricité de leurs échanges contaminait la salle, jusqu'à la musique, qui semblait s'accélérer aussi. Ce n'était plus une soirée tranquille où l'on boirait des verres avec langueur. Les réserves du bar s'amenuisaient, Cordelia était attendue en sous-sol sur-le-champ pour déterminer ce qu'il faudrait ouvrir ensuite.

Il y eut bientôt une véritable ruée sur les boissons, donc une pénurie de glace et Anthony fut forcé d'aller en chercher. Cordelia se joignit aux hommes derrière le bar, qui était autrefois les guichets de la banque. Pour parvenir à répondre aux demandes, elle agita les shakers, remua les cocktails, qu'elle confiait ensuite aux serveurs en uniforme côté salle. Lorsqu'elle regagna la piste, elle vit que tous les sièges étaient pris désormais et que deux des danseuses avaient grimpé sur le bar pour exécuter un french cancan à l'ancienne avec le soutien enthousiaste de l'orchestre.

Elle envoya un des gros bras de Charlie aider Anthony avec la glace et les deux autres se poster juste sous les danseuses au cas où elles glisseraient.

– Ne gâchez pas la fête, mais je refuse que l'une ou l'autre se cassent le cou dans mon établissement, leur intima-t-elle.

– Du coup, il n'y aura plus personne à la porte, protesta l'un des videurs.

– Peu importe. Anthony ne va plus tarder et de toute façon, d'après ce que je vois, tous les fauteurs de troubles sont déjà là. Laissez-les danser encore un peu, ensuite assurez-vous qu'elles descendent sans mal et offrez-leur une bouteille de champagne.

Ça criait beaucoup, les clients vêtus de couleurs chamarrées s'agitaient à droite et à gauche ; Cordelia continua de s'affairer avec frénésie jusqu'à ce qu'elle approche de l'entrée, pour voir où en était la glace. Là, elle aperçut quelqu'un qui la figea sur place. L'immobilité de son regard posé sur elle était si troublante qu'elle ne reconnut pas tout de suite la personne à qui appartenaient ces yeux.

– Thom Hale, énonça-t-elle d'un ton neutre, comme si le fait d'entendre ce nom prononcé à voix haute pouvait lui révéler ce que sa présence ici présageait.

Il se tenait au bar, un verre à la main, comme n'importe quel client, vêtu d'un costume en lin blanc ample, discret, et elle se souvint avec irritation qu'il avait le chic pour se sentir à l'aise partout. La dernière fois qu'elle l'avait croisé, dans un autre speakeasy, il avait fait montre de la même désinvolture. En apprenant, quelques jours après, qu'il était à l'origine de l'enlèvement d'Astrid, Cordelia avait été franchement étonnée.

– Cordelia Grey, répondit-il, et les coins de sa bouche remontèrent d'un coup, comme un petit garçon.

Son visage était toujours aussi beau, quoique plus bronzé – Thom était presque aussi foncé que l'était Darius – et ses cheveux dorés soigneusement peignés se séparaient autour d'une raie sur le côté. Son père était un gangster, mais il avait hérité du physique aristocratique et fin de sa mère, issue d'une des grandes familles à la tête du *White Cove Country Club*. Ce garçon paraissait éternellement avoir deux coups d'avance sur tout le monde.

– Que fais-tu chez moi ? demanda-t-elle.

– J'ai eu envie d'un cocktail, et de voir comment se débrouillait la concurrence.

Il balaya la salle des yeux en sirotant sa boisson, comme pour lui démontrer l'innocence de sa mission.

– Ce n'est pas contraire à la loi, si ? ajouta-t-il.

Cordelia s'autorisa à se détendre et s'approcha de l'endroit où il était installé, entre deux groupes de plus en plus joyeusement inconscients de ce qui se passait autour d'eux. Elle pencha la tête et le dévisagea. Elle répondit, d'une voix légère :

– Pas plus que le reste de nos activités.

Il rit, trop vite, et fit tourner son verre dans l'autre direction.

Cordelia le scruta avec froideur.

– Ça n'était pas si drôle.

– C'est vrai.

Thom haussa les épaules et détourna le regard. L'ossature de son visage était à la fois fine et solide, il était d'une belle taille svelte et s'adaptait avec aisance à toutes sortes de situations, des caractéristiques que Cordelia avait appris à associer aux privilégiés, à ceux qui n'avaient jamais été privés de rien. Il était sublime ; malgré tout ce qui s'était passé, elle n'était pas aveugle.

– En réalité, je suis venu parler affaires avec toi, expliqua-t-il.

Les sourcils de Cordelia se soulevèrent, trahissant son étonnement.

– Pourquoi voudrais-tu discuter avec moi ?

– Parce que je te connais, répondit-il calmement.

Il toussa dans son poing fermé, observa attentivement la salle autour de lui, avant de reprendre :

– Tu sais que ton frère a détourné une de nos livraisons l'autre soir ?

– C'est donc pour ça qu'il fait autant d'épate ces jours-ci ?

– Oui. Bref, mon père veut réduire Dogwood en cendres, comme tu peux l'imaginer. Mais moi j'aimerais en finir avec ces coups pour coups.

– Tu veux une trêve, traduisit Cordelia en s'accordant le temps de digérer cette information. Pourquoi ?

– Ça n'est pas pratique pour travailler, répondit simplement Thom en buvant une nouvelle gorgée.

– Tu vas avoir bien du mal à convaincre Charlie que c'est une bonne raison.

– Et c'est d'ailleurs pour ça que je ne souhaite m'adresser qu'à toi.

Cordelia hocha la tête sans rien dire.

– Je suis désolé pour ton ami Max, au fait. Je n'ai jamais cru qu'il était l'homme qu'il te fallait, mais c'est moche qu'un type aussi doué perde sa réputation et ses soutiens pour une raison pareille. Il n'y a pas beaucoup de Blancs capables de voler comme lui.

À la mention du nom de Max, Cordelia rougit, mais ce n'était pas tout à fait de la gêne qu'elle ressentait. Elle était presque irritée que Thom pense à Max. Puis elle remarqua que les yeux de Thom étaient à nouveau sur elle, parcourant sa robe sur sa longueur lorsqu'il croyait qu'elle ne le voyait pas. Le souvenir de ce qu'ils avaient fait tous les deux, de la peau de Thom contre la sienne, de leur nudité, de son nom murmuré encore et encore. Une sensation de honte s'infiltra jusqu'au creux de son ventre ; elle espérait que Max ne découvrirait jamais ce qu'elle avait fait avec d'autres garçons avant de le connaître. Au contact de doigts sur sa peau, elle manqua de sursauter. À son grand soulagement, ce n'était que Paulette, près de son épaule.

– On vous demande au téléphone, annonça-t-elle avant de disparaître dans la foule.

Cordelia hocha la tête. Elle se retourna vers Thom ; elle aurait dû lui en vouloir, mais elle en était désormais incapable en réalité.

– On dirait que tu passes trop de temps au soleil, observa-t-elle.

Un des barmen s'étant aventuré dans leur direction, elle l'interpella :

– Carl, tu connais Mr Hale ?

Carl était demandé de toutes parts, mais il prit le temps de jeter un coup d'œil à Thom et de confirmer à Cordelia d'un signe de tête.

– Assure-toi qu'il règle sa note ! hurla-t-elle.

D'une voix ni hostile ni gentille, elle s'adressa ensuite à Thom :

– Ravie de t'avoir vu.

Puis elle se hâta de regagner son bureau.

Ce n'était déjà plus le crépuscule et Astrid continuait de se disputer avec Charlie dans sa tête. D'aussi loin qu'elle s'en souvienne, elle fixait une page de *Vanity Fair*, depuis deux ans peut-être, et pendant ce temps, l'obscurité qui tombait n'avait pas contribué à rafraîchir la pièce.

– « Et il n'y aura pas d'escapade en ville », pesta-t-elle à voix haute avec une grimace en imitant le ton autoritaire de Charlie.

Elle s'approcha du phonographe pour remettre Rudy Vallée, en se remémorant son ultime virée à New York. C'était le soir – disons l'un des soirs, car combien y en avait-il eu ? – où Charlie l'avait abandonnée pour pouvoir jouer un mauvais tour aux Hale, et lui avait donné ordre de ne pas bouger de la maison. Elle avait forcé Victor à la conduire en ville pour rattraper Cordelia, Letty et Billie Marsh, sa demi-sœur. Quelle soirée exceptionnelle elles avaient passée ! Toutes les quatre, elles avaient déambulé d'un speakeasy à l'autre sans payer pour le moindre verre, flattées par tous.

– Je ne me souviens pas d'avoir été heureuse depuis, soupira-t-elle en se contemplant dans le miroir au cadre d'or non loin du chariot-bar émaillé.

Mais cette phrase sentait beaucoup trop le mélodrame, elle savait très bien que ce n'était pas vrai. Elle avait été heureuse dans sa robe de mariée cousue main, puis sur le bateau de plaisance qui les avait emmenés, Charlie et elle, sur la mer des Caraïbes. Elle avait été heureuse la veille, en compagnie de Charlie, avant qu'elle ne voie quel sale métier était réellement celui des bootleggers. Dire qu'autrefois elle était si forte pour oublier tout ce qui n'allait pas dans sa vie... Il semblait ridicule qu'elle soit incapable de débarrasser son esprit de ce malheureux aux enfants innocents et de son triste petit speakeasy à l'arrière d'une pharmacie dans le Village.

– Oh, c'est pas vrai, c'est la chaleur qui te monte à la tête ou quoi ? lança-t-elle au reflet de son joli visage en cœur. Laisse tomber, chérie, ou tu vas finir par prendre des rides.

Elle arpenta la véranda d'un pas ondulant, sillonna les tapis persans, suivie de près par Bon Zèbre, alla cueillir une orchidée dans un pot, la plaça derrière son oreille. Elle se répéta qu'elle se fichait de ce que pouvait bien faire Charlie, et qu'il lui était égal que ses meilleures amies soient toutes par monts et par vaux, courtisées par de nouveaux prétendants, à vivre leur vie trépidante. Sur ce, elle se sentit un peu triste et décida qu'une garden-party était le seul remède approprié. Elle appela toutes les personnes qui lui vinrent à l'esprit pour les inviter le lendemain à quinze heures.

Lorsque résonnèrent les derniers accords de « If I Had a Girl Like You », Astrid se rendit compte qu'elle dépérissait à vue d'œil en raison de ce séjour prolongé à la maison et songea que sa santé mentale se trouverait sûrement améliorée si elle faisait croire aux gros bras de Charlie que Cordelia avait besoin d'eux au *Caveau*. Elle rajusta sa robe idiote, lissa ses frisottis hirsutes et se dirigea vers l'entrée.

Mais elle se retrouva bloquée plus vite qu'elle ne le pensait.

– Je sors, déclara-t-elle avec une allégresse calculée.

Victor l'empêchait de passer, les bras croisés sur la poitrine. Elle sentit qu'il était là depuis un long moment.

– Eh non.

Sa voix n'était pas désagréable, mais une sorte de sourire narquois flottait sur son visage et il apparaissait bien campé sur ses pieds, comme s'il se préparait à la contenir physiquement.

– Oh, allez.

Avec un de ses sourires somptueux, Astrid adopta une posture plus détendue. Un soir que Victor était censé veiller sur elle – le soir où elle avait tenté de cuisiner un véritable repas pour Charlie, obtenant un résultat désastreux –, ils avaient joué aux cartes en buvant du champagne. Avant qu'Astrid ne s'endorme, la tête sur l'imposante table de la salle à manger, il lui avait semblé que Victor esquissait un début de flirt. Peut-être serait-il encore aujourd'hui sensible à ses charmes.

– Vous vous souvenez comme nous nous étions bien amusés, la dernière fois ?

– Je me souviens surtout des ennuis que ça m'a valus.

– Oh, ça ne devait pas être si terrible, sans quoi Charlie ne m'aurait pas laissée entre vos mains ?

– Il sait que je n'ai pas oublié, justement.

Le petit sourire avait disparu et dans les yeux de Victor ne se lisait pas la moindre plaisanterie. Ils la dévisageaient, placides mais inébranlables au-dessus de son nez romain.

– Il sait que je ne me ferai plus mener par le bout du nez.

– Bien ! s'exclama Astrid en le contournant.

Victor ne répondit pas, il se contenta de la suivre – il avançait d'un pas léger sur le parquet ciré de la salle de bal, mais les meubles étaient trop peu nombreux pour en étouffer l'écho. Elle franchit les vaporeux rideaux blancs pour descendre le perron de la terrasse fermée, espérant qu'il resterait derrière pour la suivre du regard, de loin, et qu'elle pourrait être seule avec ses pensées. Mais lorsqu'elle sentit l'herbe sous ses pieds nus et qu'elle dépassa les projections lumineuses des hautes fenêtres de Dogwood sur le gazon, elle craignit qu'il ne la suive plus. Pendant un instant, sa fierté l'emporta sur sa curiosité, elle ne se retourna pas, mais lorsqu'elle atteignit la zone pentue de la pelouse, elle n'y tint plus et fit volte-face.

Victor était là, pas même à cinq mètres derrière elle. Il s'était figé, mais il y avait, dans sa manière de se tenir, comme en suspens, une certaine agilité – il avait la vigilance d'un chasseur indien à l'affût.

– Oh ! s'étrangla-t-elle avant de lâcher une cascade de rire.

Il faisait de son mieux pour garder son sérieux, mais le rire d'Astrid les avait tous deux pris au dépourvu et un sourire hésitant apparut, avant de finalement se dessiner franchement sur le visage de Victor.

– Je croyais vous avoir échappé, annonça-t-elle.

Elle lui fit un clin d'œil et l'absurdité de cette phrase les fit pouffer.

– Miss Astrid, je suis désolé de vous le dire, mais votre technique laisse à désirer.

– Mince ! Et moi qui me croyais si maligne.

– Vous l'êtes à plus d'un titre, mais pour ce qui est de passer inaperçue, vous êtes un peu… idiote.

– Idiote ! répéta Astrid en plaçant ses poings sur ses hanches, avec une moue exagérée. Charlie aurait votre peau s'il apprenait que vous m'avez insultée.

– Je suis à peu près certain que la seule chose qui préoccupe Charlie, c'est que je ne vous laisse pas quitter cette propriété, que ce soit volontairement ou parce que les Hale vous auraient kidnappée.

Astrid baissa la tête et battit des cils avec contrition.

– Mon Dieu, on dirait que je vous ai vraiment valu de sacrés ennuis.

Les minces épaules de Victor se soulevèrent, s'abaissèrent, il détourna le visage. Pendant un instant, Astrid l'observa – malgré ses mains calleuses, malgré sa face de gros dur, son corps svelte et élancé était presque trop maigre, on pouvait le voir à la manière dont sa chemise était rentrée dans son pantalon.

– Eh bien, poursuivit-elle comme il ne comptait pas répondre à cela. Moi, je vous ai peut-être valu des ennuis, mais vous, vous avez manqué de me faire tuer ! Envoyer une fille dans mon genre dans un endroit comme cette taverne du West Side...

Elle le disait sur le ton de la plaisanterie, avec légèreté, pourtant elle n'osait même pas prononcer le nom de ce bar vanté par Victor, où deux hommes lui avaient finalement mis une cagoule sur la tête avant de la jeter dans une voiture.

– Je sais, je suis désolé.

Il ne la regardait toujours pas et s'exprimait sur un ton solennel bien différent du sien.

– Je n'aurais jamais cru que vous iriez. Pas sans moi, en tout cas.

– Enfin, j'imagine que nous sommes quittes ! lança Astrid en tapant dans ses mains, comme si cela allait faire disparaître la morosité ambiante.

Les yeux sombres de Victor croisèrent les siens, il acquiesça. Astrid lui tendit la main.

– Amis, alors ?

– Amis.

Ils se serrèrent la main tels deux hommes qui, après s'être chamaillés à propos de base-ball, auraient enfin repris leurs esprits. Lorsque Astrid lâcha sa main, ils firent demi-tour et commencèrent à déambuler, pas tout à fait dans la direction où allait Astrid au départ, sans toutefois regagner la maison. Quelques étoiles leur faisaient de l'œil dans le ciel brumeux et un croissant de lune pâle flânait, quelque part au-dessus des cimes des arbres noirs. L'herbe était douce sous ses pieds, Astrid songea vaguement qu'il serait sans doute agréable de s'allonger dessus. Victor marchait à ses côtés, en maintenant une certaine distance, ils ne se parlaient pas. Cigales et moustiques étaient assez bavards comme ça.

Elle ne trouva rien qui mérite d'être énoncé à voix haute avant d'arriver à la terrasse de pierre qui entourait la piscine.

– Figurez-vous que j'ai passé la journée à traiter les hommes de brutes détestables, commenta-t-elle, philosophe.

– Vraiment ?

– Oui.

Astrid hocha la tête. Les mains derrière le dos, elle tourna son visage vers les cieux, d'un air enfantin.

– D'ailleurs, j'ai fait tout mon possible pour vous détester, à la maison, tout à l'heure, mais ça s'est révélé beaucoup plus difficile que prévu ! Vous, vous n'êtes pas du tout une brute.

Il s'immobilisa sur les dalles de pierre – Astrid distinguait son reflet dans la piscine – aussi s'arrêta-t-elle à son tour, pour lui faire face. Une brise chaude et sèche se leva, qui fit voleter le bas de sa robe et se plaquer le haut contre son torse. Elle sourit du coin des lèvres. Une lueur traversa les yeux de Victor, ses longs cils s'abaissèrent.

– Que dites-vous ? demanda-t-il.

Astrid entrouvrit sa lèvre inférieure charnue.

– Juste ça...

Cependant, elle savait que si elle ajoutait quoi que ce soit, elle éclaterait de rire. Elle fit donc un pas timide dans sa direction puis, avec une rapidité de chat, elle tendit les deux bras et le poussa. Elle le regarda, en suspension au-dessus de la surface lisse, le visage figé dans une expression choquée. Les lèvres d'Astrid anticipaient déjà le rire qui venait, mais elle n'eut pas le temps de le laisser éclater parce que Victor l'avait attrapée par le bras et l'emmenait dans sa chute, comme au ralenti. Il lui sembla qu'ils restaient là une heure entière, telles des constellations sur le dôme du ciel, à se contempler en souriant, heureux et secs, avant de heurter la surface de l'eau, puis d'être engloutis dans son calme et sa fraîcheur.

Soudain, Victor glissait son bras autour de sa taille et la ramenait vers l'air. Cela n'était d'aucune aide véritable, puisque Astrid était très bonne nageuse, mais elle se laissa faire. Ils émergèrent et tandis qu'il les maintenait à flot grâce à ses mouvements de pieds et de bras, elle reprit son inspiration, écarta ses cheveux de son visage. Sous leurs vêtements, elle sentait les battements de son cœur.

– Est-ce que c'est le genre de choses que font les amis ?

Il avait voulu plaisanter, mais son ton manquait d'humour, ce qui changeait le sens de la phrase.

La poitrine d'Astrid haletait sous le corsage blanc de sa robe plaqué contre son corps et son rire aigu résonna à la surface de l'eau. Elle se dégagea de son étreinte, en deux longues brasses, regagna le bord de la piscine, où elle se hissa.

– Voyez ce qui arrive quand on se laisse attendrir ? le réprimanda-t-elle.

Pendant un instant, elle laissa ses pieds tremper dans l'eau, à observer Victor dont la tête et les épaules dépassaient de la partie la plus profonde.

– Je vais encore vous filer entre les doigts ! le provoqua-t-elle.

Sur ce, elle bondit sur ses pieds et s'élança à travers la pelouse en direction de la maison. Elle fit même une roue dans le halo lumineux projeté sur l'herbe par l'éclairage intérieur, puis fonça dans la salle de bal avant que quiconque ne pût voir l'état de ses vêtements. Cette fois, elle ne se demandait plus si Victor était sur ses talons ; elle savait que non. Il aurait été idiot de la suivre et elle savait bien qu'il n'était pas bête. Quoi qu'il en soit, une fois qu'elle aurait enlevé sa robe trempée, et qu'elle serait bien en sécurité dans son deuxième bain moussant de la journée, elle n'aurait plus besoin d'être surveillée. Milly, sa bonne, tiendrait Victor informé et il n'aurait plus grand-chose à faire jusqu'à la fin de la soirée. Elle en profiterait pour se détendre, satisfaite d'avoir eu sa part de vengeance sur les hommes de ce monde. Et si cela ne suffisait pas à l'endormir, il lui resterait encore cette image de Victor, si confiant, si beau, juste avant qu'elle ne le fasse basculer.

8

À l'instant où Letty quitta Manhattan, ses épaules se détendirent. Elle ne s'était pas montrée d'une parfaite honnêteté avec ses mentors à propos de ce qui motivait son aller-retour à White Cove – bien sûr, Cordelia et Astrid pouvaient tout à fait avoir besoin d'aide et *il était presque totalement* vrai que ni l'une ni l'autre n'étaient autorisées à quitter Dogwood pour venir en ville. Mais, si elle avait avoué à Sophia et à Val la véritable raison (à savoir que Mrs Charlie Grey avait organisé une garden-party au débotté, et que Letty attendait désespérément cette chance de retrouver ses vieilles amies), elle courait le risque qu'ils s'invitent. La chaleur ne s'était toujours pas calmée, et n'importe qui aurait profité de l'occasion pour rallier la campagne et échapper aux trottoirs étouffants de New York. À cette nouvelle, Sophia avait eu une réaction de contrariété théâtrale, mais elle avait fini par insister pour qu'Hector conduise Letty.

– Quelle bonne amie tu fais, avait soupiré Sophia. Tu mérites bien de voyager dans les meilleures conditions.

Cela avait eu pour effet de réveiller un peu la culpabilité de Letty et maintenant qu'elle était confortablement installée à l'arrière de la voiture des O'Dell, elle se sentait un peu chagrinée par cette générosité de Sophia, alors qu'elle-même était incapable de s'ôter de l'esprit l'infidélité de son idole avec Jack Montrose. Du coup, Letty commençait à se demander si le cacher à Valentine revenait à lui faire du mal, et à nouveau, la honte l'envahissait. Elle préférait largement sillonner la lointaine banlieue plutôt que rester à *L'Apollonian*, conclut-elle.

Lorsque enfin elle remonta la pente qui menait à l'entrée ouest et qu'elle aperçut Bon Zèbre, son soulagement fut complet. Le lévrier trottait aux côtés d'un garçon dont Letty ne parvenait pas tout à fait à distinguer les traits. Le chien la repéra et se figea un instant, museau en l'air, puis il la salua d'un aboiement avant de s'élancer dans la pente, ventre à terre.

– Salut mon chien ! s'exclama Letty.

Bon Zèbre lui sauta dessus, l'étreignant presque de ses grandes pattes.

Une fois les retrouvailles entre le chien et sa maîtresse terminées, Bon Zèbre se dirigea vers le garçon, comme pour entraîner Letty à sa suite. En approchant, Letty reconnut le beau visage de Grady ; elle lui adressa un sourire lumineux. Il portait un ample costume blanc qui soulignait son appartenance à l'une des anciennes familles de White Cove, et n'avait plus grand-chose à voir avec l'écrivain new-yorkais sous les traits duquel elle l'avait connu au début. Bon Zèbre se mit à décrire des cercles autour des jambes de Grady.

– Je crois qu'il se souvient de vous, lui lança Letty.

– C'est possible, à votre avis ?

– C'était il y a quelques semaines seulement.

Bon Zèbre, hors d'haleine, balançait la tête d'un côté, de l'autre, ses yeux chocolat oscillaient entre Letty et Grady.

– De plus, vous lui avez sauvé la vie, ajouta Letty.

– Non, ça, c'est vous. Moi, j'étais terrifié ; sans vous, je n'aurais jamais su quoi faire.

Grady jeta un coup d'œil vers Bon Zèbre, comme pour s'excuser d'avoir ravivé un souvenir pénible.

– Vous êtes ravissante, poursuivit-il de cette voix légèrement étranglée qu'on a parfois lorsqu'on dit des choses un peu trop spontanément.

– Oh... merci.

Souriant du compliment, Letty contempla la robe rayée bleu marine et blanc à bretelles qu'elle avait enfilée sur sa frêle carrure. Son premier choix avait été plus sage, mais Sophia le lui avait déconseillé, arguant qu'on ne savait jamais qui l'on allait croiser ou ce qui pouvait arriver dès lors qu'on quittait la maison, et qu'une tenue plus sophistiquée était donc préférable. Letty était ravie de l'avoir écoutée.

– Je suis désolée de ne pas avoir eu le temps de discuter davantage avec vous l'autre soir. Sophia a eu un malaise – Sophia Ray, je veux dire, l'actrice, auprès de qui je prends des cours en ce moment...

– J'ai entendu parler de Miss Ray, bien sûr, l'interrompit Grady.

– Voilà... et lorsque j'ai appris qu'elle ne se sentait pas bien, je suis allée la rejoindre.

– Naturellement.

La tristesse était réapparue dans les yeux de Grady et Letty se rappela soudain la photo d'elle en train de danser à l'aube en compagnie de Laurence Peters parue dans la presse. Il était donc probable que Grady savait qu'elle n'avait pas passé la soirée entière à jouer les infirmières.

– Il est bien normal que vous ayez envie de voir vos amis, reprit Grady d'un ton assez définitif.

Tous deux déambulèrent en direction du chapiteau dressé sur la pelouse où de jeunes hommes et femmes vêtus de blanc paressaient à l'ombre. Milly circulait avec des plateaux de boissons et Astrid régnait au centre d'un cercle de garçons qui semblaient en âge de commencer la fac à l'automne, et qui tous écoutaient attentivement l'histoire qu'elle racontait.

– Ah, te voilà !

C'était Peachy Whitburn, ses cheveux blond vénitien séparés par une raie sur le côté gauche, vêtue d'une robe à col haut et sans manches couleur bleu glacier. Elle ne sourit pas tout à fait en apercevant Letty et pendant une fraction de seconde, cette dernière se souvint de leur deuxième rencontre. Peachy avait alors paru avoir oublié son existence, et Letty se demanda si elle n'allait pas à nouveau faire mine de ne pas la connaître. Cependant, au moment où elle attrapa Grady par la main, elle regarda Letty droit dans les yeux.

– Ah, la célèbre Letty Larkspur.

– Célèbre ? N'allons pas jusque-là, répondit Letty en se dandinant avec gêne sur ses escarpins.

– Enfin, comment appeler quelqu'un dont le nom apparaît chaque jour dans les colonnes des journaux ? répliqua Peachy.

Avant que Letty ne trouve quoi que ce soit à répondre, la personne juste derrière Peachy se retourna.

– Letty, tu es là ! s'exclama Billie Marsh, la demi-sœur d'Astrid.

Elle jeta un regard en direction de Peachy puis glissa un bras autour de Letty et reprit :

– Vous ne m'en voulez pas si je vous l'emprunte, n'est-ce pas ? Ça fait des lustres que nous ne nous sommes vues. Tant mieux ! C'est ce que je me disais.

Grady ou Peachy n'avaient pas eu le temps de protester, Billie emmenait déjà Letty hors du chapiteau. Billie avait les cheveux aussi noirs que ceux de Letty, mais plus courts, elle les portait gominés en arrière et coincés derrière ses oreilles, ce qui lui donnait un air assez hispanique. Elle était vêtue d'un pantalon bleu marine large et d'un chemisier blanc qui aurait pu être féminin s'il n'avait été deux tailles trop grand.

– Désolée de ne pas avoir pu te sauver plus tôt, chérie, ces deux-là sont d'un ennui mortel, commenta Billie en leur préparant à chacune une boisson.

– Oh, quand même... Grady n'est pas si affreux.

– Avant, c'était vrai – j'ai été plutôt impressionnée quand il a laissé tomber Columbia pour traîner au Village. Mais maintenant qu'il est de nouveau avec Peachy, je ne suis pas loin d'avoir abandonné tout espoir. Ou alors c'est lui. Ou quelque chose. Il est bien parti pour se retrouver piégé.

– Quel dommage, observa Letty sans penser à dissimuler sa déception.

Billie tendit à Letty une boisson et la détailla par-dessus le rebord de son verre.

– Pourquoi cette triste mine, ma puce ? Tu enchaînes pourtant les soirées fabuleuses ces temps-ci, je me trompe ?

Letty rougit, détourna le regard.

– Ça va, je t'assure, je suis juste un peu fatiguée. C'est vrai, les fêtes se sont multipliées. D'ailleurs, celle-ci paraît réussie, non ? Le nombre d'invités présents, quand on pense qu'Astrid les a contactés seulement hier !

– Oh, tu sais comme Astrid est communicative. Quand elle s'est mis en tête d'organiser quelque chose de gai, elle est comme un aimant : impossible de lui résister.

– Qui sont tous ces garçons ? s'enquit Letty en désignant de la tête la petite troupe qui entourait Astrid.

– Des types de White Cove, certains sont rentrés de la fac pour les vacances. Le grand blond avec le visage rose, c'est Beau Ridley, le fils du sénateur. Il ne refuse jamais une invitation – c'est un raseur de première. Il est connu pour ses farces, du moins, c'est ce qu'il aime à penser. Tu as peut-être entendu raconter celle-ci : il a soudoyé un conducteur de cab pour qu'il lui loue son cheval puis un groom du *Ritz* pour qu'il le laisse gérer l'ascenseur de service. Ce soir-là, il y a eu beaucoup de casse et, naturellement, son père a dû payer pour que tout ça reste confidentiel. Mais Astrid adore ce genre de bouffonneries, il faut croire.

Billie leva les yeux au ciel et huma son cocktail.

– Les quatre autres, ce sont les mêmes, mais avec des noms différents, conclut-elle.

Letty esquissa un sourire, elle se sentait déjà mieux en compagnie de Billie.

– Où est Charlie ?

– À la maison, j'imagine. Tout le monde a l'air sur le pied de guerre aujourd'hui, précisa-t-elle en désignant de la tête le garde du corps planté à l'entrée du chapiteau, celui qui s'appelait Victor, qui était mince avec un nez un peu fort. Et puis, il est descendu faire un tour un peu plus tôt et comme Astrid faisait tout pour l'éviter, je crois qu'il en a eu un peu marre.

– Et Cordelia ?

– Partie pour une de ses balades calmer ses idées noires. Cette affaire avec Darby lui a miné le moral, j'ai l'impression, même si elle n'est pas prête à en parler.

– En tout cas, c'est bon de te voir, soupira Letty.

– Allez, finis ton verre, dit Billie en trinquant. Après ça, tu me raconteras ce qui te chagrine.

Pendant quelques minutes, elles observèrent en silence la vingtaine de jeunes gens aisés qui se croisaient à l'ombre du chapiteau. Soudain, Astrid aperçut la nouvelle venue et l'interpella :

– Letty chérie, quand es-tu arrivée ? Comme tu m'as manqué ! Viens par ici !

Une mèche dorée retombait sur l'œil d'Astrid qui, bras tendus, réclamait la présence de son amie. Letty marqua un temps d'arrêt et jeta un regard à Billie, qui lui répondit d'un simple hochement de tête pour l'encourager à se mêler aux invités. Astrid fit quelques pas dans leur direction, attrapa la main de Letty et l'entraîna avec elle.

– Messieurs, voici Letty Larkspur, qui était demoiselle d'honneur à mon mariage ! Letty, voici les garçons. Ne te fatigue pas à apprendre leur nom. Ils s'habillent tous de la même façon, alors impossible de savoir quel nom correspond à quel visage.

Tous éclatèrent d'un rire sonore, comme si une humiliation venue d'une fille comme Astrid était une forme de consécration, puis tous commencèrent à poser des questions à Letty avec leurs jolis accents distingués. Après ça, la fête se poursuivit tel un carrousel. La chaleur se dissipait, le soleil semblait grossir à mesure qu'il descendait sur l'horizon. À l'instant où Beau Ridley, ou l'un de ses semblables, lui proposait d'aller lui chercher un autre cocktail, Letty repéra Cordelia, assise à l'écart de l'agitation, sur une sorte de petite butte, les bras autour des genoux.

– Oui, merci, répondit Letty, qui attendit que le garçon se rende au bar avant de quitter la tente pour rejoindre son amie.

– Tu avais l'air de t'amuser, commenta Cordelia.

Ses cheveux lâchés, qui paraissaient ne pas avoir été brossés ce jour-là, retombaient en cascade sur ses épaules et sa robe sans manches en mousseline de soie bleu nuit.

Letty s'installa à côté d'elle.

– C'est agréable de se changer les idées, répondit-elle au bout d'un moment.

– Quelles idées ? Tu étais très enthousiaste quand tu es partie pour New York.

– Oui.

En contrebas, à la fête, la musique était plus forte, son tempo plus rapide et Beau Ridley se tenait sur le seuil du chapiteau, un verre à la main, l'air confus.

– Je le suis toujours, la rassura Letty. Simplement... Ils sont tellement différents des gens de chez nous.

Un soupir gonfla toute sa poitrine. Pendant ce temps, Astrid s'était approchée de Beau pour lui glisser un mot, la bouche en cœur. Avec un petit rire, elle lui prit la boisson des mains et secoua la tête en réponse à ce qu'il était en train de dire. Puis elle alla chercher Billie et traversa la pelouse, sa demi-sœur dans son sillage.

– C'est juste qu'ils sont extrêmement sophistiqués.

– De quoi vous discutez ? voulut savoir Astrid, gaiement, en arrivant.

– De la sophistication des Valentine O'Dell et consorts ! expliqua Cordelia. Apparemment, tant de raffinement a fichu un coup à Letty.

– Ils ne le sont quand même pas plus que nous, se vexa Astrid en lançant un regard à Billie comme pour confirmation.

– Impossible, affirma celle-ci en s'étendant dans l'herbe devant Letty et Cordelia.

– Et nous, tu nous aimes bien ! insista Astrid en tendant à Letty son cocktail avant de s'asseoir par terre et d'arranger sa longue jupe de popeline blanche autour de ses jambes, sans se préoccuper des taches potentielles.

– Mais vous, vous n'avez rien de bizarre, protesta timidement Letty en buvant une gorgée. Je devrais avoir envie d'être l'amie de Sophia. Toute ma vie, j'ai rêvé d'être comme elle ! Mais maintenant que je la découvre telle qu'elle est, je me demande…

– Est-elle meilleure actrice que toi ? voulut savoir Cordelia. Parce que si c'est le cas…

– Ce n'est pas ça, répondit Letty en secouant la tête. Je l'ai vue… avec ce type, un ponte, Jack Montrose… et ils…

Astrid s'étrangla de manière très théâtrale.

– Non !

– Et en plus, Valentine est tellement gentil, adorable, et il a l'air de tout ignorer…

Dès qu'elle prononça le nom de Valentine, elle sentit ses paupières se baisser et le rouge envahir ses pommettes.

– Mon Dieu, commenta Billie, son sourire narquois creusant une fossette dans une de ses joues. Donc Sophia trompe Valentine et lui te fait les yeux doux ?

– Je ne dirais pas ça exactement…

– C'est un acteur. Évidemment, il *veut* que tu l'aimes, poursuivit Billie, faisant fi de l'imprécision très sage de Letty.

– Tu t'inquiètes parce qu'un homme marié flirte avec toi ? s'exclama Astrid en riant et en prenant appui sur ses bras minces. Tu es là pour te faire une place dans le milieu du cinéma, mon chou, pas pour suivre des cours de morale ! Laisse les O'Dell t'emmener à leurs soirées, qu'est-ce que ça peut te faire s'ils jouent les séducteurs ? On dirait bien que Sophia fait de l'œil à des tas de messieurs, voire pire. Les gens du spectacle sont habitués à suivre des règles différentes, tu sais.

– Surtout, souviens-toi que tu es là parce que tu chantes mieux qu'eux tous, intervint Cordelia.

– Exactement, et s'ils ne réussissent pas à te faire accéder à la gloire, alors ils te présenteront à quelqu'un d'autre qui lui y arrivera.

– Alors redresse la tête, prends ça à la légère et vas-y, fonce, etc., d'accord ?

– Très bien, répondit Letty en faisant tinter la glace dans son verre. Maintenant, parlons un peu de Cordelia.

– Ah non, s'écria Astrid en s'emparant du verre de Letty pour en boire une grande gorgée. Pas de ça ! Ce qui rend Cord si malheureuse, c'est ce qui est arrivé à Max, et il n'y a rien à en dire tant qu'elle ne l'aura pas revu.

– Mais..., commença à protester Letty.

– Elle a raison, l'interrompit Cordelia en prenant une immense inspiration et en redressant les épaules. Il faut que je le voie. Et c'est peut-être ce que je vais faire, juste après, d'ailleurs. Mais d'abord, si on restait là toutes les quatre pendant une heure ou deux, d'accord ?

– Oui, répondirent les trois autres à l'unisson.

Elles demeurèrent donc assises sur leur petite butte à observer les invités sous le chapiteau, le ciel mûrir au fil de l'après-midi. Elles rirent de ce qui s'était dit lors de cette fête, de ce qui pourrait se produire, remettant avec joie les problèmes à plus tard, quand le soleil aurait disparu et que l'air serait moins lourd.

Charlie était intraitable : ni Cordelia ni Astrid ne seraient autorisées à quitter Dogwood, même accompagnées par un garde du corps. Aussi, lorsque la fête tira sur sa fin, Cordelia demanda à Grady de la conduire jusqu'à la station-service d'Old Oyster Town, se baissant sous le siège au moment où il passait le portail. Avec les péripéties de ces derniers jours, elle avait oublié qu'elle y avait abandonné sa Marmon. Ce n'est que lorsqu'elle salua de la main le vieux gardien dans son bureau et prit la direction de Manhattan qu'elle se rendit compte qu'elle n'aurait pas pu mieux prévoir sa fuite. Les sièges en cuir avaient gardé la chaleur de la journée, le ciel se teintait de lueurs lavande. Elle posa un coude à la fenêtre, savourant la brise qui agita ses cheveux lorsqu'elle franchit le pont de Queensboro. Au sortir de l'église de la 145e Rue, Max n'eut aucun mal à la repérer. Elle était appuyée au capot de sa voiture, c'était la seule Blanche présente dans ce quartier.

Dans un geste tendre, il se pencha vers sa mère pour lui glisser quelques mots à l'oreille. Mrs Darby plissa les yeux en direction de Cordelia, hocha la tête, mais, pour le reste, fit comme si elle ne la connaissait pas. Sur ce, Max traversa la rue à grandes foulées assurées pour venir se placer juste devant elle. La journée touchait à sa fin, la lumière était belle, l'instant romantique, les lèvres franches de Cordelia rehaussées de rouge se soulevèrent, car pendant une minute peut-être, Max et elle semblèrent comme n'importe quel autre couple intimidé de se retrouver après une séparation.

– Si tu veux discuter, nous ferions mieux d'aller ailleurs. Ils n'apprécieront pas plus de me voir parler à une fille comme toi ici que de te voir parler à un garçon comme moi à White Cove.

Le sourire de Cordelia s'évanouit, mais elle hocha la tête, compréhensive, et, sans un mot, elle prit le volant et démarra. Ils traversèrent la ville, dont les rues étaient envahies par les enfants courant entre les jets d'eau des bouches d'incendie que l'on avait, par bonheur, ouvertes. Les gouttelettes scintillaient, dorées, dans la lumière du soir. Ils arrivèrent enfin dans le West Side et trouvèrent à se garer dans une rue en pente le long d'un vieux cimetière.

– Je parie que ta mère est heureuse de t'avoir à la maison, commença Cordelia après un moment.

Ils déambulèrent jusqu'à un banc public et s'assirent, un peu à l'écart, tandis que le soleil se dissolvait au-dessus du fleuve. Le bouquet d'arbres sur la rive opposée se teintait d'un éclat orangé au couchant ; l'eau, calme et argentée autour du reflet du soleil, était parsemée de bateaux de toutes tailles – barges paresseuses ou petites barques sur lesquelles les pêcheurs étaient en place, leur canne à la main.

– Oui, c'est vrai, mais elle préférerait que je fasse mon métier. De toute façon, je ne me sens pas vraiment chez moi en ce moment. Enfin, à Harlem, je veux dire, je ne parle pas de l'appartement de ma mère.

– Ils ne sont pas fiers que tu sois des leurs ?

– Personne n'aime les fils prodigues. Pas vraiment. Ils me tolèrent, mais ça ne signifie pas qu'ils apprécient le fait que je sois devenu célèbre en me faisant passer pour un Blanc.

Max eut un rire sans joie et se pencha en avant, les coudes sur les genoux. Le soleil donnait à ses iris bleu pâle une couleur délavée, mais il le regardait bien en face, avec intensité, comme par défi. Au bout d'un moment, Cordelia posa la main sur son bras, il tourna les yeux vers elle. Il secoua la tête et s'adossa au banc, glissant son bras derrière les épaules de la jeune femme.

– Si tu étais de retour dans l'Ohio maintenant, tu crois qu'ils seraient contents de te voir ? reprit-il.

– Je sais bien que non.

Elle avait la gorge sèche, une amertume dans la bouche en repensant à sa ville natale. Il existait tellement de raisons pour qu'ils ne veuillent plus jamais la voir qu'elles étaient impossibles à expliquer, aussi se contenta-t-elle de murmurer, avec autant de douceur dont elle fut capable :

– Mais personne ne m'a jamais admirée, moi.

– Ils te prenaient pour un genre de bêcheuse, là-bas ?

Ses doigts enserrèrent son épaule un peu plus fort, elle se blottit contre lui ; il y avait dans sa manière de prononcer « bêcheuse » une sorte de tendresse, comme s'il s'agissait d'un compliment.

– Oui.

– J'ai eu le même problème.

Elle hocha la tête, comprenant qu'il n'était pas important qu'elle lui avoue les circonstances de son départ, le souvenir de John Field devant l'autel avec ce sourire plein d'espoir, puis le même, aperçu du train, les traits tirés par le chagrin. Ou les injures que lui réservait tante Ida, et la probable interdiction de prononcer son nom qui devait être en vigueur chez elle désormais. Ils étaient pareils, Max et elle, et c'étaient ces caractéristiques communes qui l'avaient conduite à New York, plus que tout le reste.

– Max ?

– Oui ?

– Ils veulent que je négocie avec eux.

– Qui ça ?

– Les Hale.

Elle sentit le bras de Max se crisper contre sa nuque. Elle se tourna vers lui, il la scrutait farouchement ; ses yeux bleus sur sa peau mate étaient saisissants, son cou s'était raidi.

– Négocier quoi ?

– Une trêve entre nos deux familles. Thom Hale est venu me trouver l'autre soir au *Caveau*. Je n'ai encore rien dit à personne – je crois qu'ils comptent sur moi pour en parler à Charlie.

– Mais pourquoi toi ?

Elle haussa les épaules.

– J'imagine qu'ils me croient facilement manipulable.

Un sourire en coin se dessina sur les lèvres de Cordelia.

– Je ferais peut-être bien de les détromper tout de suite, ajouta-t-elle.

Mais la plaisanterie ne fit pas sourire Max, qui lui répondit seulement :

– Ne le fais pas.

Cordelia détourna le regard et protesta :

– Mais pourquoi pas ? S'ils croient pouvoir faire ce qu'ils veulent de moi, ils seront bien déçus et quoi qu'il en soit, on ne peut pas continuer à s'affronter comme ça. Un de nos hommes est mort le soir où Astrid a été kidnappée, et ils en ont perdu quelques-uns, eux aussi, je ne veux plus de ça.

– Ne le fais pas, répéta-t-il en secouant la tête. Ils ont tué ton père. Qu'est-ce qui les empêcherait de te faire du mal ? Je t'en supplie, Cordelia.

– Quel intérêt auraient-ils à m'éliminer ?

Elle remonta ses jambes sous elle.

– Ce sont peut-être des tueurs, mais j'ai du mal à voir comment une fille assassinée pourrait leur être utile. Ça n'aurait aucun sens, conclut-elle.

– Ne parle pas comme ça.

– Bien.

Elle soupira, regrettant de lui avoir confié cette histoire et espérant évacuer du même coup le sujet. Une partie d'elle avait envie d'entendre Max lui dire ces choses, mais l'autre s'en trouvait irritée.

– Tu as de la chance, parce que Charlie ne l'acceptera jamais, observa-t-elle. Alors je vais devoir remettre à plus tard mon rêve de négocier la paix entre ces deux tribus en guerre.

– Tant mieux.

Max caressa ses cheveux, elle ferma les yeux, savoura les petits tremblements que provoquait son contact sur son crâne, jusqu'à ses lèvres. Soudain, quelque chose traversa l'esprit de Max, il se leva brusquement.

– Si vous avez des ennuis, mieux vaut que tu rentres avant la nuit, décréta-t-il en lui tendant la main.

Elle se leva sans aide, ils regagnèrent la voiture d'un pas lent. Ils n'échangèrent plus un mot, pas même lorsqu'elle s'arrêta devant l'immeuble de la mère de Max. Il scruta une fenêtre, puis une autre, essayant de déterminer si quelqu'un les observait, puis il se pencha vers elle et posa des mains fermes autour de sa taille. Cette fois son baiser n'eut rien de timide. Il l'embrassa comme s'il en avait besoin, comme si c'était plus fort que lui, et elle l'embrassa en retour, espérant que ça dure encore et encore. Il quitta la voiture, puis se pencha pour la contempler quelques instants, avant de disparaître derrière cette façade de grès brun.

Un doux soupir parcourut le corps entier de Cordelia lorsqu'il disparut. Elle ne doutait pas de ce qui existait entre eux : elle était dans son esprit, il était dans le sien, pourtant elle ne pouvait savoir quand elle le reverrait.

9

Aux cris qui résonnaient dans l'escalier le lendemain matin lorsqu'elle descendit, Cordelia sut tout de suite que quelque chose ne s'était pas passé comme Charlie le voulait. Jones parlait lui aussi, de son ton plus calme et mesuré, ce qui indiquait à Cordelia que cela avait un rapport avec les affaires et qu'elle finirait par savoir de quoi il s'agissait. Mais son corps était encore alangui par le sommeil, elle n'avait pas envie de discuter avec son frère quand il était en colère. Elle continua donc en direction du rez-de-chaussée, en tordant sa longue tresse lâche par-dessus son épaule. Là, elle trouva Len, le cuisinier, occupé à lire les bandes dessinées dans le journal, le pied sur une chaise.

– Qu'est-ce que je vous sers, Miss Grey ?

– Je vais prendre un café, du jus d'orange et un croissant, répondit-elle en sortant sur la terrasse.

Elle trouvait un peu étrange de réclamer un croissant à Len, ce cuistot unijambiste dont le talent se résumait plutôt aux spaghettis boulettes de viande. Mais Darius avait toujours aimé les bonnes choses et sa fille commençait à y prendre goût. Sur la terrasse, elle rajusta sa robe droite légère et s'installa sur une chaise en fer forgé peinte en blanc aux motifs élaborés.

Le ciel était chargé de nuages gris, sans forme, à peine colorés de jaune par un soleil qui devait atteindre son zénith – c'était du moins ce que devinait Cordelia, car elle ne pouvait pas le voir. Dogwood était paisible à cette heure et la température semblait supportable aujourd'hui, en tout cas à l'abri des arches de pierre qui protégeaient l'arrière de la maison.

– Merci, Len, dit-elle comme le cuisinier déposait son plateau de petit déjeuner sur la table blanche, en fer forgé elle aussi. Merci, répéta-t-elle avec gratitude en remarquant qu'il avait replié le journal sur lequel il était penché un instant plus tôt pour le coincer contre la cafetière en argent.

Elle chercha le nom de Max dans les pages consacrées au sport, mais le trouva dans la section locale. Elle fut prise d'un accès de rage en voyant à quel sujet. L'article consistait principalement en une interview de Mrs Laurel, qui disait n'avoir aucun problème avec les Noirs personnellement, mais qu'en revanche, comme beaucoup, elle exécrait le manque d'honnêteté et que c'était la raison pour laquelle son mari se voyait forcé de couper les fonds de son ancien poulain. Elle en profitait pour apporter son soutien à un politicien prohibitionniste à l'occasion de la prochaine élection du gouverneur et pour accumuler les diverses allusions aux vagues d'immigrants – irlandais, italiens, allemands – qui ruinaient le pays avec leurs habitudes d'alcoolisation et leur nourriture aux odeurs bizarres.

Un grognement d'exaspération sonore échappa à Cordelia, qui reposa le journal, juste au moment où Charlie franchissait la porte-fenêtre et passait à côté d'elle au pas de charge.

– Qu'est-ce qui ne va pas ? lança Cordelia dans son dos.

Charlie se tenait sur la marche la plus basse du perron, les yeux tournés vers la pelouse qui se transformait en vergers, puis en grandes étendues boisées, aussi loin qu'ils pouvaient voir.

– Astrid, répondit-il sombrement.

– Rien d'autre ?

Comme il lui lançait un regard soupçonneux par-dessus son épaule, elle explicita :

– Je vous ai entendus, Jones et toi... discuter.

Il répondit à cette remarque par un simple bruit méprisant, puis reprit :

– Elle refuse de me regarder en face. À mon avis, c'est à force d'être enfermée ici sans jamais sortir, entourée de gardes du corps.

– Ce n'est pas simple pour moi non plus, d'avoir toujours quelqu'un sur le dos.

– Oui, mais c'est comme ça. Tu n'as qu'à t'y faire.

– Charlie...

Cordelia se redressa sur son siège et coinça sa tresse dans sa robe. Une idée prenait forme dans son esprit et elle ne comptait pas se laisser décourager par l'amertume de son frère.

– Tu sais, ce n'est pas une vie... Il serait peut-être temps d'envisager une trêve avec les Hale ?

Un moment s'écoula avant que Charlie ne se retourne. Lorsqu'il se trouva face à Cordelia, à l'expression sur son visage, on aurait cru qu'elle venait de l'insulter.

– Pourquoi ferions-nous une chose pareille ?

– D'abord, parce qu'ils nous l'ont demandé.

– Ils te l'ont demandé, à toi ?

– Thom est venu m'en parler. Il est passé au *Caveau*, l'autre soir, et il m'a annoncé qu'il aimerait négocier une trêve.

Une étincelle de colère apparut dans les yeux de Charlie.

– Thom Hale, dans notre établissement ! cria-t-il.

Ce n'était pas une question. Il se répéta puis remonta jusqu'à la table de Cordelia, qu'il se mit à secouer à deux mains, faisant déborder café et jus d'orange.

– Thom Hale s'est pointé dans mon bar et tu ne m'as pas prévenu ?

– Je m'apprêtais à te le raconter, répondit-elle en plaçant ses yeux au même niveau que ceux de son frère. Je réfléchissais à sa proposition.

– De faire comme s'ils n'avaient pas assassiné notre père ? ou tenté de tuer Astrid ? Tout ça pour qu'on puisse leur faciliter la vie côté affaires ?

Sa bouche remontait d'un côté, il jeta un dernier regard dégoûté à sa sœur puis lui tourna le dos. Il alla s'asseoir sur la marche la plus haute, posa les coudes sur ses gros genoux, et là, Cordelia remarqua que ses manches de chemise étaient retroussées. À ce simple détail, elle comprit qu'il était debout depuis longtemps déjà, à se faire du souci.

– Pourquoi as-tu détourné leur livraison ? demanda-t-elle.

Il pivota la tête d'un coup dans sa direction.

– Comment l'as-tu appris ?

Elle lui rendit un regard neutre, jusqu'à ce qu'il se tourne à nouveau vers le paysage.

– Nous avons récupéré beaucoup de clients des Hale après la mort de papa, commença-t-il lentement. Tu es au courant ?

Cordelia posa sa tasse de café et entreprit de refaire sa tresse.

– Oui, je le sais bien.

– Nous en avons perdu certains quand je me suis absenté. Plus d'autres, qui étaient pourtant avec papa depuis le début.

– Oh, Charlie, tu n'es pourtant pas parti très longtemps. Je n'arrive pas à croire…

– Nous ne les avons pas perdus parce que je n'étais pas là, mais parce que les Hale ont eu une nouvelle livraison, du produit de très belle qualité. Par la Nouvelle-Écosse, je crois.

– Si les Hale peuvent obtenir ce genre de choses, nous aussi, sûrement, avança calmement Cordelia.

Elle en avait terminé avec sa tresse, qui maintenant lui paraissait trop serrée ; elle y enfonça ses doigts pour la détendre un peu.

– C'est ce qu'a répondu Jones, a commenté Charlie avec un rire sans joie. Mais ce n'est pas possible. Ça prend trop de temps.

Cordelia se tut un moment, regarda son frère allumer une cigarette. Elle n'aimait pas sa manière de parler, le ton lourd de sous-entendus avec lequel il avait dit : « Ça prend trop de temps. »

– Qu'est-ce que tu as fait ? s'enquit-elle.

– Tu le sais déjà, apparemment. Nous avons détourné leur chargement. Un gros. Il y a quelques jours, sur la route de Rye Haven.

Cordelia retint son souffle. Avec un frisson, elle repensa à son imprudence de s'être rendue en ville toute seule pour voir Max. Si Charlie avait attaqué les Hale, ces derniers étaient susceptibles de se venger d'une manière ou d'une autre. Et si elle était rentrée saine et sauve la veille, c'était surtout dû à la chance – Max avait donc raison.

– Que vas-tu en faire ?

Ce fut la seule chose qu'elle trouva à dire.

– La vendre ! Et à la hausse, à ces mêmes raclures qui croyaient pouvoir mieux se débrouiller sans nous.

Cordelia acquiesça. Elle n'aimait toujours pas son ton, mais ne pouvait pas vraiment contester sa décision. Elle imaginait que c'était ce que Darius aurait fait.

– Tu ne crains pas qu'ils s'en prennent à nous, maintenant ?

Il frotta son allumette contre la pierre, pour allumer une autre cigarette.

– Arrête, on dirait Jones, marmonna-t-il. Bien sûr qu'ils vont vouloir leur revanche.

– À moins que nous n'acceptions de négocier.

Charlie se leva et vint se placer devant sa sœur. Il avait coincé sa cigarette entre ses dents, croisé ses bras massifs sur son torse. Il la dévisagea sans un mot, tendu, pendant plusieurs secondes. Au grand étonnement de Cordelia, il dit :

– Ont-ils énoncé des conditions ?

Cordelia cligna des yeux. Elle se rappelait Thom, au *Caveau*, l'autre soir, sa manière de la regarder. Cet air suffisant, l'audace de sa présence dans son club. Elle avait eu beaucoup de mal à le considérer autrement que comme un garçon qui voulait blesser son cœur, quand en réalité il menaçait à peu près tout ce qui comptait dans sa vie. Mais tout cela avait-il de l'importance ? Thom était là avec son costume chic, son bronzage de court de tennis, et elle ne l'avait pas craint.

– Seulement qu'il souhaitait s'adresser à moi.

– Toi ? dit Charlie avant d'éclater de rire. Pourquoi toi ?

Elle haussa les épaules.

– J'aimerais bien connaître la réponse à cette question, moi aussi.

Un nuage de fumée émergea lentement de la bouche de Charlie. Il plissa les yeux et pendant un moment, il tint sa cigarette devant lui, entre le pouce et le majeur, puis il la laissa tomber et l'éteignit.

– Laisse-moi m'en charger, demanda Cordelia en croisant et recroisant ses longues jambes.

– Oh que non.

Il confirma d'un geste ferme de la tête, puis il prit place à côté d'elle à table, s'empara de sa tasse de café, dont il but une grosse gorgée.

Elle s'adossa à sa chaise, en proie à une mystérieuse déception.

– Qu'est-ce qui nous attend si nous refusons de leur parler, Charlie ? s'enquit-elle doucement.

– Je l'ignore.

Tous deux faisaient face au sud, en direction de la ville, et ils aperçurent au même moment les deux silhouettes qui franchissaient la colline.

– Je n'en sais rien, mais nous ferions bien de nous préparer, tous. Au fait, ce télégramme est arrivé pour toi.

Il tira un papier jaune plié de sa poche de pantalon, le déposa sur la table.

– Je ne sais pas ce que vous fabriquez tous les deux, et je vais avoir la courtoisie de ne pas te poser la question, ajouta-t-il. Tu es assez grande pour savoir ce que tu fais, j'imagine.

Charlie se remit debout, il fixait quelque chose au loin. En quelques secondes, elle avait déplié le papier et lu le texte. L'expéditeur avait été laissé en blanc, mais Cordelia savait parfaitement de qui il provenait.

Merci d'être venue jusqu'à moi hier. Je n'étais pas de très bonne compagnie, je ne méritais sûrement pas ta visite. Mais voir ton visage suffit à me faire croire que le soleil se lèvera de nouveau et d'ailleurs, ça n'a pas manqué...

– Existe-t-il un jeu auquel vous soyez à peu près bon ? voulut savoir Astrid.

Elle avait remporté haut la main la première partie de croquet, mais alors même qu'elle faisait de son mieux pour laisser gagner Victor, voilà que celui-ci venait de placer sa boule orange en position pour se faire éliminer d'un coup.

– Quand je repense à votre effroyable jeu de rami, je frissonne d'horreur et je me sers un verre pour oublier, figurez-vous, ajouta-t-elle.

La lumière fit étinceler les yeux sombres de Victor, qui sourit avec calme, sans se troubler. Son maillet sur l'épaule, il prit son temps pour lui répondre.

– Je suis assez malin pour ne pas vous dévoiler tous mes talents, finit-il par répliquer. Vous allez devoir essayer de me battre à tous les jeux, pour voir.

– Ah, vraiment ?

Après un petit sourire narquois, Astrid pivota sur ses talons et alla se mettre en place, de manière théâtrale, juste au-dessus de sa boule, la verte. Le fin coton blanc de sa robe sans manches à encolure en V touchait à peine sa peau, et les mocassins usés qu'elle portait sans chaussettes épousaient confortablement ses pieds. Elle écarta ses cheveux de sa figure d'un mouvement de tête et agrippa le manche à deux mains. Elle exécuta quelques swings pour s'entraîner, s'arrêtant à quelques millimètres de la boule, puis laissa son maillet heurter sa cible. Le bruit sonore du premier coup fut suivi d'un second, moins fort, lorsque les deux boules s'entrechoquèrent.

– Ah ! fit Astrid en lançant le poing en l'air. Voilà comment on joue, chéri – jamais vous ne vous relèverez d'un coup pareil.

– Vous pourriez juste profiter de votre coup supplémentaire pour avancer, suggéra Victor.

Jetant un regard dans sa direction, Astrid put lire sur son visage que peu lui importait l'issue du match – il lui souriait gaiement, elle sut qu'il ne disait pas ça pour avoir une chance de gagner. Il souhaitait simplement prolonger la partie. Elle aussi, en fait. Elle l'apprécia d'autant plus pour cette indifférence à la victoire, si peu commune ; cependant, elle voyait bien comme le ciel s'obscurcissait au-dessus de leurs têtes, de plus, pour sa part, elle détestait perdre.

– Vous pouvez toujours rêver, monsieur.

Victor s'approcha d'elle, elle posa un pied sur sa boule orange pour la stabiliser et d'un grand coup, elle la projeta très haut. Tous deux la regardèrent fendre l'air en retenant leur souffle, elle s'envola bien plus loin que ne l'avait voulu Astrid, jusqu'au sommet de la pente et par-dessus la haie du labyrinthe végétal.

– Oh flûte ! s'exclama Astrid.

– Allez, venez, dit Victor en attrapant sa main pour l'entraîner en direction du labyrinthe. Ne vous inquiétez pas, on va la retrouver.

– Non.

Il regarda son visage, puis sa main, comme si soudain il venait de se rendre compte que ce geste n'était pas une bonne idée. Elle attendit qu'il lâche prise, il n'en fit rien, aussi elle reprit :

– Il va pleuvoir, regardez. J'enverrai Milly la chercher à un autre moment.

– Très bien.

Il flottait cette odeur de terre sèche qui précède l'averse et l'électricité statique dans l'air jouait dans ses cheveux blonds. Elle sourit et le tira dans la direction opposée, vers la maison.

– Je crois que je vais vous battre au backgammon, maintenant, remarqua-t-elle pensivement tandis qu'ils traversaient la pelouse.

– Comme il vous plaira.

– Et il me plaira. Après ça, je ne sais pas, au tennis de table, peut-être ? Cela dit, je vais devoir demander à Charlie d'acheter l'équipement, j'imagine, parce qu'il n'y a pas une raquette dans cette maison... Vous êtes doué au tennis de table ?

– Je ne voudrais pas gâcher le suspense, répondit-il avec un grand sourire. Mais pourquoi ne pas commencer par le billard, puisqu'il y a tout ce qu'il faut à Dogwood ?

– Aha ! Alors *voilà* votre point fort. Dire que vous croyiez pouvoir me le cacher. Je vais vous dire, Victor, je vous donne une chance, une seule...

Elle s'interrompit. Ils arrivaient en haut de la pente qui marquait la limite entre le gazon et la prairie naturelle où ils jouaient un instant plus tôt. Astrid venait de se rendre compte qu'elle tenait Victor par la main et Dogwood apparaissait soudain en contrebas, comme la maison de campagne de quelque lord anglais. Pourtant, elle n'avait pas envie de lâcher cette main – la surface de sa paume était large et sèche, elle aimait son contact contre la sienne. Brusquement, elle vit une haute silhouette se dresser sous l'abri de la terrasse sud ; son pouls s'accéléra. Elle fut alors incapable de se souvenir de ce qu'elle était en train de dire, aussitôt elle lâcha la main de Victor et se mit à avancer dans l'herbe à grandes foulées, quelques mètres devant lui.

Ils ne s'adressèrent plus la parole avant d'être à portée de voix de la maison, lorsqu'elle put distinguer les traits de son mari, assis sur les premières marches du perron.

– Merci d'avoir donné à mon ego ce petit coup de fouet dont il avait besoin, lança-t-elle alors à Victor. Si vous insistez, je vous rendrai la faveur au billard un de ces jours.

Puis, levant le bras au-dessus de sa tête, elle s'écria, assez fort pour que Charlie l'entende :

– Ah, te voilà !

La mine renfrognée qu'elle avait décelée à distance n'avait pas disparu du visage de Charlie lorsqu'elle commença à gravir l'escalier. Derrière lui, à la table du petit déjeuner, se trouvait Cordelia, tellement absorbée par la lecture d'un télégramme qu'elle ne vit pas arriver son amie. Astrid tendit ses lèvres vermillon en un beau sourire qui ne faillit pas, même lorsque Charlie ne le lui rendit pas, et elle jeta ses bras autour de sa taille.

– Ne prends pas cet air fâché, le gronda-t-elle en riant, avec un mouvement de cheveux.

– Où étais-tu toute la matinée ?

– Je jouais au croquet.

Un coup d'œil par-dessus son épaule lui apprit que Victor était resté au bas du perron. Il était adossé à l'une des statues de pierre et fixait le lointain en direction de la ville comme si quelque chose risquait de se produire de ce côté.

– Et toi, qu'as-tu fait ? s'enquit-elle.

– J'ai travaillé. J'ai des affaires à régler.

Son ton restait bougon, et il la dévisageait comme s'il ne la connaissait pas très bien.

– En ce moment, tu passes plus de temps avec ton garde du corps qu'avec moi, cracha-t-il avec ressentiment.

Astrid eut l'impression que son cœur tombait en chute libre, une terreur glacée parut s'abattre autour de ses tempes. Mais son sourire ne faiblit pas et sa voix résonna, forte et claire.

– Eh bien, c'est parce que mon mari est trop occupé pour moi !

Le torse de Charlie était raide contre le sien, mais elle se pressa sans hésiter contre lui et poursuivit :

– Montre-moi un peu d'attention, sors-moi de temps en temps et je ne serai pas forcée de me divertir avec monsieur dont je ne sais même pas le nom, en bas là-bas !

Pendant un instant, Astrid crut que Charlie allait entrer dans une colère noire. Que, d'une certaine manière, il avait appris ce qui s'était passé à la piscine la veille, et que Victor et elle étaient sur le point d'avoir de très gros ennuis. Un coup de tonnerre résonna quelque part au loin, les premières gouttes s'écrasèrent sur le toit de la terrasse. Là, elle sentit Charlie se détendre, il glissa ses bras autour d'elle.

– Je suis désolé, ma puce. J'ai tant de choses à l'esprit.

Il enfonça son visage dans son cou et l'embrassa. Elle s'en sentit gênée, pourtant ses lèvres s'entrouvrirent instinctivement et elle eut envie que sa bouche remonte juste à la limite de ses cheveux.

– Vendredi soir ! déclara-t-il en la soulevant au point que ses pieds quittèrent le sol. Vendredi soir, je te sors.

Si elle l'avait pu, elle se serait retournée pour voir si Victor les regardait, mais dans cette position, c'était impossible.

L'instant d'après, Charlie cria :

– Tu entends ça, Victor ? J'emmène ma femme en ville vendredi soir – jusque-là, ta mission, c'est de faire en sorte qu'elle s'amuse !

Après ça, il ne restait plus une chance que Victor n'ait pas vu la manière dont la tenait Charlie. Ce dernier l'avait interpellé de son ton menaçant, suffisant. Astrid le détesta pour ça, et parce qu'il la collait contre lui, et parce que Victor était forcé d'assister à la scène. Elle ne savait pas trop pourquoi, mais elle se sentait grignotée de l'intérieur à l'idée que son garde du corps voie son mari la serrer ainsi, d'un air de propriétaire.

– Et, Cord, lança Charlie lorsqu'il se décida à reposer Astrid.

Cordelia leva la tête, surprise, salua mollement Astrid.

– J'ai changé d'avis, l'informa Charlie. Appelons-les, ces ordures, nous allons accepter leur proposition.

10

– Tu n'es pas obligée.

– Je sais.

– Tu es censée être ma petite sœur, souligna Charlie. Et voilà que tu te retrouves à réparer mes bêtises.

Il s'exprimait d'un ton plaintif, mais lorsqu'il se pencha pour serrer Cordelia dans ses bras, celle-ci crut reconnaître l'odeur de la culpabilité.

– Tout va bien se passer, Charlie.

Elle l'étreignit puis se mit sur la pointe des pieds pour déposer un baiser sur son front. Il détourna la tête, comme s'il ne voulait pas que les autres voient à quel point il avait apprécié ce geste d'affection. Il sembla surtout à Cordelia que c'était si rare pour lui qu'il ne savait presque pas comment l'accepter.

– Nous ne bougerons pas d'ici jusqu'à ce que tu sois de retour, l'informa Jones en lui tenant son ciré jaune pour l'aider à l'enfiler.

Après minuit, alors qu'ils étaient installés tous les trois dans le bureau de Charlie, à discuter des conditions qu'ils accepteraient et de celles qu'ils refuseraient, la pluie avait commencé à tomber. Elle s'était transformée en bruine depuis. Cordelia grimpa à bord du bateau à moteur. Un des hommes de Hale, vêtu comme elle d'un ciré, maniait le gouvernail. Ils quittèrent l'embarcadère. Cordelia se tourna vers le petit groupe, leurs traits bientôt devinrent flous, mais leurs parapluies noirs se distinguaient parfaitement à travers l'air dense. Duluth Hale se trouvait parmi eux, seul et sans arme ; il avait promis qu'il attendrait là que Cordelia soit de retour saine et sauve du bateau que son fils avait amarré au large. Elle n'avait pas adressé la parole au père de Thom – elle avait la ferme intention de ne jamais le faire –, mais lui l'avait reluquée avec ses petits yeux porcins trop proches l'un de l'autre dans son gros visage massif.

Elle n'avait vu ce visage qu'à une seule reprise, le soir où elle s'était rendue en voiture à Avalon, la propriété des Hale sur le détroit de Long Island, avec l'intention de tuer Thom pour le mal qu'il avait fait à sa famille. Pendant un quart d'heure elle avait fait mine d'être toujours amoureuse de Thom, ils avaient tangué sur la piste de danse. À un moment entre cette danse et la tentative de Thom pour l'entraîner dans un coin sombre à l'écart, Duluth l'avait repérée. Et ce regard l'avait fait frissonner. Sa façon de se déplacer, sa démarche lourde de prédateur l'avait répugnée sur le coup, et aujourd'hui encore, à l'instant où elle quittait Rock Point, elle ne se sentait pas moins soupçonneuse.

Une vague déferla à l'arrière de l'embarcation, son cœur fit un bond au soubresaut du plancher sous ses pieds.

Avec un rictus, l'homme lança :

– J'espère que vous n'avez pas le mal de mer.

– Non.

Les hommes sur le quai étaient trop petits pour qu'elle puisse les apercevoir encore, aussi se tourna-t-elle en direction du port de New York, laissant les fines mèches de cheveux balayer son menton. Elle avait affirmé à Charlie que tout irait bien, mais en réalité, elle n'en était pas elle-même persuadée. Le plan avait pris forme si rapidement, et voilà que tous les ennuis susceptibles de se produire lui venaient brutalement à l'esprit, en désordre. Les Hale voulaient peut-être déclencher une guerre et la retenir en otage. À moins que Thom n'ait eu seul l'idée de se venger de ce qu'elle avait eu l'intention de lui faire ce soir-là à Avalon. Mais elle essaya de se remémorer l'impression qu'il lui avait faite au *Caveau* – il paraissait un concurrent comme un autre, si ce n'était qu'elle savait comment s'y prendre avec lui.

À Dogwood, la nuit avait été courte, ils avaient bu café noir sur café noir, débattu pour savoir s'il fallait laisser Cordelia discuter seule avec les Hale. Elle s'était réveillée fatiguée. Elle l'était encore, bien que ce sentiment ne fût pas simplement dû au manque de sommeil. Elle avait fait tant de choses, commis tant d'erreurs aussi. Du temps où elle vivait dans l'Ohio, elle avait toujours cru que si elle rencontrait son père, son existence prendrait tout son sens comme par magie, or Cordelia avait enchaîné tant de faux pas que cela avait fini par coûter la vie à Darius. Bien sûr, il y avait aussi John Field, à qui elle s'était promise jusqu'à ce que la mort les sépare, avant de disparaître dans la nuit. Et enfin, il y avait Max, qui avait perdu tout ce à quoi il avait travaillé, par sa faute. Si elle réussissait la mission de ce soir – si elle parvenait à un accord avec les Hale, qui mettrait un terme à la violente spirale de représailles dans laquelle les deux familles étaient engagées –, alors peut-être parviendrait-elle à s'allonger et à se reposer un peu.

La rive s'évanouit pour devenir une ligne bleue de brume ; elle agrippa le bastingage. Lorsque l'homme coupa brutalement le moteur et se leva, bras tendu, elle se retourna : la coque du navire de Thom s'élevait au-dessus d'eux.

Des mains l'attrapèrent pour la hisser jusque sur le plancher blond du pont, où elle se retrouva aux côtés de Thom Hale. Ses cheveux cuivrés étaient un peu trop longs, ses yeux plus clairs que dans son souvenir, il était vêtu d'une chemise à carreaux bleus et blancs, coincée dans son pantalon beige. Soit les vêtements les plus simples qu'elle l'ait jamais vu porter.

– Je suis là.

Elle redressa le cou et s'exprima avec autant d'indifférence que possible.

– Oui.

Il l'observa de cette façon qu'il avait toujours – menton rehaussé, ses yeux à la fois impitoyables et impassibles. Le tracé de sa bouche aristocratique se souleva d'un côté, comme s'il était amusé ou dégoûté ou quelque chose que personne d'autre que lui ne saisissait. Soudain, Cordelia regretta que le ciré qu'elle avait enfilé ne soit deux tailles trop grand et que sa capuche ne lui retombe bêtement sur la figure.

– C'est ton bateau ? demanda-t-elle.

– Celui de mon père. Un de ses joujoux, il ne s'en sert pas beaucoup. Ça fait bien longtemps qu'il n'essaie plus de gravir l'échelle sociale.

– Qu'est-ce que tu en fais ?

– Tu sais bien. Ta famille a volé ma cargaison.

Les yeux de Cordelia s'écarquillèrent. L'autre fois, il avait évoqué le détournement d'un ton presque neutre, mais elle prit conscience, soudain, de la grande colère qu'il éprouvait pour s'être fait subtiliser son butin.

– Alors c'est toi qui transportes la marchandise, maintenant ?

Thom haussa les épaules, mais à l'étincelle qu'elle vit apparaître fugacement dans ses yeux, elle sut qu'il en était fier.

– Je te ferais bien faire le tour, mais tu risquerais de dévoiler tous mes secrets à Charlie.

– Nous n'avons pas besoin de ça, Thom.

Les assauts du vent et des embruns sur son visage ne lui permettaient pas d'ouvrir complètement les yeux.

– Ne devrions-nous pas discuter ? reprit-elle.

– Oui.

À cet instant, l'océan s'agita. Une vague passa par-dessus le bastingage, projetant de l'eau sur le pont, qui vint détremper ses chaussures. Elle se figea, choquée par l'humidité soudaine de ses pieds, qui lui révéla d'un coup qu'elle n'était pas à égalité face à Thom et à son personnel. Quel que soit ce qu'elle avait à lui offrir lors de ces négociations, ici, elle était à sa merci. Sur ce, elle sentit le bras de Thom venir se poser au creux de son dos, pour l'entraîner en direction de la cabine de pilotage. L'équipage se tenait à l'autre bout du pont – bien qu'il s'agît des hommes des Hale, elle avait jusque-là trouvé rassurant de les savoir témoins de la scène. Désormais, elle devrait se passer de leur présence.

À l'abri, les bruits de l'océan paraissaient moins féroces, et le tableau de bord couvert de cadrans et de manettes fichés dans un panneau de bois blond verni semblait promettre un certain contrôle sur les éléments. Maintenant qu'ils se retrouvaient seuls dans cet espace fermé, elle entendait clairement la respiration de Thom. Son cœur s'emballa, s'affola, elle essaya de se persuader que c'était simplement parce qu'elle avait peur.

– Nous ne nous sommes plus retrouvés en tête à tête depuis le soir où tu...

Il s'interrompit et pencha la tête.

– Le soir où je t'ai menacé avec une arme ?

Puisqu'il ne risquait pas d'avoir oublié cet incident, autant qu'elle joue cartes sur table, songea-t-elle.

– Ce n'était pas moi. Tu le sais, n'est-ce pas ? s'enquit-il.

Les traits de Cordelia se froissèrent dans une expression interrogative.

– Ce n'était pas toi qui as fait quoi ?

– Qui ai parlé à mon père. Du tunnel.

– Ah non ?

Elle lui adressa un regard dur, croisa les bras sur sa poitrine. La simple mention du meurtre de son père lui donnait envie de tout envoyer balader. C'est alors qu'elle comprit que Thom essayait juste de la mettre en colère, une astuce plutôt futée avant de commencer des négociations. Il était très intelligent.

– Mon père est mort, énonça-t-elle avec une fureur précise et calme. Change ça et je t'accorderai tout ce que tu veux.

Thom enfonça ses mains dans les poches de son pantalon et laissa son regard se perdre par le hublot.

– Excuse-moi, je ne voulais pas...

Sa mâchoire se mit à tressaillir de colère, il secoua la tête.

– Comme ça, tu as importé ce champagne toi-même ? demanda Cordelia, pour changer de sujet.

– Oui, du Canada.

– C'est sur l'eau que tu as pris le soleil.

– Oui.

Il fit un geste dans sa direction, comme pour récupérer son ciré, mais d'un signe, elle lui fit comprendre que c'était inutile. Elle se contenta de repousser sa capuche et de se redresser de toute sa taille.

– Un verre ? suggéra-t-il.

– Non merci.

Les vagues soulevaient le bateau, mais Cordelia se força à affermir son regard, comme si les remous n'avaient sur elle aucun effet.

– J'imagine que tu vas vouloir récupérer ces caisses.

– Non. Nous allons vous laisser les vendre.

Cordelia souleva un sourcil.

– Vendez-les, insista-t-il. Mais quand vos clients en redemanderont, c'est à moi qu'ils vont devoir s'adresser. S'ils veulent du champagne français de qualité, j'entends.

Basculant la tête en arrière, Cordelia le contempla avec un sourire empreint d'ironie.

– Et moi qui croyais le champagne français par définition.

Une fossette creusa la joue de Thom, les prémices d'un sourire flottèrent sur ses lèvres, vite réprimées. Sans quitter Cordelia des yeux, il tira un paquet de cigarettes de sa poche de chemise, lui en offrit une et elle se sentit presque comme au début de leur rencontre, quand régnait entre eux cette grande camaraderie, quand les plus simples gestes de ce garçon paraissaient brillants et excitants. *Dis-lui non*, s'intima-t-elle. Une fois la cigarette refusée, elle sut qu'il lui serait plus facile de durcir le ton.

– Très bien, nous allons garder votre marchandise, mais nous ne vous rendrons pas les clients que nous vous avons pris.

– Et ceux que vous avez pris à Coyle Mink ?

Le nom fit sursauter Cordelia. Coyle Mink. Qu'avait-il à voir avec tout ça et pourquoi Charlie ne lui en avait-il pas parlé ?

– J'en conclus que tu connais nos affaires en détail, répondit-elle froidement.

– Comme je suis persuadé que tu connais les nôtres, répliqua Thom avec un détachement similaire.

Il laissa sa cigarette entre ses dents le temps d'inspirer, puis expirer l'air, sans cesser de la regarder. Elle n'avait jamais eu autant envie d'une cigarette de toute sa vie.

– Écoute, Thom. Ça ne me plaît pas, je n'aime pas ton père, pas plus que je ne t'aime toi. Mais nous ne voulons plus nous battre.

– Bien sûr, railla Thom. Je me suis dit que c'était la raison pour laquelle tu étais venue jusque-là.

Avec un petit soupir, les yeux dans le vague de l'océan, Cordelia conclut :

– Nous nous battrons s'il le faut.

Un nuage de fumée s'échappa de la bouche de Thom et emplit la cabine.

– Non, nous ne voulons pas nous battre non plus.

– Pourquoi ? Avant, ça ne vous dérangeait pas, qu'est-ce qui a changé ?

– C'était du temps de Darius. Toi, tu es plus gérable.

Cela ne fit qu'endurcir le cœur de Cordelia.

– Qu'est-ce que tu veux, alors ? Tu as l'air d'avoir tout préparé. Pourquoi tu ne m'annonces pas la couleur, qu'on mette un terme à cette délicieuse discussion ? rétorqua-t-elle, la bouche tordue par l'ironie.

– On arrête les détournements, les kidnappings, les explosions d'entrepôts.

– On arrête les meurtres.

Thom détourna le regard et tira deux fois sur sa cigarette.

– On arrête les meurtres, finit-il par concéder.

– Et en échange ?

– Rien. Les territoires restent tels qu'ils sont. Nous avons réussi à décrocher deux gros hôtels avec nos nouveaux produits – nous les gardons. Pour le reste, les Grey continuent de fournir les hôtels, les Hale se chargent des speakeasies. Quels que soient vos clients actuels, ils sont à vous ; il en va de même pour nous, tant qu'il n'y a pas de braconnage à l'avenir.

– C'est tout ?

– Oui.

– D'accord.

Cordelia tendit la main et serra celle de Thom d'une poigne ferme, rapide. Il croisa son regard, comme pour s'assurer de sa sincérité, elle le lui rendit sans ciller.

– Bien, poursuivit-elle, satisfaite, en remontant la capuche de son ciré sur ses cheveux bousculés par le vent et en se dirigeant vers la porte. Je crois que tout est dit.

– Attends.

Sa voix avait changé, elle était devenue aussi menaçante que celle du méchant dans les feuilletons radiophoniques. Lorsqu'elle sentit les doigts de Thom attraper son poignet, elle crut défaillir. Aussitôt elle comprit quelle idiote elle avait été de croire que tout serait si facile, qu'elle pouvait venir là seule. Il la força à se retourner, avec brusquerie ; son visage était intense, légèreté et camaraderie avaient disparu. Une terreur instinctive la traversa, assombrit ses yeux. Avec un mouvement de la tête lourd de sous-entendus, il affirma :

– Tu ne partiras pas tout de suite.

– C'est bon, j'ai mon compte, annonça Dave, le plus grand et le plus blond des hommes de Charlie, qui se trouvait également être le moins doué pour cacher ce qu'il pensait.

– Mais la partie n'est pas finie ! protesta Astrid.

Elle roula des yeux innocents en direction de Victor, qui était appuyé contre le mur derrière Dave et la contemplait, les bras croisés, avec une expression amusée. Elle tentait d'adopter un air ingénu et totalement étonné de la tournure que prenaient les événements, comme si aucun de ses deux adversaires ne l'avait vue tricher. Tricher, c'était un bien grand mot, à vrai dire. Après son dernier coup, la boule blanche avait rebondi contre la bande la plus éloignée et avait paru sur le point de heurter la boule n° huit – ce qui aurait mis un terme à la partie beaucoup trop vite à son goût –, elle avait donc légèrement secoué la table pour changer la trajectoire. Quoi qu'il en soit, son air confus ne convainquit personne. À voir la manière dont Victor la regardait, elle ne réussit pas tout à fait à contrôler le sourire à deux doigts d'éclore sur ses lèvres.

– Peu importe, insista Dave en tendant sa queue à Victor et en feignant de bâiller. J'en ai marre.

La plupart des hommes avaient accompagné Charlie et Cordelia, qui avaient quitté le domaine pour une importante mission supersecrète dont ils avaient passé la nuit à discuter. Depuis, la pluie tombait par intermittence, balayant par moments la pelouse en rafales qui venaient éclabousser les fenêtres, ce qui ne laissait aux gardes du corps encore présents d'autre choix que rester à l'intérieur à discuter filles autour d'une bière. Leurs rangs s'étaient progressivement clairsemés, de dix, ils étaient passés à cinq, puis à trois. Désormais Victor et Astrid n'étaient plus que tous les deux, mais cette dernière détourna le regard et se baissa pour lisser l'ourlet de dentelle de sa robe, faisant mine de n'avoir rien remarqué.

– Jamais personne ne traitera la femme du patron de tricheuse, en tout cas pas en face.

Victor souleva la queue et la plaça sur ses épaules, les bras ballants par-dessus.

– Mais ça ne veut pas dire qu'ils continueront de jouer avec vous, conclut-il.

– Oh, qu'ils aillent au diable, ce ne sont que des abrutis à l'hygiène douteuse, de toute façon.

Elle fit voler ses cheveux dans son dos et traversa la pièce d'un pas guilleret en direction d'un pot en argent ruisselant, qui était à l'origine censé accueillir des plantes vertes, mais avait été reconverti en seau à champagne. Elle se resservit et contempla Victor, la coupe en l'air.

– J'aime gagner, vous savez, et qui plus est, j'ai toujours jugé les scrupules plutôt ennuyeux, si vous voyez ce que je veux dire...

Victor haussa les épaules, comme s'il envisageait son point de vue sans toutefois être convaincu. Dans les moments de silence qui suivirent, Astrid prit conscience de la respiration laborieuse du ventilateur de plafond (qui avait lutté tant bien que mal contre l'air tropical toute la semaine), et du phonographe, qui ne jouait plus. Ce calme la troubla. Pour meubler, elle s'exclama :

– Quel temps bizarre !

Puis détourna les yeux.

– Oui, jusqu'à hier, c'était un ouragan. Il y a de gros dégâts en Caroline. Mais ici, nous n'en aurons que la queue. Il passe ce soir et demain, c'est terminé.

– Ah.

Elle but une gorgée de champagne, la tête lui tourna un peu, elle se sentait heureuse, légère. En conséquence, elle ne trouva rien à redire à ce que lui proposa ensuite Victor.

– Je pourrais vous donner un cours. Ça vous permettrait de gagner sans tricher, suggéra-t-il.

– Très bien, chéri, apprenez-moi tout ce que vous savez !

Elle gloussa et regagna la table d'un pas furtif. Victor s'empara de la queue qu'il avait en travers des épaules.

– La chose qu'il ne faut jamais oublier, commença-t-il d'une voix grave et officielle, c'est qu'il s'agit uniquement de géométrie. Vous avez sûrement étudié la géométrie dans l'école chic que vous avez fréquentée ?

– La géométrie classique, répondit-elle sans décoller les lèvres de sa coupe de champagne.

– Eh bien, fit Victor en ponctuant son propos d'un sifflement sourd. Vous êtes vraiment de la haute, vous.

– Et pas qu'un peu.

Astrid, menton soulevé, fit traîner langoureusement le bout de ses doigts le long du bord en noyer de la table.

– Je vous crois sur parole, répliqua Victor en reculant d'un pas. À vous de m'écouter, maintenant : le billard, c'est un jeu d'angles. Il faut que la boule tombe dans le trou, d'accord ? Donc pour lui donner une trajectoire parfaite, qui se terminera où vous le souhaitez, il faut la taper au bon angle.

Son doigt traça lentement sur le feutre le trajet idéal entre la boule blanche et la verte pour permettre à celle-ci d'atterrir dans le trou du milieu.

– Vous voyez ?

Pendant un instant, Astrid hésita, mais lorsque Victor lui tendit la queue, elle s'en empara et se déplaça un peu pour mieux observer la boule verte et le tracé, qu'il lui désignait à nouveau, en direction du trou.

– Maintenant, rapprochez-vous de la blanche, penchez-vous bien sur la table. Imaginez que vous êtes la boule. Regardez la table du point de vue de la boule.

– *Moi*, la boule ? Vous voulez rire ?

Elle s'esclaffa, mais Victor affichait, lui, un sourire éclatant.

– Je vais vous montrer.

Il se mit à côté d'elle et d'une paume douce posée entre ses omoplates, l'incita à se pencher en avant. Une fois dans cette position, elle comprit ce qu'il essayait d'expliquer. Les boules s'étalaient devant elle comme une maquette du système solaire, comme si elle contemplait la Terre par-dessus l'épaule de la Lune. Si elle cognait en plein dans la Terre, elle rebondirait contre le bord, il fallait donc que la Lune frappe du côté droit, pour que la Terre file en oblique sur la gauche. Elle souleva sa queue, prête à jouer, mais il rectifia son geste avec douceur.

– Venez par ici, conseilla-t-il en guidant son corps vers la gauche.

Elle avait toujours considéré Victor comme un garçon très svelte, il lui semblait à peine plus gros qu'elle. Mais soudain, elle voyait combien il était carré, en réalité. Son envergure était si large que ses bras l'entouraient sans toucher ni ses bras ni son dos. Il modifia la position de la queue.

– Restez très bas, au plus près de la table. Voilà. Vous vous souvenez où la boule blanche est censée taper ?

– Oui.

– Frappez-la avec assurance – pas avec brutalité, sans quoi la verte risquerait de rebondir, mais avec force.

– Très bien.

Retenant son souffle, Astrid recula son bras. Sur l'expiration, elle le laissa filer vers l'avant. Le glissement de la Lune sur le feutre, la petite claque qu'elle assena à la Terre et le silence net au moment où la Terre s'enfonça dans le trou, tout cela était si gratifiant qu'Astrid ne put s'empêcher de sauter en arrière et de faire des bonds.

– J'ai réussi !

– Vous avez réussi !

Elle se retourna, Victor se tenait si près d'elle que leurs poitrines étaient presque en contact. Il avait un sourire aussi radieux que le sien et, pendant un instant, elle crut qu'il allait se mettre à bondir de joie lui aussi. Mais il n'en fit rien. Il la fixait, simplement, des étoiles dans les yeux.

– Oh, fit-elle, son sourire évanoui. Oh, répéta-t-elle lorsqu'elle parvint à détacher son regard.

– Vous êtes douée.

– Douée mais fatiguée, répliqua-t-elle du tac au tac, avant de laisser échapper un petit rire pour cacher la pauvreté de sa plaisanterie.

Victor recula et reprit son ton formel :

– Bien sûr. Je continuerai mes leçons une autre fois. Enfin, si vous le souhaitez.

– Peut-être.

Astrid lui tourna le dos pour reposer sa queue sur la table.

– Mais pour l'instant, je crois qu'une sieste s'impose ! Charlie me sort, ce soir, et il vaudrait mieux que je sois en forme.

– Je vous accompagne. En tant que garde du corps. Pour m'assurer que tout va bien.

Elle hocha la tête d'un air distrait et vida sa coupe de champagne. Avait-elle dans l'idée que cela l'aiderait à se sentir fatiguée, quand en réalité tous ses sens étaient en éveil ? Elle savait que si elle ouvrait la bouche, sa voix serait bien plus douce et tendre qu'il ne serait approprié, elle se garda donc de répondre et le laissa la suivre dans le couloir puis l'escalier.

En montant vers sa chambre, Astrid pensa à Charlie et à la manière dont il l'avait regardée le matin même sur la terrasse, ainsi qu'à sa jalousie lorsqu'elle flirtait avec un autre garçon. Car il était vrai qu'elle avait beaucoup flirté, mais c'était il y a longtemps, avant son mariage, et elle savait bien qu'elle ferait mieux de s'abstenir, désormais. Pourtant, ses sens aux aguets percevaient la légèreté du pas de Victor sur le plancher, le rythme de sa respiration et son odeur, agréablement parfumée au savon. Les centimètres qui les séparaient provoquaient en elle une douleur insupportable, elle aurait tant aimé être celle qu'elle était autrefois, aussi libre que l'air. Mais elle ne l'était plus, se sermonna-t-elle mentalement, et Charlie la sortait ce soir.

Soudain, elle envisagea la situation telle qu'elle était réellement. Ce n'était qu'un instant, déconnecté de tous ceux qui appartenaient au passé et de tous ceux qui se produiraient à l'avenir. Il n'y avait personne aux alentours, Victor était un garçon adorable, avec qui elle n'avait rien fait de mal, ils avaient simplement joué aux cartes, au croquet, au billard. Elle se hissa donc sur la pointe des pieds pour l'embrasser sur la bouche.

Elle avait voulu en faire un baiser chaste (du moins le croyait-elle), mais il tituba en arrière, comme s'il s'était agi d'un geste débridé, passionné.

– Au revoir, lâcha-t-il.

Maintenant qu'elle avait goûté à la douceur de ses lèvres et au désir qu'elle sentait palpiter en surface, elle avait très envie de savoir à quoi ressemblerait un baiser débridé, passionné avec lui. Avant même de se rendre compte de ce qu'elle était en train de faire, elle s'était jetée à son cou, et leurs lèvres se scellèrent. Quelques secondes s'écoulèrent puis les mains de Victor se calèrent au creux de ses reins, retroussèrent sa robe tandis que leur baiser semblait ne jamais vouloir s'interrompre.

– Oh, mon Dieu.

Elle s'écarta, s'essuya la bouche du dos de la main.

– Je suis désolé, je...

– Désolé pour quoi ?

Le chagrin audible dans la voix d'Astrid une fraction de seconde plus tôt avait disparu, une étincelle malicieuse apparut dans son regard.

Victor baissa la tête, Astrid fonça vers l'arrière, ouvrit la porte et se glissa dans sa chambre, plongée dans l'obscurité.

– À plus tard ! lança-t-elle avant de claquer le battant derrière elle et de se précipiter sur son lit.

Elle se jeta sur le matelas, s'enveloppa des couvertures et donna l'ordre à son cœur de bien vouloir calmer ses ardeurs, sans quoi cela finirait mal.

II

– Attends. S'il te plaît.

Le cœur de Cordelia était tellement sens dessus dessous que le ton plaintif de Thom lui avait brièvement échappé. Soudain elle se rendit compte que la menace qu'elle avait sentie dans sa voix était en réalité le fruit de son imagination. L'avait-elle jamais entendu dire le mot « s'il te plaît » de manière aussi sincère ? Le visage de Thom était presque méconnaissable, tant il souhaitait qu'elle l'écoute.

– Attends, répéta-t-il. Laisse-moi t'expliquer.

– Expliquer quoi ?

Sa gorge était rauque, son ventre se serrait à l'idée de ce qu'il risquait de lui annoncer – pendant un instant, on aurait pu croire qu'il allait lui demander si elle pourrait jamais l'aimer à nouveau.

– Comment ça s'est passé – comment l'homme de main de mon père s'est introduit à Dogwood.

– Oh.

Thom se passa les mains sur le visage, et les mots se déversèrent de sa bouche :

– Au début, j'ai vraiment cru que c'était ma faute, qu'ils m'avaient suivi et que cela leur avait permis de découvrir le tunnel. J'avais honte, je crois, et je craignais d'avoir un lien avec tout ça. C'est pour ça que je ne t'ai pas appelée ni... ni... Je ne sais pas.

Cordelia ferma les paupières et se força à remplir d'air ses poumons.

– Mais comment peux-tu être certain qu'ils ne t'ont pas suivi ?

– Parce que j'ai forcé mon père à tout me raconter. Je suis parti de la maison pendant un moment, et j'ai réfléchi. J'ai compris que je devais affronter ce qui s'était passé ce soir-là. C'est pourquoi j'ai tenu à être là, quand ils ont enlevé Astrid. Je devais m'assurer que ça ne se reproduirait plus. Alors, quand je suis revenu chez moi, j'ai annoncé à mon père que je ne lui adresserais plus la parole tant qu'il ne m'aurait pas expliqué comment il avait accédé à Dogwood.

Le ventre de Cordelia était désormais tellement noué qu'elle se trouvait incapable de prononcer le moindre mot, mais elle hocha la tête en direction de Thom pour lui confirmer qu'elle écoutait.

– En réalité, mon père a toujours connu l'existence de ce tunnel.

– Quoi ? Comment ça ?

– Il le connaissait parce que ma mère a grandi à Dogwood. C'était la maison de ses parents, elle jouait souvent dans ce tunnel quand elle était enfant. Sa famille est une des grandes lignées de White Cove, tu sais – son père était paranoïaque, il avait peur des cambrioleurs ou de kidnappeurs qui pourraient s'en prendre à sa fille en échange d'une rançon. Il avait donc fait construire ce tunnel pour pouvoir s'enfuir.

L'idée qu'un enfant ait vécu à Dogwood parut à Cordelia bizarre et un peu triste. Elle ne s'était jamais représenté cette maison autrement que comme le domaine d'un bootlegger, le théâtre de fêtes extravagantes. Elle savait pourtant que c'était une vision assez étroite de la réalité – qui, sinon l'aristocratie locale, pouvait se permettre de bâtir une telle demeure ?

– Eh bien, commenta-t-elle enfin. Quelle coïncidence, n'est-ce pas ? Mon père, propriétaire de la maison d'enfance de ta mère.

Thom la regarda avec étonnement.

– Darius ne t'a jamais rien révélé, alors ? Sur les raisons de la brouille entre mon père et lui ?

Cordelia fit doucement non de la tête.

– J'imagine que tu sais qu'au début ils étaient amis. Mon père était le chef de la bande, mais Darius était son bras droit. Ils étaient spécialisés dans les coups plutôt simples, surtout les pillages de banques. Darius se contentait de conduire le véhicule, la plupart du temps. Mais dès qu'ils ont commencé à se faire vraiment de l'argent, mon père a eu des prétentions, il s'est mis à fréquenter les soirées de la bonne société. C'est comme ça qu'il a rencontré ma mère. À mon avis, il l'a courtisée simplement pour prouver qu'il pouvait séduire une fille de la haute. Bref, ils ont fui ensemble et il l'a emmenée dans le Minnesota pour la montrer à toutes ces petites gens qui constituaient son milieu. À leur retour, en passant par l'Ohio, ils ont rencontré Fanny. À entendre la façon dont mon père raconte l'histoire, tu sens qu'il en souffre encore – Darius et lui l'ont aperçue au même moment, assise sur une terrasse, au coucher du soleil, et c'était la fille la plus parfaite qu'ils aient jamais vue. Belle, et courageuse. Bien sûr, Darius avait l'avantage, puisqu'il n'était pas jeune marié, et elle l'a choisi. Lorsqu'ils ont quitté la ville, elle est partie avec eux.

– C'est pour cette raison qu'ils se sont fâchés ? demanda Cordelia, incrédule.

– Non.

Thom prit une grande inspiration douloureuse.

– À leur retour à New York, ils avaient dilapidé tout leur butin dans des costumes sur mesure, des montres à gousset en or pour se pavaner dans le Midwest. Ma mère avait été déshéritée par ses parents et elle était amère d'avoir choisi un mari qui ne l'aimait pas vraiment, d'être contrainte de vivre dans un quartier mal famé. Pendant un temps, ils ont tenté de rentrer dans le rang, de travailler normalement, mais ils n'étaient pas faits pour ça. Ils ont fini par dévaliser la banque de trop, ce qui les a forcés à rester cachés dans une cabane, au fin fond de la forêt de Pine Barrens un long moment. Marrant de penser que nous devions être là tous les deux et que nous avons dû nous connaître bébés, non ?

Thom leva les yeux sur Cordelia, mais elle était tellement concentrée sur l'histoire que son visage était incapable d'exprimer quoi que ce soit.

– Il n'y avait pas beaucoup d'occupations, là-bas, à part boire, et c'est à ça qu'ils passaient le plus clair de leur temps, reprit-il. Un soir qu'ils avaient trop bu, mon père a commencé à jouer les jolis cœurs avec Fanny. Ma mère s'est mise à crier, Darius à agiter son pistolet dans tous les sens. Il a menacé de tuer mon père et, même s'il ne le pensait pas vraiment, un coup de feu est parti. La balle a ricoché et Fanny l'a reçue en plein ventre.

Cordelia porta ses mains à son visage.

– C'est comme ça qu'elle est morte ? parvint-elle à murmurer.

Thom l'observait attentivement.

– La blessure n'était pas si grave, douloureuse surtout, mais leur tête était mise à prix, alors ils ont tardé à aller chercher de l'aide. Cinq jours après, lorsqu'ils ont enfin trouvé un médecin qui a accepté de ne pas poser de questions, la gangrène s'était répandue, c'était trop tard. Darius a rejeté la faute sur mon père, à qui il n'a jamais pardonné. Son obsession est alors devenue de faire mieux que lui dans tous les domaines et depuis, cette rivalité n'a jamais cessé. Dogwood est le point culminant de tout ça. Mon père voulait l'acheter, pour apaiser ma mère, après tout ce qu'il lui avait fait subir, mais Darius l'a emporté le premier. Il a acheté Dogwood pour lui nuire.

– Mais… si Duluth connaissait l'existence de ce tunnel depuis toujours, pourquoi ne s'en est-il pas pris à mon père plus tôt ?

Thom haussa les épaules.

– Je ne lui ai pas posé la question. À mon avis, ta réapparition a joué un rôle là-dedans, tu lui ressemblais tellement, et puis Darius s'est démené pour nous séparer, toi et moi. Tout ça a suffi à rouvrir la vieille blessure, j'imagine, et mon père ne l'a pas supporté.

Cordelia ferma les yeux très fort en s'intimant de ne pas pleurer. Thom venait de lui révéler tant de choses sur elle, toute l'histoire de sa vie en somme. Elle était secouée de tremblements incontrôlables, maintenant qu'elle l'avait entendue énoncée en ces termes si clairs, pour la première fois.

– Mon Dieu, souffla-t-elle d'une voix rauque. C'est horrible.

Lorsqu'elle sentit les bras de Thom autour d'elle, elle était trop faible pour ne pas se blottir contre lui.

– Je suis désolé, dit-il en écartant de son visage les cheveux mouillés et agglutinés par les larmes.

– Il devait être persuadé que c'était sa faute. Tout comme j'ai cru qu'il était mort par la mienne.

Elle leva les yeux vers Thom pour chercher une confirmation.

Lui, en revanche, semblait loin de ces préoccupations. Ses yeux étincelèrent, son visage s'approcha de celui de Cordelia. Il l'embrassa comme s'il avait eu envie de le faire depuis longtemps et elle lui rendit un baiser avide, comme on boirait le premier verre d'eau après avoir hiberné tout l'hiver. Pendant un instant, elle fut perdue dans la douceur humide de son baiser, son corps parut fondre contre celui de Thom. Mais lorsqu'il s'écarta, un sourire aux lèvres, les derniers jours revinrent d'un coup à Cordelia et l'inquiétude plissa son front : Max, Charlie, la situation qu'il lui appartenait de régler. Il lui sembla soudain que toute sa vie avait été manipulée par un esprit romantique peu perspicace pour qu'elle aboutisse ici entre les bras de Thom.

– On ne peut pas faire ça, marmonna-t-elle en s'éloignant de lui.

Lorsqu'elle vit son visage décomposé, elle sut qu'elle ne pourrait plus jamais être en colère contre lui. Mais la vérité ne changeait pas l'animosité réelle entre leurs deux familles, l'histoire atroce qu'elles partageaient, ni les effroyables événements qui en avaient découlé.

– Je dois y aller, affirma-t-elle.

D'un coup d'épaule, elle poussa la porte et regagna le pont. Les embruns balayèrent immédiatement son visage, elle apprécia cette soudaine fraîcheur après la chaleur du baiser.

– Je ne pense pas que ce soit une bonne idée.

Thom l'avait suivie, il scruta le sud, les yeux plissés.

– La traversée à bord du petit bateau ne sera pas sûre, pas avant quelques minutes, ajouta-t-il.

Le cœur de Cordelia se mit à battre la chamade. Elle voulait retrouver son frère, lui annoncer que tout était arrangé.

Thom parut avoir anticipé ses pensées.

– Je vais appeler à terre, parler à mon père. Je sais qu'il attend avec Charlie, il pourra le rassurer.

– Non.

À peine quelques secondes avant, son cœur s'était serré comme un poing, voilà qu'il s'ouvrait à nouveau.

– Non, ça ne sera pas nécessaire.

Les hommes à l'autre bout du pont désignaient un point au large, dans le ciel d'ouest, qui devenait de plus en plus gros. Ils se contentaient d'observer et d'attendre sans rien dire. La pluie ne tombait pas encore, le vent était chaud et dense. Le temps agité donnait la chair de poule à Cordelia.

– Je suis heureuse que nous sommes convenus d'une trêve.

– Moi aussi.

Ils se dévisagèrent un moment, tandis que l'avion continuait d'avancer et commençait sa descente à la surface de l'eau.

– Tu savais que ça se passerait comme ça ? demanda-t-elle.

Il lui jeta un regard interrogatif, s'apprêta à répondre. Elle s'empressa de préciser :

– L'océan, je veux dire.

Thom referma la bouche, la rouvrit, comme s'il voulait clarifier quelque chose, mais, finalement, rien ne sortit. Désormais, elle distinguait Max, dans le cockpit de l'hydravion, elle approcha du bastingage pour le saluer d'un grand geste. Elle crut le voir lui répondre de la même manière, mais il était surtout concentré sur l'amerrissage, dans des conditions particulièrement difficiles.

– Il y a quelque chose qui me chiffonne, Thom. Tu aurais pu faire ce deal au téléphone avec Jones en quelques minutes. Même Charlie aurait été d'accord sans trop poser de problèmes. Pourquoi me faire venir jusqu'ici par ce temps ?

Thom haussa les épaules et tenta d'allumer une autre cigarette. Il protégea l'allumette au creux de ses mains, mais le vent restait trop fort. Il finit par la jeter puis il replaça son paquet de cigarettes dans sa poche.

– Je repars vers le nord dès demain, expliqua-t-il, croisant à nouveau son regard.

Il gardait le menton baissé, mais ses yeux étaient levés vers elle.

– Et... il fallait que je te voie, ajouta-t-il.

Un sourire fendit le visage de Cordelia avant qu'elle pût le retenir. Dès qu'elle reprit le contrôle sur elle-même, elle le fit disparaître.

– Viens avec moi, la supplia-t-il avec une urgence soudaine. Ça va mal tourner, tu le sais, non ? Maintenant que Charlie a défié Coyle Mink. Vous ne pourrez jamais le battre, Cord : il est organisé, violent, impliqué dans toutes sortes de rackets. Ce n'est pas un bootlegger bon teint de Long Island. Et il est plus dingue que Charlie. Viens avec moi. Tu seras en sécurité.

Il tendit la main vers elle, jusqu'à ce qu'elle lui réponde doucement d'un signe de tête négatif.

– Où que nous soyons, nous pourrons boire des cocktails au whisky, danser au son de la radio et être heureux, ajouta-t-il.

Le rugissement des hélices dans le dos de Cordelia lui apprit que Max s'était posé. Son esprit s'enflammait aux propositions soudaines de Thom. Ça semblait merveilleux, et effrayant tout à la fois, elle qui ne désirait rien tant que s'éloigner de tous ces imbroglios compliqués et sanglants, laisser le passé derrière elle pour de bon.

– Je ne peux pas, affirma-t-elle simplement avant de lui serrer la main.

Puis Thom se baissa pour soulever sa jambe de pantalon. L'arme ne fit pas peur à Cordelia, car elle n'identifia son flanc métallique qu'à l'instant où il se trouva dans sa paume.

– C'est avec ce pistolet que tu comptais m'abattre. Ce fameux soir. Je l'ai toujours gardé avec moi. Sans trop savoir pourquoi. Mais peut-être en auras-tu besoin, maintenant, plus que moi, expliqua-t-il.

C'était avec cette arme que son père lui avait appris à tirer au début de l'été, à un moment où elle était persuadée ne plus pouvoir vivre si on lui interdisait de revoir Thom à jamais. Des larmes emplirent soudain ses yeux, elle se hâta de ranger le pistolet dans sa poche et se tourna vers l'océan.

L'hydravion flottait désormais à proximité du bateau. Max, qui avait ouvert la porte du cockpit, étendait une longue planche pour accéder au pont. Il avait à peine jeté un coup d'œil en direction de Cordelia, pour l'instant, mais elle voyait bien qu'il avait l'air inquiet et particulièrement concentré sur la tâche qui l'occupait.

– Maintenez-la, ordonna-t-il à Thom, qui obéit, bien que cela lui coûtât certainement. Tiens, dit ensuite Max à Cordelia en lui lançant un cordage.

Elle s'y agrippa fermement, grimpa par-dessus le bastingage, passa sur la planche. En quelques pas, elle se trouva à portée de bras de Max. Il l'attrapa et de toute sa force, la fit monter dans le cockpit, où il la serra contre lui.

– Je t'avais dit de ne pas venir, lui glissa-t-il, bien que ce ne fût pas un reproche.

– Excuse-moi. J'étais obligée.

– Je sais.

Max relâcha son étreinte et se remit au travail sans tarder. D'un coup de pied, il envoya la planche dans l'eau puis ferma la porte du cockpit sans un regard à Thom. Il rabattit ses lunettes sur ses yeux, elle boucla sa ceinture.

– Merci. Tu es exactement la personne que je voulais voir en cet instant précis, avoua-t-elle, sincère.

Elle était consciente que Thom se trouvait juste sous eux, que si elle osait le regarder, elle lirait dans ses grands yeux brillants la proposition silencieuse d'un avenir qui lui semblait plus réel que tout ce qu'elle avait pu imaginer. Mais elle ne pouvait l'accepter. Elle ne pouvait pas fuir sans cesse. Sa place était là, aux côtés de ce garçon aux motifs si purs, en quête d'un avenir meilleur et noble.

– De rien. Mais je suis là surtout parce que je serais devenu fou de ne pas savoir où tu étais et si tu avais rallié la côte sans encombre.

Elle eut un petit sourire.

– Je ferais bien d'aller prévenir Charlie que c'est réglé.

– Ne t'inquiète pas, je lui ai parlé.

– Vraiment ?

Max lui jeta un regard en coin et pour la première fois son visage sérieux se détendit et un sourire apparut.

– Comment crois-tu que je t'ai trouvée ? Ton télégramme ce matin m'a alarmé, j'ai essayé de joindre Charlie par tous les moyens. Je lui ai annoncé qu'une tempête approchait. Légère exagération, elle ne sera là que d'ici quelques heures. Mais il m'a chargé de tout faire pour assurer ta sécurité. Nous l'appellerons de l'East End.

– Tant mieux, dit-elle.

L'eau vert pâle se soulevait, puis retombait sous eux et Cordelia constata que ce n'était pas aussi effrayant que ce qu'elle avait imaginé un instant plus tôt. Rien n'était si terrible, pour peu qu'on soit assez courageux pour l'affronter. Le soulagement l'envahit, elle avait fait ce qu'elle devait faire. L'avion se hissa dans les airs, elle posa la main sur l'épaule de Max et lui souffla à l'oreille que tout irait bien.

12

– Je me sens teeeeeeellement mieux, déclara Sophia Ray en se regardant dans son poudrier. Tu ne te sens pas teeeeeeellement mieux maintenant ?

– Si.

Letty, qui elle aussi se contemplait dans le miroir de son poudrier, devait admettre qu'elle se sentait requinquée. Son reflet était une version améliorée d'elle-même – ses cils semblaient plus longs, ses lèvres plus pulpeuses. La seule manière d'échapper à la chaleur avec dignité était de se rendre chez *Bergdorf*, avait décrété Sophia, un peu plus tôt. À l'institut de beauté du grand magasin, Letty avait fait rafraîchir son carré, bénéficié d'une manucure et d'une pédicure. Sophia, quant à elle, en était ressortie les cheveux peroxydés de frais, excessivement maquillée et d'excellente humeur.

Une fois sur le trottoir, Sophia prit sa protégée par le bras et l'entraîna en direction de leur limousine, qui les attendait.

– Hector, hâtez-vous, s'il vous plaît, nous n'avons pas beaucoup de temps, surtout avec ce monde en ville.

La voiture s'engagea dans la circulation. Letty remarqua un groupe de jeunes filles toutes serrées sous un grand parapluie, qui dévisageaient avec effronterie Sophia Ray et son amie. Elles n'étaient pas du quartier, Letty l'avait deviné à leurs vêtements, et elles n'étaient pas là pour faire les boutiques non plus. Letty leur adressa un sourire sans ressentir la moindre culpabilité, toute à sa joie de ne plus être comme elles.

La limousine fut immobilisée dans un entrelacs de véhicules, et le mauvais temps ne faisait qu'empirer la situation. Les conducteurs s'agressaient à coups de klaxon, le poing levé par la fenêtre. Pendant ce temps, à l'arrière de la berline beige, où toutes les surfaces étaient douces et raffinées, le tohu-bohu de la rue semblait un autre monde.

– Tu sais, j'aurai besoin de ton amitié plus que jamais quand je serai loin.

– Redis-moi pourquoi tu t'en vas, déjà ? demanda Letty en s'enfonçant dans le cuir doux de la banquette.

Letty avait plus ou moins décidé de tirer un trait sur l'incident survenu à la soirée de Jack Montrose, mais elle ne pouvait s'empêcher de se sentir un peu curieuse concernant le départ inattendu de Sophia.

– Pour perdre deux kilos, chérie. Trois si possible. Trois jours de bon air des montagnes et de randonnées interminables, et par-dessus tout, de céleri en abondance ! Nous commençons à tourner lundi, vois-tu. Je tiens à ce que mes pommettes crèvent l'écran.

– Mais tu es déjà si fine.

– Oh, tu sais, fit Sophia en fermant les paupières comme si cela allait sans dire. Ce n'est pas la seule raison pour laquelle je dois m'absenter.

Le blanc qui s'ensuivit était lourd de sens. Les yeux de Sophia décrivirent un aller-retour vers l'avant de la voiture. Letty l'imita – Hector, qui portait sa casquette de chauffeur, fixait la rue devant eux, impassible. Les deux femmes rapprochèrent leur tête l'une de l'autre.

– Tu te souviens que je t'ai parlé de Mr Montrose, qui est un homme très important ? Et tu sais que nous avons dû... nous isoler un moment lui et moi, pendant sa soirée ?

La voix de Sophia devenait aussi basse que ses sourcils grimpaient haut, dans une expression évocatrice. Letty faisait son possible pour lui rendre un regard neutre. Elle devinait ce que s'apprêtait à lui annoncer Sophia, elle aurait préféré qu'elle s'abstienne, mais puisqu'il le fallait, autant s'appliquer à ne pas paraître scandalisée.

– Eh bien, en fait... Mr Montrose *m'accompagne* à la cure.

Les yeux de Sophia s'écarquillèrent sensiblement lorsqu'elle prononça cette phrase, et ses lèvres tressaillirent. Le courant d'excitation qui émanait d'elle atteignit Letty et celle-ci, bien qu'un peu dégoûtée du frisson qu'éprouvait son idole à l'idée de cette déviance, fit de son mieux pour sourire.

– Tu ne diras rien, n'est-ce pas ? demanda Sophia.

– Bien sûr que non !

Letty lui adressa un clin d'œil, espérant que cela suffirait à dissimuler le chagrin qu'elle ressentait pour ce pauvre et fidèle Valentine.

– C'est notre secret, ajouta-t-elle avec sérieux.

– Bien. Et, Letty ?

– Oui ?

– Prends soin de Valentine en mon absence, d'accord ?

– J'essaierai, jura Letty en hochant la tête d'un air grave.

– Ne coupez pas le moteur, Hector !

L'auvent vert de *L'Apollonian* apparut devant la vitre de la voiture, le portier en livrée se précipita pour les accueillir, un parapluie à la main afin de protéger ces dames du crachin qui rendait désormais le trottoir glissant. Sophia s'était penchée pour s'adresser au chauffeur ; elle se retourna à peine pour préciser à Letty :

– Letty, mon chou, tu peux monter les sacs, n'est-ce pas ?

L'intimité féminine des instants précédents venait d'être remplacée par l'assurance brusque typique de Sophia.

– Et précise bien à Val que la circulation était effroyable, explique-lui que j'aurais préféré monter lui dire au revoir, mais selon toute probabilité, j'aurais sûrement raté mon train...

Quelques minutes plus tard, les portes de l'ascenseur s'ouvraient sur le penthouse et Letty en sortait, chargée des sacs de shopping, qu'elle portait à deux mains. Un sourire involontaire jaillit sur ses lèvres à la scène tranquille qui apparut sous ses yeux, dans le salon en contrebas. Sous un ventilateur au plafond, Valentine était assis, vêtu d'une chemise blanche rentrée dans un pantalon lui aussi immaculé, chaussé de mocassins marron, son visage à demi caché derrière le *New York Star-Courrier*, qu'il tenait en l'air.

– Salut beauté.

Il s'écoula quelques merveilleuses secondes durant lesquelles Letty fut persuadée que ces mots s'adressaient à elle, mais lorsque Valentine écarta son journal et la découvrit, son sourire disparut. Il avait cru que c'était Sophia qui sortait de l'ascenseur, comprit-elle. Son ventre se serra sous l'effet de la déception, bien malgré elle.

– Oh, bonjour Letty. Où est donc mon épouse ?

– Il y avait... de la circulation, marmonna Letty.

Puis elle s'entendit parler de *train*, de *cure* et de *céleri*.

Elle observa Valentine, pour déterminer s'il était blessé par le fait que sa femme ne lui ait pas dit au revoir, mais son visage ne laissa rien transparaître, ses yeux demeurèrent fixés au loin. Pendant un instant, ils restèrent ainsi, dans le vague, puis ils se mirent à balayer la pièce lentement, laissant derrière eux les tapis couleur fauve, les portraits aux cadres sophistiqués, avant, enfin, de se poser sur Letty. L'expression que Valentine arborait était la même que celle qu'il avait souvent dans la seconde moitié de ses films, durant cette partie de l'histoire où tout semble impossible, mais où il continue néanmoins à faire bonne figure et à se montrer courageux.

– Tu te sens seul quand elle s'en va ? demanda Letty.

– Seul ! s'exclama-t-il. Comment pourrais-je souffrir de solitude alors que tu es là ? Et bien sûr, ces petites retraites sont indispensables à Sophia.

À la respiration suivante, il gonfla son torse comme s'il venait lui-même de prendre un grand bol d'air frais de la montagne.

– Moi aussi, d'ailleurs, j'ai besoin de m'isoler de temps en temps. Le tournage du nouveau film commence lundi, ce sera beaucoup plus simple pour moi si elle n'est pas là...

– Sophia connaît déjà son texte ?

Letty laissa les sacs juste à côté de l'ascenseur et entra dans le salon.

– Enfin, je veux dire, elle aussi joue dans le film, reprit-elle.

– Bien sûr ! O'Dell et Ray, la fine équipe !

Valentine lâcha un rire de gorge en agitant la main, tandis que Letty s'installait sur le canapé juste en face de lui.

– C'est grâce à Sophia si nous sommes aussi célèbres aujourd'hui, tu sais. C'est elle qui avait l'ambition, le cran pour affronter le milieu et ses requins. Parfois je me dis qu'elle adore ça, d'ailleurs. Mais ce qui me tient à cœur ne compte pas autant pour elle. Elle n'aime pas le métier en soi, contrairement à moi.

Letty posa son coude sur l'accoudoir, cala sa joue sur sa paume. Elle repensa à sa maison, sur Main Street, à Union, où sa mère lui avait appris à danser, et où elle mettait en scène des pièces dont elle et ses frères et sœurs aînés étaient les vedettes. Sa mère avait toujours dit que les artistes avaient quelque chose de sacré, ce dont Letty était persuadée. Elle était heureuse de découvrir que Valentine O'Dell, dont le visage à l'écran lui avait toujours donné des frissons, ressentait exactement la même chose qu'elle.

– Dis voir...

Valentine se tourna à nouveau vers elle, arborant un sourire franc et sincère, désormais.

– Tu pourrais peut-être m'aider ? Avec mon texte, je veux dire. Tu pourrais tenir le rôle de Sophia.

– Je... J'en serais honorée.

– Bien ! fit Valentine en tapant des mains, pour appuyer sa décision. Je vais chercher les scripts. Lance donc une cafetière, tu veux bien ? Ça risque de durer toute la nuit...

Lorsque Valentine réapparut, une intense odeur de café flottait déjà dans la cuisine, où ils s'installèrent. Letty récupéra le document et s'assit à la table. Elle replia ses jambes sous elle, commença à feuilleter les pages. C'était la première fois qu'elle avait un scénario entre les mains ; elle eut un frisson en pensant que ces feuilles de papier constituaient un des piliers véritables de ce qui faisait l'essence du cinéma. Sur la première page, il était écrit « Miss Ray ». Letty laissa son doigt s'attarder quelques secondes juste dessus.

– Tu crois que ça va la contrarier ?

– Non, non. Sophia ne fait qu'une prise, en général. Ça l'agace que je sois aussi perfectionniste, jusque dans les moindres détails. Au contraire, c'est lui rendre service, car je serai beaucoup mieux préparé et je n'aurai pas besoin d'autant de prises que d'habitude !

Valentine leur servit à chacun une tasse de café et ils se mirent au travail. Au début, Letty disait les répliques de Sophia un peu à la manière d'une secrétaire qui l'aiderait à mémoriser son rôle. Mais à mesure que l'intrigue et le personnage de Marie, l'héroïne, lui apparaissaient plus clairement, elle instilla davantage d'émotion dans ses mots. Bientôt, elle marquait même des pauses par endroits, comme Valentine, quand elle estimait qu'une réplique sonnait faux ou ne collait pas avec le personnage. Du temps où elle était coincée dans l'Ohio, lors de ces interminables soirées pétries d'ennui qui s'étaient succédé après la mort de sa mère, quand son père était devenu si strict, c'était précisément ainsi qu'elle imaginait le travail des artistes. Peu importait qu'ils soient dans un appartement de Park Avenue. Ils auraient pu se trouver dans n'importe quel bouge, au fin fond du Village, ou bien dans les faubourgs parisiens, tout ce qu'ils disaient débordait d'énergie, ponctué de gestes de la main et de rires. À plusieurs reprises, Valentine interrompit leur récitation pour lui relater une anecdote survenue lors de tournages auxquels il avait participé, comme la fois où il avait changé le script ou utilisé un costume particulier pour mieux illustrer une facette de son personnage.

Letty adorait se figurer à quoi ressembleraient les scènes une fois à l'écran. Il aurait été embarrassant de l'avouer en ces termes à Valentine, mais c'était bien la soirée la plus excitante qu'elle ait passée depuis son arrivée à New York. Nulle part elle ne s'était sentie aussi vivante, dans aucun night-club, pas même au *Caveau*, ce fameux soir qui l'avait révélée.

– Quand la guerre s'est terminée, j'étais un homme brisé.

Valentine commençait une nouvelle scène, les sourcils noués par l'émotion. Il était debout, comme à l'orée d'un bois dominant une vallée, le menton levé, un bras dans le dos.

– Je croyais ma vie terminée, je regrettais de ne pas être mort avec mes hommes dans ces tranchées...

– Mais tu as tant fait pour notre village.

Letty s'approcha de lui, le visage tourné contre l'épaule, comme si ce qu'elle ressentait était trop insoutenable. Ses paupières s'abaissèrent, elle murmura presque la suite de son texte.

– Bien plus que nous n'en ferons jamais pour toi.

– Voir le village revenir à la vie, après avoir été témoin de tant de morts, me fait un immense plaisir... Mais ne crois pas que j'ai fait ça pour eux.

Valentine fit un pas décidé en direction de Letty, qui ouvrit un œil pour voir quelle était sa réplique. Mais il n'y en avait pas, seulement une indication scénique qui fit s'emballer son cœur.

Ils s'embrassent. Elle eut l'impression que son visage se figeait, que ses doigts s'anesthésiaient. *Est-on réellement censés s'embrasser ?*

– Je n'y crois pas, s'entendit-elle dire.

Voilà qu'elle inventait du texte qui n'existait pas dans le script et bien qu'elle ne comprît pas vraiment d'où il sortait, elle avait le sentiment de devoir gagner du temps. Peut-être était-ce ce qu'elle avait espéré lorsqu'elle avait promis à Sophia, avec un clin d'œil, de bien s'occuper de Valentine. Mais maintenant qu'elle se trouvait seule avec lui, avec à la main une feuille qui lui donnait pour instruction de l'embrasser, tout cela lui paraissait aussi terrifiant que délirant.

– Je n'arrive pas à croire que tu ne pensais pas à nous tous quand...

Avant qu'elle puisse poursuivre dans cette veine, Valentine avait posé ses deux mains autour de sa taille fine. Ses paupières étaient closes, sa bouche s'approchait de celle de Letty. Elle ferma les yeux à son tour, craignant de défaillir.

Le baiser qui suivit fut si doux qu'il parut ne pas avoir lieu, et pourtant, ce poids plume de ses lèvres sur les siennes pesa sur tout le corps de Letty, jusque sur ses genoux et au bout de ses orteils.

Lorsqu'elle rouvrit les yeux, il la regardait déjà. Les muscles autour de ses yeux se plissèrent, une étincelle traversa ses iris sombres. Il avait laissé ses mains sur sa taille, elle était certaine qu'il sentait les battements effrénés de son cœur.

– Eh bien, souffla-t-il, et Letty comprit que ce n'était pas « le Lieutenant » qui s'exprimait, mais bien Valentine lui-même. C'était... C'était incroyable.

Là-bas, à Long Island, les nuages s'accumulaient à nouveau, faisant disparaître les étoiles et leur étrange magie. Peut-être la mauvaise étoile parmi elles vit-elle du même coup son influence s'évanouir, le temps pour deux jeunes mariés célèbres d'être réunis lors d'un authentique rendez-vous amoureux, dans une crique au bord d'une eau calme et miroitante, lui vêtu d'un élégant costume en lin caramel, elle d'une robe en dentelle blanche sans manches qui semblait à dessein rappeler à tous qu'elle venait de se marier.

D'ailleurs, avant d'arriver au yacht-club de White Cove, Astrid avait oublié qu'elle avait un jour envisagé d'organiser son mariage là. Le côté improvisé de la cérémonie telle qu'elle avait finalement eu lieu était pour Astrid un sujet de fierté désormais, et elle n'aurait pas voulu qu'il en eût été autrement. Mais lorsqu'elle vit les lumières scintillantes qui bordaient la terrasse du restaurant, lorsqu'elle se souvint où elle avait prévu d'installer l'autel, sur ce ponton en bois, elle ne put s'empêcher de se demander si leur vie serait différente aujourd'hui s'ils avaient fait ça dans les règles.

Cela dit, tout n'était pas si noir, se sermonna-t-elle. Ce baiser qui avait suivi la partie de billard avec Victor, un peu plus tôt, ne signifiait pas grand-chose et Charlie l'avait bien cherché, après tout. Cependant, elle avait beaucoup de mal à faire comme s'il ne s'était rien passé, avec l'air de chien battu qu'avait pris Victor en la voyant descendre dans sa robe de soirée, et la chaleur qui envahissait ses pommettes à elle en cet instant où elle repensait à lui.

– Bébé ?

Charlie lui tenait la porte, il l'attendait, et Astrid prit conscience qu'elle était perdue dans ses pensées.

– Merci, chéri !

Elle se força à afficher son sourire le plus radieux et posa un talon devant l'autre. Mais, à l'instant où elle franchit le seuil du restaurant du yacht-club, ses idées noires se dissipèrent. Elle lut la jalousie dans les yeux de ces femmes qui, quelques instants plus tôt, se montraient si fières d'avoir épousé un homme fortuné, mais constataient à présent combien leur mari souffrait de la comparaison avec le beau, l'impertinent Charlie.

En souriant toute seule, elle songea qu'une femme pouvait faire comprendre bien des choses rien qu'en traversant une salle pour rejoindre sa table. Elle était un oiseau rare, elle le savait, un oiseau spécial, libre, et il était naturel qu'elle se sente un peu prisonnière, particulièrement quand le mariage avait été aussi soudain. Charlie et elle n'étaient pas comme tout le monde – ils étaient plus aventureux, plus audacieux. Leurs actes suscitaient des jugements, des jalousies. Ce n'était pas une raison pour en vouloir à Charlie, conclut-elle. Il faisait peut-être plus noir, au plus profond de son univers, mais cet endroit était bien plus intéressant que n'importe quel autre et il lui suffirait de quelque temps pour s'y habituer. Quoi qu'il en soit, elle n'aurait pas souhaité être ailleurs.

– Une bouteille de champagne, le bon que je vous ai vendu hier, commanda Charlie auprès du serveur qui les faisait asseoir. Marco saura de quoi je parle.

– Bien monsieur.

L'homme hocha la tête avec cet art subtilement respectueux de ceux entraînés depuis toujours à servir la fine fleur de la société. Elle songea en souriant qu'il semblait aussi estimer les hommes comme Charlie qui ne s'embarrassaient pas de fioritures.

Charlie s'alluma une cigarette. Astrid prit son temps pour croiser les jambes, l'ourlet festonné de sa robe révélant au passage la courbure féminine de ses mollets.

– Quelle belle soirée, dit-elle.

– Attends un peu.

Le champagne arriva et Charlie, sa cigarette entre les dents, congédia d'un geste le serveur, pour ouvrir la bouteille lui-même. Il se montra trop brusque, le liquide mousseux jaillit du fin goulot vert puis déborda de leur coupe lorsqu'il les remplit. Mais cela ne dérangeait pas Astrid – elle savait qu'ils n'en manqueraient pas, et elle aimait le côté festif comme indomptable du liquide pâle.

– À nous.

Charlie, tête dressée, leva son verre.

– À nous, répéta-t-elle en minaudant, avec un clin d'œil.

– Tout ira mieux, maintenant que Cord a négocié avec les Hale. Nous pouvons alléger le dispositif de gardes du corps. Et j'ai décidé d'organiser une grande fête pour ton anniversaire la semaine prochaine. J'ai déjà contacté le traiteur préféré de mon père et demandé à Milly d'appeler tout le monde pour qu'ils réservent leur date...

– Oh, Charlie ! J'étais persuadée que tu oublierais, fit-elle en se mordant la lèvre inférieure.

– Tu danses ?

Il était déjà debout, ce n'était pas vraiment une question.

Ce qui n'empêcha pas Astrid de prendre son temps. Elle tira son poudrier de son sac, vérifia le rouge sur ses lèvres, regonfla ses cheveux, examina son menton à droite puis à gauche. À ce moment-là, Charlie en eut assez, il l'attrapa par le coude et l'entraîna vers la piste.

– Pourquoi faut-il toujours que tu joues à ces petits jeux idiots ?

Il laissa tomber sa cigarette et ils exécutèrent quelques pas de charleston. Le rythme de la musique était assez tranquille, leurs mouvements fluides.

– Tu sais que tu es la plus jolie fille de la pièce.

– Vraiment ?

– Ne sois pas sotte.

– Et elle ?

Astrid tendit le menton en direction de Willa Herring, une connaissance, qui avait quelques années d'avance sur elle au lycée de Miss Porter.

– Elle a de trop grandes dents, jugea Charlie avec un haussement d'épaules.

– Alors, que dis-tu d'elle ?

Elle lui désigna une grande blonde qui venait de pénétrer dans la salle, vêtue d'une robe Chanel noire qui semblait tout droit sortie du magasin.

– Est-ce que j'ai l'air d'un type qui a besoin de payer pour avoir une femme ?

– Non.

Les yeux d'Astrid filèrent vers une fille assise à une table voisine de la leur, qui ne devait pas avoir plus de vingt ou vingt et un ans, mais en était déjà à son second mari.

– Dis-moi que je suis plus jolie que celle-ci.

Charlie ne prit même pas la peine de regarder.

– Tu le sais bien, répondit-il en l'approchant de lui, sans cesser de danser. À côté de toi, ce sont toutes des laiderons.

La musique changea. Le tempo s'accéléra, Charlie et Astrid s'adaptèrent. Leur charleston devint frénétique, leurs jambes remontaient haut derrière eux, leurs genoux s'agitaient, ils se tournaient autour en pas de canard. Charlie était un danseur fabuleux – encore un détail qu'elle avait oublié. Il la suivait mieux que n'importe qui et lui montrait toujours un ou deux pas à la volée. Certains couples arrivés après eux avaient terminé leur repas et quittaient le restaurant, eux dansaient encore. Lorsqu'ils se rassirent à table, Astrid ressentait une véritable soif de champagne et un appétit monstrueux.

– Je crois que je vais me commander un steak ! décréta-t-elle en essuyant la sueur à son front.

– Fais-toi plaisir.

Pendant une fraction de seconde, le regard sérieux de Victor sur elle lui revint en mémoire, elle se hâta de prononcer le nom de son mari pour se forcer à tourner la page.

– Charlie ?

– Oui ?

– Sortons tous les soirs.

Charlie avait le visage tout rouge et le front en sueur, lui aussi. Il se pencha par-dessus la table et vint déposer un baiser sonore sur sa joue.

– D'accord, dit-il en les resservant en champagne.

Cela faisait longtemps qu'ils se tenaient là, debout, face à face, dans la cuisine. Des heures, peut-être, ou une vie entière. Leurs lèvres étaient entrouvertes, leurs yeux humides, et dans ces instants suspendus, ils étaient simplement un garçon et une fille qui venaient de s'embrasser pour la première fois et avaient du même coup senti le sol remuer sous leurs pieds. Soudain il était à nouveau Valentine O'Dell, ce qui signifiait qu'elle devait être Letty Larkspur. S'il était Valentine, c'était un homme marié, et si elle était Letty, elle devait être l'amie de sa femme.

– Incroyable, répéta-t-il de sa voix sonore et assurée. C'était incroyable.

– Oh, mon Dieu, couina-t-elle avant de se laisser tomber sur une chaise, la tête entre les mains.

Mais le contact de ses mains ne l'aida en rien, car elles étaient douces et manucurées, et c'était Sophia qui avait payé ces soins, c'était elle encore qui avait donné les instructions précises aux esthéticiennes et les avait surveillées pour s'assurer qu'elles ne rechignaient pas, qu'elles repoussaient soigneusement les cuticules et n'éraflaient pas le vernis de Letty. Dire qu'elle avait osé traiter Sophia en femme infidèle qui ne méritait pas Valentine. Mais Letty devait reconnaître qu'elle s'était leurrée : c'était bien elle la coupable et elle seule.

– Je sais.

Valentine vint se placer derrière elle, une paume sur son épaule, ce qui ne fit qu'accroître son malaise. Elle sentait le pouls de Valentine dans sa main, elle avait envie qu'il l'embrasse à nouveau, ce qui confirmait une bonne fois pour toutes qu'elle n'était qu'une malheureuse traîtresse.

– Oh, oh, oh !

Letty se retourna brusquement, forçant Valentine à reculer. Ses genoux flageolaient, ses mains s'unirent, jointes comme du temps où ses sœurs et elle, à genoux, récitaient leur prière avant d'aller se coucher.

– Je suis désolée, murmura-t-elle.

Il baissait la tête vers elle, la simple vue de ses beaux yeux marron faisait gonfler le cœur de Letty. Ces yeux étaient si magnifiques qu'elle avait envie d'oublier l'existence même du bien et du mal.

Mais c'était impossible, aussi se força-t-elle à fermer les paupières.

– Je te demande pardon. Pardon. C'était ma faute, bien sûr, et je ne lui dirai rien. Je te le promets, ce sera notre secret, nous ne lui avouerons jamais, je suis désolée. Ne crois pas... Je n'ai pas été élevée comme ça. Je ne suis pas ce genre de fille. Jamais je n'oserais... avec un homme *marié*. Surtout quand sa femme s'est montrée si généreuse avec moi. Si gentille. Comme ma sœur, en réalité. Alors ne t'en fais pas, je ne dirai rien, jamais.

Comme il ne répondait rien, elle entrouvrit un œil. Il la dévisageait toujours, mais différemment, désormais, plus calme. Elle décroisa ses doigts et attendit qu'il réagisse.

– Ah ma chère Letty ! s'esclaffa-t-il doucement en tirant une des chaises à la table pour s'y asseoir. Ah là là !

Le silence qui s'ensuivit fit s'emballer l'imagination de Letty, dont le ventre se serra. Il allait dire : *Quand je t'ai embrassée, la terre a tremblé.* Il allait dire : *Fuyons tous les deux, tu es la plus belle fille que j'aie jamais vue, je t'ai cherchée toute ma vie sans le savoir* et toutes ces phrases magiques de cinéma. Elle était à moitié terrifiée de tout ce qu'il était sur le point de lui confier, de tout ce qu'il s'apprêtait à lui suggérer et à moitié éperdue de l'entendre aussi. Elle attendit en se mordant la lèvre.

– Letty, mon chou.

– Oui ? souffla-t-elle.

– Quels mensonges t'a-t-on dits sur le monde ? Quelles sulfureuses histoires de feu de l'enfer t'a-t-on mises dans le crâne pour t'inciter à rester dans le droit chemin ?

Sa voix avait changé. Elle était plus basse, pleine de calme et de sagesse, ce qui rappela à Letty leur différence d'âge, et son expérience, lui qui travaillait depuis l'enfance.

– Tu n'as rien fait de mal, ma chère enfant, ajouta-t-il.

– Vraiment ?

– Qu'as-tu fait sinon ce que tu fais le mieux ? Tu as utilisé toutes tes émotions dans une scène, pour jouer un personnage. Quand tu as fermé les yeux pour que je t'embrasse, c'était Marie qui attendait le baiser du Lieutenant. Ce baiser était incroyable, car c'était l'expression parfaite d'un désir sublime entre un soldat brisé et une veuve de guerre qui reprennent vie pour la première fois depuis longtemps et...

Les mots soigneusement choisis de Valentine firent disparaître peu à peu la honte de Letty, mais à présent, une crainte l'envahissait, elle dut tenir la table pour garder son équilibre. Ce ton patient qu'utilisait Valentine avec elle était agréable, mais ça n'avait aucun rapport avec le romantisme épique de leur baiser. Elle le désirait, il l'avait senti, et sûrement, ce désir était encore lisible sur son visage simple et idiot. Et face à elle, il essayait de lui expliquer, de la manière la plus douce possible, qu'il ne s'agissait que de comédie et qu'elle n'était qu'une petite fille perdue.

– Vois-tu, tu es une actrice de grande qualité... Tu m'as fait basculer dans une scène à laquelle je ne croyais pas et...

La voix de Valentine, devenue rauque, s'interrompit. Il baissa la tête et dans le silence qui suivit, Letty contempla la masse acajou de ses cheveux en songeant que pour un baiser de plus de cet homme, elle était prête à tirer un trait sur la gloire et à se contenter à jamais du destin que la vie lui attribuerait, quelle que soit la punition qu'elle lui infligerait. Sans lever les yeux vers elle, Valentine lui prit les mains. Il continua de parler, Letty dut se forcer à penser à respirer.

– Vraiment, comment l'un ou l'autre d'entre nous auraient-ils pu anticiper un tel baiser ? Comment s'en vouloir pour quelque chose d'aussi exceptionnel ?

L'air entra dans les poumons de Letty, en ressortit. Le brouillard envahit ses yeux. Une sensation de picotement gagna ses joues, sa gorge.

– Tu veux dire que... ce baiser était réel ?

– S'il ne l'était pas, je n'ai jamais vécu quelque chose d'aussi vrai de toute ma vie. Et je crois que je ne veux plus jamais en vivre d'autres.

Elle savait exactement ce qu'il voulait dire. Assise dans la cuisine de Valentine O'Dell, pieds nus, le contact de ses lèvres encore palpable sur les siennes, elle venait bel et bien de connaître le moment le plus saisissant de vérité de toute sa vie. On ne l'avait embrassée que deux fois auparavant – d'abord un homme horrible qui s'était servi d'elle, puis un gentil garçon –, mais jamais de telle manière. Sa mère le lui avait toujours dit : la troisième fois, c'est la bonne.

– Embrasse-moi encore ? murmura-t-elle.

Il serra ses doigts et approcha son visage du sien.

13

– Rentrons, on a des trucs à faire.

Astrid lâcha un petit bruit choqué, puis pinça les lèvres. Non loin de Charlie se trouvait Narcissa Phipps, amie et rivale de sa mère, dont le second et avantageux mariage l'avait unie à Alfred Henderson Phipps, une fortune de l'exploitation minière. Au léger mouvement de tête de Mrs Phipps et au tintement de sa fourchette à dessert sur son assiette en porcelaine, Astrid comprit qu'elle avait surpris ce qu'avait dit Charlie. Il était tard, désormais, et la salle du restaurant s'était vidée, il n'y avait plus assez de brouhaha pour couvrir les petits bruits.

Astrid posa les coudes sur la table en gloussant, se pencha en avant et répondit tranquillement (assez fort toutefois pour permettre à Mrs Phipps d'entendre) :

– Tes désirs sont des ordres, mon petit mari.

Charlie, avec un large sourire, recula sa chaise en se levant, ce qui fit un grincement inconvenant et heurta légèrement Mrs Phipps au passage. Il arracha sa veste au dossier et, avant de la déposer sur les épaules d'Astrid, tira de sa poche intérieure une épaisse liasse de billets. Ils se dirigèrent vers la porte et Astrid, jetant un coup d'œil derrière elle, aperçut la grosse coupure de cent dollars posée sur la table.

– Oh, chéri, tu n'attends pas la monnaie ?

Charlie enfonça son visage près de son oreille pour l'inciter à continuer tout droit.

– Pourquoi s'embêter avec ça ? Je suis pressé.

Cette extravagance ravit Astrid au plus haut point, elle avança vers la sortie avec enthousiasme.

– Bonne nuit ! lança-t-elle à la cantonade pendant que Charlie lui tenait la porte.

Elle poursuivit son chemin, balançant ses cheveux pardessus ses épaules, sans se retourner au chœur de « bonne nuit » et de « merci » qui lui répondit.

La porte se referma sur eux, Charlie aussitôt s'empara de sa main pour la faire reculer et, malgré sa résistance, il insista. Il la força à faire volte-face et la plaqua contre le battant. La vitre était étonnamment froide contre ses omoplates et Astrid était consciente que toutes les personnes à l'intérieur voyaient comment il saisissait ses cheveux à pleines mains et se pressait contre elle.

– Mais enfin, Charlie ! s'exclama-t-elle en ouvrant la bouche toute grande, faisant mine d'être outrée par cette démonstration publique de passion.

Ce fut à son tour de l'entraîner par la main, et ils s'empressèrent de descendre l'allée de planches qui menait au parking en terre battue où était garée leur voiture.

L'air nocturne était lourd et salé. Pendant qu'ils étaient au restaurant, la moiteur s'était accentuée. Tous deux riaient désormais, Astrid sentait la chaleur monter en elle et soudain elle prit conscience de tout le champagne qu'ils avaient bu, concluant qu'ils devaient sûrement être un peu soûls. Il prenait appui sur elle un peu plus lourdement qu'elle sur lui, ce qui lui rappela quelle masse était ce garçon, ce qui pour une raison ou une autre la fit rire de plus belle. Dans le noir, il lui fallut quelques instants pour que ses yeux s'accoutument et repèrent leur voiture. Lorsqu'elle aperçut la berline bleu brillant toute neuve, elle émit un petit « Haha ! » joyeux. Ensuite seulement, elle remarqua l'homme en costume marine soyeux qui s'en écartait pour approcher dans leur direction.

– Charlie Grey, dit-il.

Avant qu'elle n'ait eu le temps de bien voir son visage, Charlie s'était déplacé pour faire bouclier. Un instant plus tôt, son corps était mou et pesant, mais il venait de se raidir d'un coup, le dos droit, les épaules carrées.

– Monte dans la voiture, murmura-t-il à Astrid d'une voix crispée.

Elle tendit le cou pour contourner Charlie et voir l'homme en question qui, s'il arborait une grande cicatrice à la joue, ne semblait pourtant pas particulièrement hostile. Il portait un costume élégant et affichait l'allure influente qui convenait à sa tenue – cette nonchalance de ceux qui se connaissent bien ou possèdent assez d'argent pour ne se soucier de rien. Ce n'était pas un ami de Charlie – la chose était entendue –, mais il paraissait un adversaire estimable.

– File.

Cette fois, il n'était pas question pour elle de résister.

En soupirant, elle contourna la voiture pour y entrer du côté passager, mais elle se pencha vers le siège du conducteur pour mieux assister à la scène.

– Qu'est-ce que tu veux ?

Charlie aboyait d'une voix de gros dur.

– C'est Coyle Mink qui m'envoie, répondit l'autre.

Il s'exprimait avec décontraction, mais sa manière de prononcer « Coyle Mink » soulignait sa déférence pour le personnage.

– Voyez-vous ça.

– Eh ouais.

– Bon.

Charlie s'alluma une cigarette – aux trois essais nécessaires pour parvenir à obtenir une flamme à son allumette, Astrid devina qu'il devait être nerveux, bien que cela ne se sentît pas du tout dans sa voix lorsqu'il reprit :

– Et que me veut donc Coyle Mink ?

– Rien, fit l'homme avec un petit ricanement désagréable. Rien du tout. Il trouve que tu commences à prendre le melon, il préfère t'avertir que si tu continues comme ça, ta tête ne rentrera plus dans ton chapeau.

– Des chapeaux, j'en porte pas, répondit Charlie d'un ton glacial.

Astrid regretta de ne pas se trouver à ses côtés, accrochée à son épaule, pour pouvoir regarder l'homme droit dans les yeux et lui dire : « Exactement, monsieur », façon poule de gangster.

– Mink se fout pas mal de ce que tu portes, tant que tu ne mets pas les pieds sur son territoire.

– Dis-lui, à lui, de se casser de *mon* territoire ! Mon territoire, c'est partout où je vends et personne ne viendra me dire le contraire, ni Mink ni qui que ce soit.

Astrid assistait à la scène, les yeux brillant d'excitation. L'homme au costume marine ne répondit pas tout de suite. Il s'éloigna avec un sourire mystérieux.

– C'est un avertissement, Charlie. Tu en fais ce que tu veux, c'est tes affaires.

– Hé, je n'en ai pas fini avec toi ! cria Charlie.

L'homme, sur un haussement d'épaules, regagna sa voiture d'un pas tranquille.

– Tu ne peux pas me menacer et filer comme ça !

– Je ne suis qu'un messager, Charlie, on m'a envoyé te mettre en garde en toute honnêteté. Si tu ne dégages pas des territoires de Mr Mink, la prochaine fois, tu recevras une visite moins amicale.

– Amicale ? Tu appelles ça amical ? Me menacer comme ça alors que je sors avec ma femme ?

Charlie hurlait maintenant, mais l'homme au costume marine en paraissait toujours aussi peu troublé. Il prit place dans son véhicule, démarra. En un clin d'œil, avant qu'Astrid n'ait le temps de comprendre ce qui se passait, Charlie se retrouva au volant de sa propre voiture.

– Ouh là ! fit-elle en se reculant sur son siège.

Il mit le contact, la voiture vrombit. Lorsque l'envoyé de Mink quitta sa place de parking, Charlie le suivit, prenant le virage à toute vitesse pour s'engager sur la route de campagne sombre.

Leurs phares balayaient l'obscurité, éclairant la pluie qui s'était remise à tomber. Astrid prit appui sur le tableau de bord, elle souriait à son mari avec adoration.

Mais l'imposant visage de Charlie, blême sous l'éclat des feux arrière, était dur, ses yeux s'écarquillaient de fureur. Agrippé au volant de toutes ses forces, il ne lui accorda pas un regard. Elle aurait aimé qu'il dise quelque chose, mais elle était contente qu'il se concentre sur sa conduite, vu la quantité d'alcool qu'il avait bue.

La voiture devant eux s'engagea sur Sandy Point Drive, Charlie fit de même, en contournant largement les racines de chêne qui gagnaient sur la chaussée à cet endroit précis. L'autre ignorait la présence de ces racines. Il passa droit dessus, ce qui le ralentit considérablement. C'est ce qui le perdit. Après ça, Charlie, qui le serrait de près, le heurta finalement à l'arrière. Astrid ressentit l'impact dans chacun des os de son corps ; son amusement s'envola aussitôt. Elle ferma les paupières avant le second choc, ce qui ne l'empêcha pas de le sentir, et les rouvrit juste à temps pour voir la voiture quitter la route pour atterrir dans un grand terrain vague que leurs phares révélèrent envahi de hautes herbes et de fleurs sauvages jaunes.

L'autre véhicule donna l'impression, l'espace d'un instant, de pouvoir s'échapper, mais soudain il se mit à décrire des zigzags frénétiques et pour finir, après avoir heurté un fossé, il se retourna comme un jouet lancé par un garnement.

– Mon Dieu ! s'écria Astrid en portant ses mains à son visage.

Désormais, c'était la peur qui mobilisait son esprit. La vision de cette voiture à l'envers, son toit écrasé, la glaça de l'intérieur.

Elle avait encore les mains plaquées sur sa bouche que déjà Charlie était dehors et se dirigeait vers l'épave au pas de charge. Croyant qu'il allait s'assurer de l'état dans lequel se trouvait le conducteur, elle jugea qu'elle ferait bien de lui venir en aide, elle aussi. Mais lorsqu'elle arriva à hauteur de l'accident, elle sut : Charlie n'était pas là pour le secourir. Il agitait un pistolet en l'air.

– Charlie...

Mais il n'écoutait pas.

– Tu me menaces devant ma femme ? criait-il. Devant ma femme ? Devant ma femme ?

On aurait dit un disque rayé.

L'autre ne répondait que par un gémissement sourd de douleur. Astrid l'entendit avant de le voir. Lorsque ses yeux se posèrent sur lui, son estomac se retourna. Il essayait de ramper par une vitre brisée. L'assurance musclée dont il avait fait preuve un peu plus tôt sur le parking avait disparu. Il avait les dents serrées, les yeux fous. La pluie qui toute la journée était tombée par intermittence s'abattait désormais en déluge, l'homme glissa en atteignant l'herbe haute.

– Je ne suis qu'un messager, souffla-t-il.

Il avait du mal à articuler les mots, comme si ses côtes avaient perforé ses poumons. Il enfonça sa main dans sa poche de veste, mais fut trop lent pour saisir son arme.

– Un messager ? rétorqua Charlie en écartant le revolver du pied.

Son bras décrivit un long arc de cercle furieux et il assena un coup de crosse sur le front de l'homme. Du sang jaillit de sa blessure. Instinctivement, Astrid cacha son visage dans ses mains. Lorsque Charlie reprit la parole, une férocité hors du commun s'était emparée de sa voix.

– Voilà ce que je pense de ton message.

Après ça, Charlie commença à le rouer de coups de pied. Astrid le sut aux grognements de Charlie, au bruit des chaussures au contact du corps souple de l'homme, et aux gémissements qui échappaient à celui-ci. Pour finir, ne supportant plus ces plaintes, elle se força à enlever ses mains de son visage et se précipita vers eux.

– Charlie, arrête ! le supplia-t-elle.

– Arrêter ?

Il le cognait encore plus sauvagement, au contraire. Des mèches de cheveux échappées de sa coiffure gominée lui pendaient devant les yeux, il continuait de projeter sa jambe de toutes ses forces.

– Ils ont cru qu'ils pourraient m'humilier ! Ils ont cru qu'ils pourraient m'humilier devant ma femme !

Les yeux de l'homme étaient clos maintenant et, malgré ses gémissements ininterrompus, il semblait être au-delà de la douleur, désormais.

– Tu vas le tuer !

Elle voulut attraper le bras de Charlie, mais il se retourna avant qu'elle n'y parvienne. Face à elle, il semblait avoir gagné en carrure, on aurait dit un géant. Ses yeux brillaient comme ceux d'un animal, son visage ruisselait de pluie.

– Charlie, murmura-t-elle, bien qu'elle sût, d'une certaine manière, que ce n'était pas vraiment lui qu'elle avait devant elle. Charlie, si tu ne t'arrêtes pas, tu vas le tuer.

– Tu veux que je le tue ? Tu veux que je le tue ? brailla-t-il.

Sans quitter Astrid des yeux, il tira le premier coup de feu. Il n'avait pas regardé vers quoi son canon était dirigé, mais la balle se ficha au milieu de la veste bleue de l'homme. Il hurla, l'odeur de poudre se mêla à celle, métallique, du sang.

– Non, Charlie, ne le tue pas.

Astrid jeta toutes ses forces dans l'énoncé de ces mots, pourtant sa voix semblait celle d'une enfant effrayée.

– Maintenant, je n'ai pas le choix, il faut que je le tue, répondit Charlie avec irritation, presque, comme s'il parlait d'un cheval de trait condamné par une jambe brisée.

Elle fit un pas dans sa direction, trop tard. Charlie lui tournait le dos lorsqu'il tira le second coup de feu, mais elle était toute proche, aussi quand la tête de l'homme explosa, du sang vint éclabousser la robe en dentelle blanche. Astrid n'arrivait plus à respirer, ni à entendre quoi que ce soit, d'ailleurs elle ne se rappelait même plus ce qu'était entendre.

Ni Charlie ni elle ne dirent un mot lorsqu'ils remontèrent en voiture. Charlie conduisait vite, cependant elle savait qu'il était impossible qu'ils aillent à la vitesse où ils semblaient se déplacer. C'était comme au cinéma, quand l'action s'accélère et que tout le monde fait tout deux fois plus vite. Mais c'était généralement pour provoquer un effet comique, et Astrid, pour sa part, ne s'imaginait plus jamais rire. Le sang imbibait sa robe, elle ne voulait pas baisser les yeux, craignant ce qu'elle découvrirait.

Ils franchirent le portail de Dogwood à une vitesse folle, les roues crissèrent et couinèrent sur l'herbe mouillée qui tapissait la colline. Déjà la pelouse commençait à être inondée. Astrid descendait de voiture quand Charlie donna trois coups de klaxon prolongés.

Elle entendait à nouveau. Elle entendait et le regrettait amèrement, car cela se résumait à l'horrible son de la voix de Charlie qui s'adressait avec urgence et cynisme à ses sbires, pour leur expliquer quoi faire de l'homme qu'il avait abattu. Elle gravit l'escalier de pierre en épingle à cheveux, en se tordant les mains, pour rejoindre le halo de lumière de la maison. Ses cheveux, ses vêtements étaient trempés, mais cela n'avait pas vraiment d'importance. Elle monta le grand escalier intérieur, songeant qu'elle aurait presque pu être un fantôme, tant elle se sentait petite, tant ses pieds lui paraissaient ne pas toucher le sol. Lorsqu'elle atteignit le palier du deuxième étage, elle eut la confirmation qu'elle était bien vivante, car son ventre se retourna et le steak qu'elle avait dévoré au dîner se retrouva projeté sur le sol en minuscules morceaux répugnants à demi mastiqués.

14

La tempête frappa la côte après minuit ; à cette heure la plupart des gens étaient à l'abri quelque part. Sur la côte est de l'île, les fenêtres avaient été barricadées, l'électricité était coupée. La deux-voies historique qui menait à New York était impraticable, et de nombreuses maisons, parmi les plus proches de l'océan ou situées dans les zones les plus basses, étaient déjà inondées. Des arbres qui avaient été arrachés, retournés, se réveillèrent dans de nouvelles positions, racines en l'air. Les affaires en souffrirent dans ces endroits qui faisaient fortune nuitamment dans le débit d'alcool illégal, à l'exception de quelques-uns, dans Manhattan, qui furent forcés d'accueillir leurs clients jusqu'à l'aube, et dont les stocks furent totalement liquidés. Tous les présents quittèrent les lieux un sourire honteux aux lèvres, et prendraient ensuite l'habitude de demander aux gens qu'ils rencontraient pour la première fois où ils étaient durant la tempête de 1929.

Le célèbre pilote Max Darby et la fille du bootlegger Cordelia Grey assistèrent à l'assaut puis à la disparition de la tempête de la salle de bal presque vide du *Grand Marina Lodge* à Montauk, auprès duquel Max avait emprunté l'hydravion qui lui avait permis d'aller chercher Cordelia. Max avait expliqué avoir réalisé pour eux quelques exhibitions aériennes au moment de leur ouverture. Depuis, et même après l'abandon de son mécène, le patron était resté un ami. Il lui devait aussi de l'argent, pour la dernière fois qu'il avait rédigé dans le ciel une demande en mariage pour des clients importants. Voilà qui expliquait comment Max avait eu droit non seulement d'utiliser l'avion, mais aussi de se voir offrir un dîner de fruits de mer qu'il avait dégusté en tête à tête avec Cordelia sur la plage avant l'arrivée de la pluie. La plupart des clients étaient partis à temps, avant que l'électricité ne soit coupée et que les réserves de glace n'aient complètement fondu. Le personnel avait été forcé de manger les huîtres, qui auraient été perdues ; ils s'en étaient acquittés avec un joyeux sens du devoir et avaient fait glisser le tout à l'aide de vieux stocks de vin blanc.

L'orchestre, qui était resté, jouait plus fort à mesure que la nuit avançait, et les femmes de chambre se mirent à danser, des serviettes sur la tête. On pouvait voir les vagues s'écraser contre la côte rocheuse, les nuages noirs venus du sud charger dans leur direction, mais aux yeux de Max et Cordelia, rien de tout cela ne paraissait réellement menaçant. Ils étaient assis côte à côte sur des chaises longues en toile basses, qui d'ordinaire étaient installées sur la terrasse, main dans la main, et buvaient du soda. Un peu plus tard, le personnel, d'humeur sentimentale soudain, en vint à échanger de doux mensonges. L'orchestre entonna un slow, Cordelia convainquit Max de se lever.

– Je ne sais pas danser du tout, répéta-t-il quatre ou cinq fois avant qu'elle ne prenne ses mains pour les placer correctement en posant sa tête au creux de son épaule.

Il ne savait pas danser, certes, mais peu importait à Cordelia. Elle appréciait simplement d'évoluer en musique dans ses bras.

À l'aube, la tempête était passée. La côte était jonchée de débris, mais le ciel gris pâle se teintait d'un rose délicat autour du soleil. Le personnel du *Grand Marina* dormait sur les tables, pour ceux du moins qui n'avaient pas regagné leurs quartiers, pendant que Max et Cordelia admiraient, à moitié assoupis, les changements de couleur à l'horizon.

Ils se parlaient sur un ton apaisé, calme. Max s'exprimait d'une voix si basse que pendant un moment, Cordelia le crut sur le point de sombrer. Elle posa la main sur sa poitrine. Là, elle sentit la tension dans ses muscles et rouvrit aussitôt les yeux.

– Avant de te rencontrer, je ne pensais qu'aux avions. C'était la seule chose qui m'ait jamais plu.

– C'est une belle passion, murmura-t-elle.

– Jamais l'opinion de quelqu'un n'a compté autant pour moi que la tienne, je crois.

– Je ne pourrais pas avoir une meilleure opinion de toi.

Le soleil était levé, cette fois. Derrière les grandes baies vitrées, ses rayons paraissaient plus forts, Cordelia en sentait la chaleur sur sa peau, à travers ses paupières, elle sourit.

– Cordelia..., commença-t-il, mais sa voix était comme une voiture qui refuse de démarrer.

Il remua sur son siège, soupira.

– Quand nous partirons d'ici, quand nous regagnerons la côte nord, et que je te déposerai à Dogwood...

Il soupira à nouveau et tourna la tête.

– Je veux être certain de te revoir.

Cordelia demeura tout à fait immobile. Elle ne bougea ni ses jambes langoureusement croisées, ni sa main, posée juste au-dessus du cœur de Max. Ces mots étaient parfaitement banals, mais elle savait qu'il lui disait là une chose qu'il n'avait encore jamais dite, que c'était une sorte de déclaration. Et elle était incapable de le regarder. Car soudain, elle venait de comprendre à quel point elle attendait ces mots de sa part depuis toujours, et elle craignait de fondre en larmes si elle croisait son regard en cet instant précis.

– Jamais je ne trouverai une autre fille avec qui j'aurai autant envie de discuter, ça, j'en suis persuadé.

Les phrases se précipitaient hors de sa bouche, comme s'il redoutait qu'elle le contredise s'il lui laissait le temps de parler.

– Les avions, voler, je n'ai toujours voulu que ça. Je veux être le meilleur dans mon domaine. Et que tout le monde le sache. Je crois que j'ai eu peur, si nous sortions ensemble, de penser à toi en permanence, j'ai eu peur que tu m'obsèdes au point de perdre tout ce pour quoi j'avais travaillé. Et voilà qu'aujourd'hui j'ai bel et bien tout perdu, mais je sais que ça ne va pas durer, je n'ai plus peur. Je ne crains plus que tu sois une distraction, ni ce que les gens diront en apprenant que nous sortons ensemble...

Il força sur sa voix, redevenue rauque :

– Veux-tu sortir avec moi ? Vraiment, je veux dire, et que tout le monde soit au courant ?

– Je suis déjà avec toi, Max, et je me fiche de qui est au courant.

Un sourire involontaire apparut sur ses lèvres lorsqu'elle s'entendit prononcer ces mots. À l'autre bout de la salle de bal, les gens se réveillaient, discutaient, préparaient du café. Le délicieux arôme venait jusqu'à Cordelia, signe que la journée était commencée. Elle était impatiente de vivre ces jours prochains qui la verraient se présenter comme la petite amie officielle de Max, mais elle n'avait pas envie que ce moment d'intimité se termine déjà – ce tête-à-tête avec lui dans un coin perdu de Long Island inondé de lumière en ce jour tout neuf.

– Mais restons ici encore un peu, tous les deux.

– D'accord, conclut-il en posant sa main par-dessus celle de Cordelia, sur sa poitrine.

– Comment ta mère a-t-elle su qu'il fallait t'appeler Valentine ?

– Comment ça ?

Il se tenait devant le miroir, dans le dressing adjacent à l'imposante chambre à coucher crème et or qu'il partageait avec Sophia, et ajustait le col haut du manteau gris qui serait son costume pour *Le Bon Lieutenant*. C'était la chambre de Sophia, le mari de Sophia – Letty n'avait pas totalement oublié ces détails. Pourtant, elle n'arrêtait pas de penser à ce que lui avait dit Valentine : quelque chose d'aussi bon ne pouvait pas être mauvais et quoi qu'il en soit, puisque Sophia était avec Montrose, Letty n'était-elle pas en position d'agir de manière parfaitement altruiste, en le sauvant d'un mariage sans amour ?

Le studio avait envoyé le costume le matin même, cependant Valentine et Letty ne l'avaient découvert que l'après-midi, lorsque Hector était sorti de l'ascenseur, le cintre au bras. Ils s'étaient endormis tard dans la nuit, blottis sur les canapés qui se faisaient face dans le salon. Le dernier détail dont se souvenait Letty, c'était que Valentine avait déclaré vouloir la dessiner, telle qu'elle était en cet instant, et lui avait demandé de ne pas bouger. Elle avait fait de son mieux pour garder les yeux ouverts, mais ses paupières étaient si lourdes. La radio avait annoncé la tempête, mais eux avaient dormi tout du long. Maintenant que Letty était assise sur ce sofa en velours vermillon, elle ne pensait plus qu'à une chose : cet homme était le romantisme incarné. Voilà ce qu'elle avait voulu dire, avec sa question, mais lorsqu'elle le comprit, elle sentit ses joues rougir et se mit à tripoter l'ourlet de sa jupe.

– C'est un nom qui te va à la perfection, murmura-t-elle.

En prononçant ces mots, elle prit conscience de leur obséquiosité et une sombre idée lui vint. Leur baiser n'avait peut-être pas signifié grand-chose, peut-être Valentine s'était-il laissé emporter, sur le moment, auquel cas elle ferait bien de ne pas se montrer aussi éblouie.

– C'est tout ce que je voulais dire, ajouta-t-elle.

– Mais évidemment, tu n'en as jamais connu d'autres !

Il s'appliquait à corriger l'arc de son sourcil à l'aide de son petit doigt.

– Si tu m'avais toujours connu sous le nom d'Herman, je te paraîtrais un Herman parfait !

– Herman ! répéta Letty, en s'esclaffant. Tu ne pourrais pas t'appeler Herman.

– Tu crois que je ne serais pas beau, si je m'appelais Herman ?

Sur ce, il se tourna vers elle avec son air plein d'espoir qui, pour une raison ou une autre, rappelait à Letty son chien, la façon qu'il avait de regarder sa maîtresse en quête d'approbation. Du coup, elle se sentit moins timide et osa approcher de lui.

– Letty.

Il prononça son nom comme s'il s'agissait d'une terre magnifique, mythique, qu'il apercevait pour la première fois. De son index, il suivit le contour de son menton.

– Letty, quelle chance de t'avoir rencontrée.

– Tu es sincère ?

– Oui.

Le bout de son doigt courut de son menton sur son cou puis son bras, jusqu'à ce que Valentine tienne la petite main de Letty dans la sienne.

– Accepterais-tu de dîner avec moi ?

L'idée de se trouver à une table de restaurant en compagnie d'un homme tel que Valentine, qui avait son nom dans les journaux, avait voyagé en Europe et dont rêvaient des femmes dans le monde entier avant de s'endormir, cette idée était si bouleversante que Letty avait presque l'impression qu'il valait mieux répondre non. Sauf qu'elle n'en avait pas envie. Elle prit une grande inspiration et songea que cela lui confirmait la réalité de ce qui s'était passé cette nuit.

– Oui.

– Nous nous y rendrons séparément, pour que ça ne paraisse pas louche à Hector... ni à mes fans. Ça te va ?

Elle hocha la tête. En réalité, elle ne voyait pas bien en quoi c'était important, et elle savait, de manière plutôt floue, que si elle se donnait le temps d'y réfléchir un peu, il se pourrait bien qu'elle arrive à la conclusion qu'elle faisait quelque chose de mal. Mais cela paraissait surtout excitant – ils sortiraient en société, croiseraient toutes sortes de gens, mais eux seuls connaîtraient les sentiments qu'ils éprouvaient l'un pour l'autre.

– Bien. Alors, va t'habiller. Et, Letty ?

Elle se trouvait déjà sur le seuil de la chambre et dut se retourner.

– Oui ?

– Veux-tu bien porter cette robe que tu avais l'autre soir ? La rouge.

Soudain il avait un sourire de petit garçon.

Cette phrase envoya un frisson de fierté et de joie dans tout son corps et, bien qu'elle fût tentée de répondre par une affirmation enthousiaste, elle se demanda d'abord comment Sophia aurait réagi. Avant de regagner sa chambre pour se faire assez belle pour sortir avec la star du *Clochard et l'Héritière*, elle se contenta donc de lui adresser un vague sourire.

15

Le ciel était de ce bleu anémique qui vient après la pluie et les champs au-dessous étaient sombres, imbibés d'eau, après les intempéries qui s'étaient abattues durant la nuit sur Long Island. Il faisait frais, à cette hauteur, bien que Cordelia ait remplacé son ciré jaune par un blouson en cuir semblable à celui avec lequel Max se faisait toujours photographier. Le petit biplan vert et blanc du *Grand Marina* grondait si fort qu'ils auraient sûrement été obligés de crier pour s'entendre, mais c'était inutile. Depuis leur conversation dans la salle de bal, le silence ne les gênait plus.

Tout à coup, New York apparut devant eux. Le soleil brillait sur l'eau comme sur les gratte-ciel qui surgissaient de l'île de Manhattan, pointes d'une couronne particulièrement chaotique, rosées à la lumière du matin. Cordelia jeta un coup d'œil en direction de Max et se réjouit de n'avoir pas hésité, ce jour fatidique à Union, lorsque son besoin de fuir avait été si grand qu'elle avait fait ses valises.

À peu près au moment où elle vit l'étroite bande de terre de Roosevelt Island qui partageait en deux le large fleuve, Max fit soudain descendre l'avion très vite. Au début, elle crut qu'il y avait un problème avec le moteur, ou qu'il avait commis une terrible erreur, et son ventre se serra, submergé par la peur. L'eau, à cette heure très fréquentée par les bateaux, approchait à toute vitesse. Mais un coup d'œil vers Max apprit à Cordelia qu'il était sûr de lui. D'ailleurs, un léger sourire flottait sur ses lèvres. Elle garda les yeux fixés droit devant elle en retenant son souffle tandis qu'ils descendaient en piqué, si près qu'elle put voir le fuselage vert et blanc de l'avion se refléter dans le miroir de l'eau à l'instant où ils la frôlèrent. Au-dessus de leur tête était tracé l'arc du pont de Queensboro, à leur gauche s'élevaient les bâtiments blancs et austères de l'asile psychiatrique de Roosevelt Island, à leur droite se dessinait la route qui contournait l'est de Manhattan, où peut-être l'un ou l'autre des passagers de ces voitures miniatures tourneraient la tête pile au bon moment pour voir l'appareil émerger, de manière improbable, de sous le pont pour remonter vers les nuages.

Le cœur de Cordelia se souleva au fur et à mesure de leur ascension. Elle avait envie de dire quelque chose de spirituel et enlevé, comme « J'étais déjà passée sur le Queensboro, mais tu es bien le premier à me faire passer dessous », mais elle n'eut pas le temps de trouver la bonne phrase, déjà le pont de Williamsburg se rapprochait dangereusement. Une petite silhouette sur la passerelle les salua de la main et l'espace sous eux commença à se réduire.

– Wouhou ! hurla-t-elle, comprenant enfin le plan audacieux de Max, flattée d'y être associée.

Lorsqu'elle entendit un long et grossier beuglement de corne de brume et aperçut la péniche, au beau milieu de l'eau, telle une baleine échouée, droit face à eux, son sourire s'effaça.

– Mon Dieu, murmura-t-elle en fermant les yeux.

Mais l'impact n'arriva jamais. Au lieu de ça, elle sentit son corps virer de bord avec l'appareil. Entrouvrant une paupière, elle constata que Max avait manœuvré pour qu'ils frôlent simplement l'embarcation, et ils repartaient vers le haut, suivant la courbe du fleuve au bas de Manhattan. Dès qu'elle put à nouveau respirer, elle comprit que Max avait toute sa confiance, qu'il pourrait l'emmener partout. De toute façon, elle savait déjà quelle serait leur prochaine étape et, quand l'avion fonça sous le pont de Manhattan, dispersant les mouettes, elle ne fut ni surprise ni particulièrement effrayée. Quand enfin ils atteignirent Brooklyn Bridge, Cordelia affichait un large sourire. Les fines toiles d'araignée tissées par les câbles du pont, rosées sous le soleil matinal, les deux fières tours de part et d'autre semblaient une invitation. Elles avaient l'air de dire : « Je vous en prie, passez. » Et l'avion descendit à nouveau, à travers l'ombre de l'arc, pour arriver dans le port de New York, béant sur la mer.

Max se tourna vers Cordelia et lui rendit son sourire.

– J'espère que je ne t'ai pas fait peur.

– Un tout petit peu, avoua-t-elle, des étincelles dans les yeux. Mais rien d'insurmontable.

– Oui, c'est ce que je me disais.

Le port était moucheté de bateaux de toutes tailles – voiliers de plaisance, remorqueurs, embarcations convoyant de riches passagers par-delà les océans, et d'autres, transportant du fret. Max redressa l'appareil et tous les navires firent entendre leur corne de brume dans une bruyante célébration, comme s'ils avaient déjà appris l'exploit que Max venait de réaliser, comme s'ils savaient ce dont ils étaient témoins. Bien entendu, ce n'était pas possible, et Cordelia fut heureuse de s'être trouvée avec Max pendant son vol sous les quatre ponts de l'East River.

– Tu sais, c'est drôle, remarqua-t-elle lorsqu'ils reprirent la direction de White Cove.

– Quoi ?

– Depuis que je te connais, je suis persuadée que tu es du genre secret et sérieux, et soudain je découvre qu'en réalité tu es un cabotin !

– Je n'ai plus de secrets, répondit-il en se tournant vers elle. Je crois que je n'ai plus grand-chose à cacher.

Cordelia hocha la tête en soupirant. Il lui semblait, en cet instant, que tout irait bien jusqu'à la fin des temps.

– J'espère que tu ne le regretteras pas. De m'avoir proposé de sortir avec toi, je veux dire. Je sais que tu veux être le meilleur. Et tu l'es. Mais... je ne voudrais pas, d'une manière ou d'une autre, t'empêcher de devenir ce que tu souhaites être par-dessus tout.

– Ne dis pas ça.

Max se tut un moment puis il tourna vers elle un visage ouvert et débordant de compréhension.

– De toute façon, toi aussi tu veux être la meilleure dans ton domaine.

– Oui, c'est vrai.

Sous eux, la grille serrée des rues avait cédé la place à la verdure ; ils gardèrent le silence, dans le rugissement du moteur qui faisait redescendre doucement l'appareil à travers les nuages. Lorsque Cordelia aperçut le hangar planté sur le grand aérodrome, elle fut prise d'un haut-le-cœur, elle regrettait de devoir revenir sur terre maintenant. Elle voulait continuer, survoler Long Island en direction de l'océan ou de n'importe quel endroit où Max aurait envie de l'emmener. Là-haut dans les airs, comme il était simple de croire que tout était propre et parfait. Mais cette impression disparut bien vite quand elle aperçut la foule massée à côté du hangar. Des automobiles noir brillant étaient garées dans tous les sens, bien plus nombreuses qu'un dimanche ordinaire. Ils atterrirent, entrant en contact de manière assez brusque avec la piste et traversèrent la pelouse. À travers la vitre, elle observa les spectateurs près des voitures qui grossissaient à mesure qu'ils avançaient et parvint à discerner les détails de leurs vêtements, et à remarquer que certains étaient munis d'appareils photo.

– Mon Dieu, souffla-t-elle lorsqu'ils s'immobilisèrent.

Max serrait la mâchoire. Les yeux de Cordelia passaient de Max à la foule et vice versa. Elle savait qu'il pensait à tout ce qu'on lui avait repris, aux mots durs qui avaient été écrits sur lui. Elle se souvenait de ce qu'il lui avait confié – qu'ils ne feraient de lui qu'une bouchée parce qu'il était noir, parce qu'il sortait avec une Blanche, et elle craignit tout à coup, malgré tout ce qu'il lui avait juré, qu'il ne regrette d'assumer publiquement leur relation. Mais elle croisa son regard, il lui répondit d'un sourire lumineux et elle sut, sans en douter une seconde, que le public ne pourrait s'empêcher de succomber à nouveau à son charme.

– Si je n'avais pas essayé de t'impressionner, tous ces gens ne seraient pas là maintenant.

– Tu voulais m'épater ?

– Oui.

Elle rougit de plaisir à cet aveu. Max remonta ses lunettes d'aviateur sur son front puis l'embrassa sur les lèvres.

– On peut dire que tu as réussi, lui murmura-t-elle lorsqu'il s'écarta.

La foule avançait dans leur direction, en brandissant les appareils.

– Prête ? s'enquit Max en lui prenant la main.

Elle défit la boucle de son casque de cuir, secoua ses mèches fauves. Une fossette creusa sa joue.

– Prête.

Max hocha la tête. Il détacha le loquet et poussa la porte, qui se souleva vers le haut et laissa entrer l'air humide en même temps que les acclamations du public. Elle observa Max, son cœur battait la chamade. Il restait le même, sérieux, tendu, pourtant il y avait aussi chez lui quelque chose de nouveau. Ses gestes étaient plus libres, ses yeux ne se dérobaient plus. Il ouvrit du côté de Cordelia, elle sentit la brise agiter ses cheveux et l'enthousiasme de tous ces gens venir jusqu'à elle.

Elle ne leur accorda pas un regard. Toute son attention était concentrée sur Max, qui tendait les bras pour l'attraper. Ils échangèrent un bref clin d'œil en privé avant de se retourner et de fendre ce mur de badauds, qui dut s'écarter sur leur passage. L'apparition de Max et Cordelia assumant leur relation en public prit la foule au dépourvu, momentanément, mais dès lors que tous furent certains de ce qu'ils avaient vu, ils se mirent à les suivre en troupeau. Cordelia ne savait pas trop où ils allaient, jusqu'à ce qu'elle repère une des Daimler appartenant aux Grey, et son garde du corps, Anthony, debout devant.

– Miss Grey, étiez-vous dans l'avion de Max Darby lorsqu'il a passé les quatre ponts ?

C'était une voix d'homme, sèche et éraillée par les cigarettes. Elle se retourna et reconnut Claude Carrion.

– Mon Dieu, déjà levé, monsieur Carrion ?

– Pour un exploit pareil, j'accepte volontiers de me tirer du lit. De toute façon, le sommeil ne me réussit pas.

Il se hâtait à leurs côtés, la respiration sifflante dans l'air humide, et Cordelia fut secrètement ravie de voir le célèbre échotier leur courir après.

– Oui, j'étais avec lui, confirma-t-elle.

À présent qu'elle se trouvait tout près de la voiture, elle adressa un regard significatif à Anthony et celui-ci se précipita sur la portière pour lui ouvrir, tel un authentique chauffeur.

– C'était une manière de célébrer ça, ajouta-t-elle avant de se glisser sur la banquette arrière de la Daimler.

– Célébrer quoi ? entendit-elle Claude Carrion crier.

– À votre avis ? lança Max avant de s'installer à côté de Cordelia.

Une fois à l'arrière du taxi, Letty constata que toute sa timidité avait disparu, que ses yeux s'étaient mis à scintiller. Elle avait utilisé absolument toutes les astuces que lui avait confiées Sophia pour s'habiller et se maquiller et chaque mouvement de ses doigts, chaque pigment de ses fards susurrait « Valentine ».

– C'est là, dit-elle au chauffeur en arrivant devant le petit restaurant italien.

À travers la vitrine, elle apercevait les nappes blanches, les bougies, elle sut tout de suite que c'était ce lieu que Valentine avait choisi pour leur premier vrai rendez-vous. L'endroit parfait pour un tête-à-tête romantique. Il avait déclaré que *Chez Frankie* était un établissement suffisamment hors des sentiers battus pour qu'ils n'aient pas à s'inquiéter des spéculations sur leur sortie à deux. Une part d'elle était consciente qu'elle devrait avoir honte, mais jusque-là, tout ce qui se déroulait entre Valentine et elle avait fini par paraître à Letty tellement juste, tellement évident qu'elle préférait ne pas trop penser à sa femme, ni essayer de savoir si cela faisait d'elle, Letty, la maîtresse de Valentine ou non. À travers la vitre du taxi, elle contempla le restaurant et laissa son cœur accueillir avec joie et enthousiasme les événements à venir.

– Vous êtes sûre ? demanda le chauffeur.

Il avait un de ces accents un peu particuliers qui rajoutent deux syllabes aux mots les plus simples.

– Oui.

Pour une fois dans sa vie, il n'y avait pas le moindre doute dans son esprit, sa voix était forte et claire. Elle lui tendit un billet en précisant qu'il pouvait garder la monnaie.

D'un pas théâtral et confiant, elle posa le pied sur le trottoir. Menton baissé, sourcils fiers, la coiffure nette, lissée avec de l'huile pour lui donner l'apparence d'un couvre-chef laqué, assez court pour révéler ses lobes d'oreille.

De l'extérieur, Letty aperçut Valentine. Il était installé à l'une des petites tables dans un coin, avec devant lui une bougie allumée fichée dans un grand chandelier en cuivre et une corbeille de pain intacte. Elle fut ravie de constater que cette robe rouge n'était pas trop habillée – lui portait un smoking, comme elle l'avait espéré. Son regard était perdu dans le vague et sa main sur la table était tendue, ce qui fit comprendre à Letty que malgré son charisme, son succès, il était nerveux de la retrouver, seul à seul, dans ces conditions. La ligne droite et nette de son nez, son cou sous le haut col blanc de sa chemise habillée étaient soulignés par la lueur des flammes. Letty sentit sa bouche s'entrouvrir, ses jambes flageoler. Elle oublia la démarche élégante et étudiée apprise ces dernières semaines et se précipita vers lui.

En la voyant arriver, il cligna des yeux et un grand sourire se dessina sur ses lèvres. Il se leva, ouvrit largement les bras. Elle se blottit contre lui et tendit son visage vers le sien pour qu'il l'embrasse, mais il avait les paupières closes, il continuait de la serrer contre sa poitrine, si fort, comme s'il venait de traverser l'océan dans l'espoir de la retrouver et ne parvenait pas tout à fait à se persuader qu'elle était là.

– Letty, murmura-t-il avant de la libérer.

Ils s'assirent en se souriant béatement.

– J'ai l'impression qu'on ne s'est pas vus depuis une éternité, pas toi ? reprit-il.

– Si !

Elle se mordit la lèvre. Dans son ancienne vie, elle aurait rougi en cet instant précis, mais elle ne se sentait pas le moins du monde gênée par ce qui émanait d'eux.

– C'était presque... douloureux, tu ne trouves pas ? ajouta-t-elle.

– Oui, c'est étrange, non ?

Ils se dévorèrent des yeux quelques instants, puis il se força à détourner le regard, comme s'il ne croyait pas à sa chance.

– Absolument.

Letty inspira rapidement. Elle aurait aimé avoir les mots pour décrire l'explosion multicolore qu'elle ressentait en elle, mais la perspective d'énoncer des émotions aussi violentes l'effrayait, également. Cependant, se sentant courageuse, elle décida d'essayer.

– C'est parce que tout me semble parfait quand je suis avec toi, du coup, devoir patienter une heure avant de te retrouver, avant que tout ne redevienne tel que cela devrait être, cela me paraît déjà long et monotone.

– Je vois ce que tu veux dire, répondit simplement Valentine en soulevant ses mains pour les embrasser.

S'il y avait d'autres clients dans le restaurant, Letty les avait oubliés. C'était comme au cinéma, quand les caméras montrent d'abord la salle tout entière, puis le visage de l'homme, celui de la femme, à nouveau celui de l'homme, de la femme et ainsi de suite jusqu'à ce qu'on oublie finalement qu'ils se trouvent dans une salle.

La bougie entre Letty et Valentine vacilla, le charme fut brièvement rompu par l'apparition du serveur à leur table. Il portait un long tablier blanc, qui arrivait bien au-dessous de ses genoux, et ses cheveux noirs étaient séparés par une raie au milieu, gominés à l'ancienne.

– Une bouteille d'eau minérale ? suggéra-t-il, un bras élégamment replié derrière son dos.

– Oui, s'il vous plaît.

Une fois l'homme disparu, Valentine s'adossa à sa chaise et soupira. Ses iris acajou s'enflammaient lorsqu'ils se posaient sur Letty.

– D'où viens-tu ? demanda-t-il enfin.

Letty posa les coudes sur la nappe blanche, son menton sur ses mains. Sous le regard de Valentine, elle se savait tout en robe rouge, teint diaphane et yeux de biche. Union, Ohio, semblait un lointain souvenir, une histoire pour enfants à demi oubliée.

– D'une petite ville qui s'appelle Union, qui a beaucoup d'églises et aucun cinéma. Il n'y avait pas grand-chose à faire, alors je ne vivais que pour le cinéma de la ville voisine. J'économisais tout mon argent pour pouvoir y aller chaque fois que la ferme familiale m'en laissait le temps. Il se trouvait dans une petite ville du nom de Defiance... Mon père détestait les films, il me disait qu'ils finiraient par me faire perdre la foi. Mon père était très strict, il nous obligeait à continuer de porter du noir, même après la fin de notre année de deuil pour la mort de ma mère. Nous, les filles, nous devions forcément garder le chignon, et mes frères, une veste, même l'été...

– Ils te manquent, n'est-ce pas ?

Letty avait raconté son histoire d'une voix pétillante, mais lorsqu'elle vit avec quelle empathie Valentine la contemplait, son sourire faillit, sa légèreté de ton commença à s'effriter.

– Je ne sais pas pourquoi, répondit-elle en détournant les yeux. Ils se rendaient à peine compte de ma présence ! En fait, c'est surtout ma petite sœur. Elle ne savait pas encore à quel point le monde peut être cruel parfois, et j'étais la seule à essayer de l'en protéger...

Soudain, sa gorge lui parut empâtée, et elle serra ses mains très fort sur ses genoux. Elle s'intima de ne pas pleurer. Elle était là, dans cette grande métropole, dans une adorable trattoria, à la lueur des bougies dont la cire coulait sur le chandelier de cuivre posé sur la nappe blanche, en plein rendez-vous romantique en compagnie d'une star de cinéma dont elle avait rêvé toute sa vie, et voilà qu'elle avait les larmes aux yeux à cause d'un endroit qu'elle avait quitté depuis si longtemps !

– Quelle idiote..., s'admonesta-t-elle.

Elle avait essayé de prendre un ton léger, pourtant sa voix se brisa.

– Oh, Letty, fit Valentine en repoussant d'une main douce les mèches tombées sur son front pour les coincer derrière son oreille. Nous sommes un peu tous comme toi, tu sais – nous ne sommes pas vraiment partis parce que nous en avions envie. Plutôt parce qu'il le fallait. J'avais huit ans quand j'ai fui ma famille. Mais tu es l'une d'entre nous, désormais, et je te le promets, ton talent te sauvera.

– Je ne pleure pas parce que je suis triste.

Le sel de ses larmes venait d'atteindre ses lèvres, elle en sentait le goût, mais elle n'avait plus honte de pleurer.

– En fait, je suis tellement heureuse, ajouta-t-elle.

La réapparition du serveur à leur table ne réussit pas à l'embarrasser d'avoir laissé libre cours à ses émotions, même si elle fut reconnaissante à Valentine de passer commande rapidement pour eux deux. Il lui reprit les mains.

– Tout ne devait pas être si noir, poursuivit-il dès que l'homme se fut éloigné. Sans quoi, comment aurais-tu appris à danser, à chanter ?

Letty sécha ses yeux à l'aide de la serviette de table blanche. La tristesse s'était envolée, elle lui raconta, rayonnante, sa mère et la grande maison sur Main Street, les cours de danse classique, de fox-trot, les comédies musicales présentées à toute la famille et l'assurance, par sa mère, qu'elle était née avec un petit quelque chose en plus. Valentine l'écouta attentivement, tandis que défilaient devant eux de grandes assiettes ovales chargées de mets parfumés. La plupart se composaient d'ingrédients dont elle n'avait jamais entendu parler. Valentine expliqua à Letty ce qu'était chaque plat, ce qui ne fit que sublimer leur goût. Autour d'eux, les clients entraient, dînaient puis repartaient. Valentine lui fit le récit de ses débuts dans le cinéma populaire et bien qu'elle connût déjà toute son histoire pour l'avoir lue dans les magazines, la version qu'il lui relata était plus déchirante, plus vraie que celle qu'elle avait en mémoire.

Plusieurs heures plus tard, une fois sur le trottoir, cette fois, Valentine ne semblait plus croire le secret indispensable. Son bras entourait les épaules de Letty avec souplesse. Au-dessus d'eux, le ciel avait le sombre velouté du milieu de la nuit et, même si les étoiles n'étaient pas aussi denses que dans l'Ohio, où certaines maisons n'avaient même pas encore l'électricité, celles que distinguait Letty scintillaient à travers une brume romantique.

– Tu les vois, ces étoiles ? demanda Valentine en les désignant. Voilà vers quoi tu te diriges : le firmament.

16

Ses mains tremblaient lorsqu'elle enfila son maillot de bain blanc, mais Astrid en était convaincue : ce dimanche, enfin, elle réussirait à sortir du lit. Samedi, la veille, s'était résumé à un néant triste et silencieux, mais aujourd'hui ressemblerait à n'importe quel autre jour. Elle passa un fin kimono, qu'elle noua lâchement à la taille, fit bouffer ses cheveux, déposa par-dessus un chapeau de paille ajouré. Dans le couloir, elle redressa la tête, les épaules et avança avec cette démarche que lui avait enseignée sa mère. Elle ondoyait à travers la salle de bal quand elle aperçut Charlie de dos et pendant une seconde, elle crut que tout était normal. Il lui suffirait de faire comme si le dernier moment qu'ils avaient partagé, elle et lui, était ce baiser devant la porte du yacht-club. Après tout, Charlie restait Charlie, il était assis sur la terrasse de leur grande maison, à contempler la vue.

En arrivant sur la terrasse, elle étira ses bras haut au-dessus de sa tête, salua la journée, les vastes pelouses qui s'étendaient tout autour de la maison. La piscine donnait envie, il fallait l'avouer, et l'air, un peu lourd, certes, avait quelque chose de rassurant, comme un bon bain chaud.

Virginia plaisantait toujours en disant qu'Astrid devait être à moitié lézard, que son sang était froid (elle était souvent la seule à trouver les températures trop basses), et en effet elle n'était jamais plus heureuse qu'à paresser au soleil. L'autre soir, quand elle avait eu l'impression d'avoir les entrailles à vif, elle pensait ne plus jamais avoir droit au bonheur. Mais à la lumière du jour, elle se souvint que le bonheur était finalement un domaine pour lequel elle était assez douée et elle décréta qu'il n'y avait pas de raison pour qu'elle ne consacre pas son après-midi à se sentir la plus heureuse possible.

Ce plan s'effondra lorsqu'elle constata que Charlie ne posait même pas les yeux sur elle. Son regard était concentré, si toutefois c'était là le terme qui convenait, sur un lointain objet. Il recula sa chaise, dont les pieds en fer grincèrent sur les dalles de pierre grise, et se dressa de toute sa hauteur. Brusquement, elle repensa à son allure le soir de la tempête – si imposant, comme grandi. Les paupières d'Astrid papillonnèrent, pendant une fraction de seconde, des taches apparurent devant ses yeux. Elle cilla et distingua une silhouette qui traversait la pelouse dans sa direction.

– Victor ! le salua-t-elle en agitant un long bras fin au-dessus de sa tête.

Soudain le paysage se vida de toute sa couleur et elle ne vit plus que du blanc. Elle sentait son cœur, car ses battements étaient erratiques. Mais elle ne sentait plus ses pieds.

– Où suis-je ?

– Elle est réveillée ?

Astrid se mit en appui sur ses coudes, cligna des yeux. Cordelia, qui était installée sur la banquette près de la fenêtre, posa son journal en voyant son amie revenue à elle. Les rideaux étaient tirés, un ventilateur soufflait en direction d'Astrid. De l'autre côté du lit, Victor était à son chevet, assis sur une chaise. Il semblait la regarder depuis longtemps déjà et en croisant ses yeux sombres et pensifs, leurs longs cils, Astrid le revit brièvement en train de la porter dans l'escalier.

– Oh, gémit-elle en retombant sur son oreiller.

– Tu es à Dogwood, l'informa Cordelia, d'un ton sec mais rassurant. Je suis avec toi. La chaleur était trop forte, c'est tout, et tu as fait un malaise.

– Comment vous sentez-vous ? demanda Victor d'une voix douce.

– J'ai l'impression d'avoir perdu beaucoup de sang.

Elle se souvint aussitôt que ce n'était pas elle, mais quelqu'un d'autre, qui avait perdu tout ce sang, et regretta ses mots.

Cordelia se pencha pour déposer un baiser sur son front.

– Tu as soif ?

Au premier signe, furtif, d'un hochement de tête, Victor se leva pour lui servir un verre de limonade. Il y eut un tintement de glaçons, puis il réapparut et se planta à côté de Cordelia. Tous deux attendirent à proximité qu'elle boive, elle essuya le sucre de la limonade sur sa bouche du dos de sa main.

– Vraiment, que de chichis !

Astrid essayait de prendre un ton à la fois courageux et désinvolte, mais sa voix était hésitante, et elle sut qu'elle avait échoué, à la moue pincée qui se dessina sur les lèvres fines de Cordelia.

– Je vais prévenir Charlie que tu es réveillée, déclara celle-ci en récupérant le verre. Il m'a demandé de le tenir informé au plus vite.

À l'instant où elle mentionna le nom de Charlie, Astrid, sans pouvoir s'en empêcher, pensa aussitôt à cet homme qui était mort. Au sang qui avait jailli, à sa vie répandue dans un champ, la nuit, quand personne ne pouvait lui venir en aide, à la peur qui se lisait sur son visage en ces derniers instants, comme un animal terrorisé. C'était Charlie qui l'avait achevé.

– Cord ?

Celle-ci était presque sortie de la chambre, mais elle s'immobilisa sur le seuil et se tourna vers Astrid.

– Oui ?

– Je crois..., commença Astrid avant de fermer les yeux et de déglutir. Je crois que ce serait mieux si je pouvais quitter Dogwood pendant un temps.

Le silence envahit la pièce. Quelques secondes s'écoulèrent avant que Cordelia ne réponde.

– Laisse-moi voir ce qu'en pense Charlie.

Puis ses pas s'éloignèrent dans le couloir.

Astrid tourna sa tête, toujours posée sur l'oreiller, en direction de Victor.

– Ce n'est pas la chaleur, dit-elle après un moment.

– Je sais.

Pendant un instant, elle fixa la surface du lit devant elle, imaginant que ces pics et ces vallées immaculés étaient des pentes enneigées sur lesquelles elle pourrait skier. Au bas de la piste, il y aurait un petit chalet, avec un feu de cheminée, un chocolat chaud et Victor, qui l'attendrait, vêtu d'un gros pull à col roulé. Elle pensa au calme et à la paix qui régnait au plus froid de l'hiver, quand on n'entend plus que sa propre respiration. Mais elle savait qu'elle ne méritait pas une telle parenthèse.

– Victor...

Son visage fut pris d'un tic, il leva les yeux vers elle, la bouche préoccupée.

Elle tendit la main par-dessus le couvre-lit, ses doigts semblaient en quête d'un objet presque – pas tout à fait – à sa portée.

– Serre ma main, quelques secondes seulement.

L'inquiétude sur le visage de Victor ne disparut pas. Elle s'aggrava de quelques crans. Ses yeux filèrent en direction de la porte, de la fenêtre, du plafond. Mais Astrid savait qu'il ferait ce qu'elle lui avait demandé. Elle ouvrit sa paume, offrant à sa vue la chair tendre, et ferma les paupières. Victor se mit debout, le lit reprit sa forme initiale, puis se renfonça comme il s'installait plus près d'elle, pour mieux entrelacer ses doigts aux siens. La chaleur de sa peau détendit l'esprit d'Astrid, mais ce réconfort fut de courte durée. Il entendit les pas dans le couloir avant elle et se leva d'un bond lorsque Cordelia poussa la porte.

– Fini de s'apitoyer sur ton sort ! déclara-t-elle en tapant dans ses mains.

Elle arborait un large sourire et semblait euphorique, ce qui ne lui ressemblait guère.

– Charlie est d'accord pour nous laisser sortir de Dogwood. J'ai appelé Letty, qu'elle se tienne prête à te remonter le moral. On prépare ton sac, nous allons au *St. Regis*.

– C'est Letty Larkspur.

Victor attendait les instructions, appuyé contre le chambranle de la porte qui séparait la grande chambre du salon, dans la suite que Charlie avait louée pour les filles.

– Oui, Letty est une amie, faites-la entrer !

Une fois Victor parti, Astrid se réinstalla contre la tête de lit en tapisserie et sourit à Cordelia, étendue à côté d'elle.

Entre elles deux étaient éparpillées cinq ou six assiettes remplies de douceurs à demi grignotées. À l'instant où elles étaient arrivées, elles avaient commandé la totalité de la carte des desserts qui comprenait fondant au chocolat, macarons, profiteroles, fruits en pâte d'amande, fraises à la crème et plusieurs autres gourmandises colorées qu'elles n'avaient pas encore eu l'occasion de goûter. Le sourire d'Astrid n'avait pas sa désinvolture habituelle, mais Cordelia était contente de la voir au moins essayer d'arborer une expression heureuse, ce dont elle n'avait pas été capable le matin même.

– C'était une excellente idée, Cord. Je me sens beaucoup mieux.

– Parfait, répondit-elle en plantant sa fourchette dans une tranche de gâteau jaune recouvert de glaçage vanille.

Depuis que sa liaison avec Max était devenue publique, elle se sentait prête à tout, et tout lui paraissait délicieux. Elle était persuadée que les soucis d'Astrid ne tarderaient pas à se dissiper.

– Chérie, qu'y a-t-il ?

Toutes deux se retournèrent pour voir Letty se précipiter dans la chambre, les bras chargés d'un énorme bouquet de pivoines enveloppé de papier brun. Un petit sourire flotta sur les lèvres de Cordelia. Letty avait toujours été un peu plus rayonnante que ceux qui l'entouraient – elle avait du charme, elle savait comment bouger et ses yeux avaient un éclat particulier. Mais de toutes leurs années d'amitié, Cordelia n'avait jamais vu Letty déborder à ce point d'assurance, de vie. C'était comme si quelque chose s'était déclenché en elle. Elle portait une robe élégante que Cordelia ne lui avait jamais vue – bleu marine à pois blancs, sans manches, plus ample au niveau des genoux – et du rouge très vif rehaussait ses lèvres. Sans même accorder un regard à Victor, elle lui confia les fleurs – un peu comme on se débarrasse de quelque chose auprès d'un domestique – puis grimpa sur le lit à côté d'Astrid.

– Raconte-moi tout.

– Tu ferais mieux de prendre du gâteau d'abord.

Astrid tendit une part de dessert à Letty. Celle-ci goûta du bout des lèvres, avec indifférence. Après la seconde bouchée, elle écarta son assiette et vint se blottir sur la grosse pile de coussins près de la tête de lit, son visage impatient tourné vers Astrid.

– J'allais à la piscine quand soudain, je suis tombée dans les pommes... Tout est devenu noir, chérie, et après ça, je me suis réveillée, dans mon lit, et tout le monde s'agitait autour de moi !

– Depuis la tempête, la chaleur est revenue, pire qu'avant, intervint Cordelia, en appui sur son coude, la tempe sur son poing, en contemplant Astrid d'un air entendu. Comme je lui disais, chez nous, les gens savent qu'il vaut mieux rester à l'intérieur, quand l'été est trop mauvais.

– Mais ce n'était pas seulement la chaleur.

Astrid marqua un temps d'arrêt, ses grands yeux verts se mirent à fixer ses genoux. Un instant plus tôt, elle racontait son histoire avec ce ton léger et détaché dont elle usait lors des garden-parties, mais la désinvolture venait de disparaître, et à nouveau, elle était redevenue cette fille hébétée que Victor avait dû porter pour la monter jusqu'à sa chambre à Dogwood.

– Il s'est passé quelque chose le... le soir de la tempête.

– Quoi ? murmura Letty, à l'écoute de tout son corps.

– Il y avait un homme...

La voix d'Astrid se brisa, elle cacha son visage dans ses mains. Une boucle blonde retomba sur ses doigts, ses épaules furent soudain secouées de sanglots silencieux.

Brusquement, la peur parcourut la colonne de Cordelia, qui du coup se redressa. Elle avait parfois vu Astrid fâchée, mais jamais dans un tel état – abasourdie, perdue, incapable de trouver ses mots. Les yeux de Letty, qui s'étaient brièvement tournés vers Cordelia, revinrent à Astrid.

– Nous avions passé une si bonne soirée, gémit-elle. Et puis ce type est arrivé. Un des hommes de Coyle Mink. Il n'avait pas l'air vraiment menaçant, mais Charlie s'est mis dans une colère noire. Il a pris le volant, il a roulé comme un fou. On est sortis de la route et...

Le seul nom de Coyle Mink fit se raidir Cordelia. Depuis le succès de sa négociation avec les Hale, depuis que Max avait surgi de l'horizon pour l'emmener en lieu sûr, depuis qu'il lui avait déclaré, une fois pour toutes, qu'il voulait sortir avec elle, elle s'était sentie si apaisée, si certaine que les jours à venir seraient merveilleux. Mais soudain, elle se souvenait de ce qu'avait dit Thom à propos de Coyle Mink. Sur le coup, elle avait pensé qu'il dramatisait la situation simplement pour la convaincre de fuir avec lui, mais elle ne put réprimer le mauvais pressentiment que ce nom, dans la bouche d'Astrid, venait de faire apparaître.

– Et que s'est-il passé ? demanda Cordelia d'un ton beaucoup plus dur qu'elle n'en avait eu l'intention.

– C'était horrible ! Le sang. *L'odeur* du sang. Ses yeux pathétiques quand il m'a regardée, juste avant qu'il... Juste avant que Charlie...

Les sanglots étaient audibles, maintenant. Letty commença à caresser l'épaule d'Astrid, ce qu'elle ne sentait peut-être même pas.

– Et le visage de Charlie, juste avant qu'il ne le tue, totalement méconnaissable ! Tellement méchant, glacial, et il me regardait, mais c'était comme s'il ne me voyait pas. Il donnait des coups de pied à cet homme et moi je voulais juste qu'il arrête.

Elle reprit son souffle, retira ses mains de son visage, les posa nerveusement sur ses genoux. Lorsqu'elle poursuivit son récit, son débit était lent, ses mots lointains.

– J'ai dit : « Charlie, ne le tue pas » et lui m'a répondu : « Tu veux que je le tue ? » et je n'ai pas eu le temps de protester, il a tiré, il y a eu ce bruit effroyable et du sang partout.

Elle ferma les paupières très serré, ses cils noirs pressés sur ses joues mouillées.

– Oh mon Dieu, vous croyez que c'est ma faute ? murmura-t-elle.

– Non.

Avec un geste ferme de dénégation, Cordelia tendit la main pour caresser la cheville de son amie. Elle aurait voulu en dire davantage, mais elle ne trouvait pas les mots. Elle était trop choquée, et trop irritée. Voilà pourquoi Charlie avait accepté aussi facilement de les laisser partir en ville – il savait qu'elles ne seraient pas en sécurité à Dogwood. La colère bouillonnait en elle à l'idée qu'il venait de les mettre à nouveau en danger alors qu'elle-même s'était efforcée, de son côté, d'assurer un peu de tranquillité à sa famille. Elle était également furieuse qu'après tout ce qu'ils avaient traversé il lui ait caché toute cette histoire.

– Non, c'est la faute de Charlie, parvint-elle seulement à articuler.

– C'est horrible, innommable, que tu aies assisté à une scène pareille, disait Letty, en des termes plus choisis.

Cordelia était obnubilée par Coyle Mink, elle se demandait ce qu'il adviendrait de la famille Grey, maintenant qu'ils lui avaient volé ses clients et tué l'un de ses hommes. Les dents serrées, elle regrettait de ne pas être seule pour arpenter la pièce en long et en large. Son regard quitta ses deux amies et c'est à cet instant qu'elle remarqua autre chose, qui n'était pas sans l'inquiéter.

Sur le seuil se tenait Victor, un grand vase de pivoines à la main. Ses yeux sombres troublés par l'inquiétude semblaient être posés sur Astrid depuis un long moment. Pendant un instant, Cordelia pensa qu'il se faisait du souci pour la même raison qu'elle – à propos de Coyle Mink, dont la vengeance ne tarderait sûrement pas. Mais soudain, elle identifia une douleur toute particulière – qu'elle avait lue dans les yeux de John Field – et elle sut que c'était autre chose qui le consumait entièrement.

Comme si on n'avait pas assez d'ennuis comme ça, en voilà encore un qui est tombé amoureux d'Astrid, songea-t-elle en se mettant debout. En quelques mouvements brusques, elle traversa la chambre et récupéra le vase des mains de Victor.

– Allez, nous n'allons pas passer la journée ici.

Letty et Astrid, blotties l'une contre l'autre, levèrent la tête d'un air étonné, qui fit comprendre à Cordelia qu'elle avait dû paraître sans cœur et peu concernée.

– Je voulais juste dire que le mieux est d'oublier tout ça jusqu'à ce qu'on puisse faire quelque chose, se reprit-elle d'un ton plus doux, en baissant les pivoines à hauteur de sa taille.

– Tu as bien raison, convint Astrid avec un sourire courageux, essuyant les larmes sur ses joues. On ne peut plus rien pour cet homme et nous sommes dans la plus merveilleuse ville du monde, toutes les trois, alors la seule chose que peuvent faire les vivants, c'est en profiter pour s'amuser un peu, qu'est-ce que vous en pensez ?

– Oui, c'est exactement ce qu'il nous faut.

– Oui, répéta Astrid en hochant la tête, comme si ce mouvement pouvait la convaincre d'abandonner ses idées noires. Je vais mettre mes escarpins et prendre un peu de bon temps. Victor, appela-t-elle d'un ton charmeur. Vous croyez que personne ne voudra danser avec moi, parce que je suis trop vieille, trop triste et mariée ?

La manière dont Astrid prononça le nom de Victor apporta à Cordelia une révélation ; elle sentit un vent glacé balayer son esprit. Elle aurait préféré ne rien savoir, mais voilà, les signaux lui parvenaient de toutes les directions. Il y avait quelque chose entre Astrid et Victor, il ne s'agissait pas que d'un béguin sans espoir de la part du garde du corps, et quelle que soit la teneur de cette relation, c'était de nouveaux ennuis en perspective pour sa famille.

Lançant à Victor un regard d'avertissement, Cordelia fit un pas en avant pour se planter entre le lit et l'encadrement de la porte, de manière à empêcher Astrid de le voir.

– Je danserai avec toi, répondit Cordelia. Mais faisons-nous belles, d'abord.

17

Durant les semaines qu'Astrid avait passées loin de Manhattan, pendant sa lune de miel, le monde des paillettes avait continué sans elle. Sur le toit du *St. Regis*, elle vit que de nouveaux couples s'étaient formés, et certains exécutaient des danses qu'elle ne connaissait pas. Les speakeasies qu'elle avait l'habitude de fréquenter après minuit n'étaient même plus cités, remplacés par des lieux tout neufs, dont elle ignorait les mots de passe, nécessaires à l'entrée. Bien entendu, elle restait une personnalité d'intérêt, mais les regards qu'elle s'attirait étaient parfois désapprobateurs. Cordelia l'assurait en être la cible – on n'appréciait pas qu'un garçon d'un quartier peu favorisé de la ville soit devenu un aviateur prétentieux, d'une part, et de l'autre, ils ne savaient trop que penser du fait que Max et elle s'affichent ensemble désormais, ainsi qu'ils l'avaient tous lu dans la presse. Mais rien de tout cela ne comptait vraiment. Astrid n'était pas d'humeur à sortir le grand jeu. Elle était simplement heureuse d'être en compagnie de ses amies préférées, loin de Dogwood, de Charlie et des hommes armés.

– Vraiment, il n'y a rien qu'une belle robe ne puisse arranger, déclara Astrid en posant son bras mince sur le dossier de sa chaise, s'éloignant de la table ronde.

Au centre, il y avait un vase rempli d'orchidées et, juste à côté, du champagne au frais dans un seau doré plein de glace.

– Et celle-ci te va à la perfection, Letty chérie, ajouta-t-elle.

– Valentine me l'a offerte, répondit-elle d'une voix sucrée à souhait.

– Figurez-vous, les filles, et ce n'est pas pour me vanter, avant que vous ne débarquiez dans ma vie, j'étais la fille dont on parlait le plus au nord du Mississippi. Eh bien, à porter haut le flambeau, on finit par se brûler. Cordelia est arrivée pour prendre le relais et je crois bien que Letty détient maintenant ce titre.

Astrid but une petite gorgée de champagne, ravie de voir que les joues de Letty s'empourpraient encore, comme autrefois.

– Tu n'es pas d'accord, Cord ?

L'orchestre donnait toute sa puissance en cet instant précis, et Cordelia fut forcée de se détourner du saxophoniste pour pouvoir répondre. Un sourire subtil fendit son visage.

– Tu as raison, c'est au tour de Letty de briller.

– À Letty, déclara Astrid, et toutes trois trinquèrent en hochant la tête avec satisfaction devant ce qu'il était advenu de la petite fille de l'Ohio.

Le morceau se termina dans une joyeuse explosion de cuivres, les couples sur la piste s'arrêtèrent pour applaudir. Parmi eux, il y avait les garçons et les filles avec lesquels Astrid avait grandi, les enfants des meilleures familles, de retour de pension pour l'été, le temps de jouer, de dépenser de l'argent, de commettre quelques menus dérapages incontrôlés, avant de rejoindre leurs établissements pour une nouvelle et paisible saison de tournois de football, de pique-nique de minuit dans la cour et d'allées et venues nocturnes hors des dortoirs, sans que leur mauvais comportement estival leur ait laissé la moindre cicatrice. Il n'y avait pas si longtemps, Astrid était aussi insouciante et imprudente qu'eux. D'ordinaire, l'attitude désinvolte de ses pairs la charmait, mais pour une raison qu'elle ne s'expliquait pas vraiment, les voir rire ainsi, dans cet endroit qui dominait toute la ville, lui retournait l'estomac.

La dernière chanson était terminée, les applaudissements se turent. Astrid se détourna de la scène, fit face à ses amies, tellement heureuse d'être ici avec elles et non au centre de l'attention. C'est alors qu'elle entendit le bruit.

Un claquement qui ressemblait à un coup de feu.

Elle fit volte-face juste comme retentissait un hurlement d'hilarité, et elle aperçut Beau Ridley, à la table voisine, qui brandissait une bouteille de champagne dont jaillissait le liquide pâle. Le bouchon avait volé au travers de la salle, jusqu'à une table dont les occupants, perplexes, le récupérèrent dans l'arrangement floral. Cependant, le fait d'identifier la source du bruit ne fit rien pour calmer le bourdonnement aux oreilles d'Astrid. Ses yeux filèrent à l'autre bout de la pièce, par-dessus les robes en mousseline, par-dessus les tables jonchées de verres, de bouquets et de nœuds papillons abandonnés.

Ils se posèrent sur Victor, adossé au mur. Il veillait sur elle de son éternel regard fixe, et elle se souvint qu'en cas de danger il la protégerait. Ses épaules se détendirent ; pourtant, elle savait qu'elle serait incapable d'assister ainsi, tranquillement assise à sa table, à la suite de la soirée, qui ne faisait que commencer. Elle chercha une distraction, en trouva une.

Était-elle là depuis toujours ? Astrid avait passé tant de soirées sur le toit du *St. Regis*. Bals des débutantes, mariages, fêtes de printemps, fêtes de rentrée. Jamais elle n'avait pourtant remarqué cette petite porte voûtée tout au fond, ni le panneau peint à la main qui la surmontait. Elle murmura une excuse à ses amies et se faufila entre les corps qui s'agitaient sur la piste. Hors du halo dispensé par la suspension, elle parvint à déchiffrer les lettres de l'écriteau. PHILOMENA, VOYANTE EXTRALUCIDE. PARTICULIÈREMENT PROPHÉTIQUE POUR LES AFFAIRES DE CŒUR ET DE FINANCE BOURSIÈRE.

– Vous n'attendiez sûrement personne ce soir, commença Astrid en écartant l'épais rideau de velours violet pour entrer dans une pièce à peine éclairée qui sentait l'encens et le tabac. Surtout avec l'effervescence qui règne juste à côté.

– Au contraire, je vous attendais.

L'accent était vaguement européen mais indéfinissable. Lentement, les yeux d'Astrid s'accoutumèrent à la pénombre et lui permirent de distinguer une femme assise en tailleur parmi de nombreux coussins à pompons. Son corps était enveloppé de multiples couches de tissus aux motifs orientaux et sa coiffure, impressionnante, consistait en une structure compliquée de tresses et de perles. Avec un sourire soudain, elle annonça :

– Je suis Philomena.

Elle ajouta aussitôt :

– C'est quatre dollars la bonne aventure.

– Oh, oui, bien sûr...

Astrid tira un billet de cinq de sa jarretière qu'elle tendit à la voyante.

– Merci.

Ayant empoché son dû, Philomena reprit son ton lyrique.

– Fermez les yeux, mon enfant, et inspirez profondément.

Astrid s'exécuta.

– Je veux que vous oubliiez tous vos soucis, ouvrez-vous aux mystères.

– D'accord.

Astrid ne voyait pas trop ce qu'elle entendait par là, mais elle tenta d'adopter un ton conciliant et enjoué.

– Donnez-moi votre main.

En tendant sa paume, Astrid entrouvrit un œil et vit la concentration furieuse avec laquelle Philomena commença aussitôt l'examen des lignes tracées dans sa chair.

– Ah, je vois que vous êtes parmi les chanceux de ce monde. Vous avez beaucoup voyagé. Vous avez été beaucoup admirée. Vous avez épousé un homme riche.

– Oui.

Astrid ne put s'empêcher de s'affaisser un peu à cette référence à Charlie.

– C'est un grand amour..., suggéra Philomena en suivant un trait sur la paume d'Astrid. Mais qui n'est pas de tout repos, n'est-ce pas ?

– Oui.

– Il est culotté, ambitieux, mais parfois il paraît incapable de s'occuper d'une fleur délicate telle que vous.

– Oui.

Cette fois, sa voix ne semblait plus qu'un souffle.

– Ce n'est jamais simple d'aimer un homme puissant, s'esclaffa Philomena. Croyez-moi, mon enfant, je sais.

– Non, effectivement, répondit Astrid, qui déglutit.

Soudain, le ton de la voyante changea.

– Mais, qu'est-ce que c'est ?

– Qu'est-ce que c'est ? répéta Astrid, qui écarquilla les yeux. Qu'y a-t-il ?

– Vous aurez deux grands amours.

– Vraiment ?

– Oui... Un sera bon pour vous. Mais l'autre vous fera du mal.

– Lequel ? Je veux dire, mon mari ou... ou... l'autre ?

Les paupières de Philomena papillonnèrent, elle referma les doigts d'Astrid sur sa paume. Plusieurs secondes s'écoulèrent ainsi, les paupières révélant par intermittence ses iris révulsés. La grosse caisse qui tonnait au-dehors faisait trembler le plancher. Brusquement, la voyante lâcha la main d'Astrid, sa tête retomba en avant.

– Ça n'est pas encore écrit, annonça Philomena d'un ton las.

Elle quitta ses coussins et traversa la pièce, se servit un verre d'eau d'un pichet en étain, le but d'une traite.

– Quoi qu'il en soit, votre vie sera tempétueuse, reprit-elle d'une voix éthérée, les yeux dans le vague.

– Mais que dois-je faire ?

Philomena avança de deux pas languides en direction d'Astrid et se laissa tomber à côté d'elle.

– Vous allez avoir besoin d'argent. Vous en avez ?

Astrid était sur le point de protester qu'elle n'avait aucun argent en propre, quand elle se souvint du don de sa grand-mère Donal et sourit. Quelle idiote d'avoir oublié ce cadeau. Mais comme il était parfait de le savoir là, dans l'attente d'un moment comme celui qu'on lui annonçait.

– Un peu, répondit-elle enfin.

– Bien. Pour un dollar de plus, je vous donne un tuyau pour investir !

Astrid s'empressa de lui fournir un nouveau billet. Philomena le prit à deux mains et ferma les yeux, imitée par Astrid.

– Placez tout sur la Marietta Phonograph Company, triplement garanti sous trois mois !

– Vraiment ?

– Oui, très chère, Philomena sait tout.

– Oh, merci ! lança Astrid avant d'embrasser la femme sur les deux joues avec exubérance. Quelle *chance* j'ai eue de vous trouver.

Elle regagna la salle principale, où régnait le même chaos virevoltant. La pièce sombre de la voyante et son rythme apaisant lui parurent un rêve, mais cela avait suffi à lui remonter le moral. Elle se doutait de ce qu'aurait dit Charlie à propos de la bonne aventure – qu'il ne s'agissait que de foutaises – et d'ailleurs, elle n'était pas certaine d'y croire elle-même. Mais le conseil de la femme ressemblait à une jolie histoire du soir, dont la morale était qu'elle n'était pas aussi piégée qu'elle l'avait imaginé. Sa vie serait tempétueuse, avait annoncé Philomena, et il y aurait trop d'amour plutôt que pas assez. Eh bien, aurait-elle souhaité qu'il en fût autrement ?

La fête sur le toit du *St. Regis* avait été organisée pour le retour d'Europe de Franklin Otis, que tout le monde appelait Junior – le cadet de la famille Otis, qui avait fait fortune dans le pétrole, et se trouvait être le petit-cousin d'Astrid –, mais à deux heures du matin, le nombre des invités avait doublé et plus personne ne se souvenait du prétexte à l'origine de ces célébrations. En empruntant l'ascenseur pour regagner la salle après un saut jusqu'à sa suite, Cordelia songea qu'elle n'aurait pas dû quitter la fête sans Victor.

Max lui manquait, elle avait eu envie d'appeler White Cove pour savoir si des messages l'y attendaient. Il n'y en avait pas et voilà qu'elle se retrouvait seule dans un ascenseur qui venait de s'arrêter à un étage, sans issue de secours, et un inconnu était sur le point de monter avec elle.

Les portes s'écartèrent et Cordelia sentit ses épaules se détendre. Le visage de Claude Carrion n'était pas exactement une vision qui la réjouissait, mais au moins il ne risquait pas d'être envoyé par Coyle Mink.

– Tiens, Miss Grey.

Il pénétra dans la cabine en finissant de nouer sa cravate, son sourire en coin remonta sur la gauche.

– Monsieur Carrion.

Elle lui rendit son sourire et tenta de garder une voix froide et détachée.

– D'où venez-vous donc ?

– Le croiriez-vous, je déniche des histoires dans les endroits les plus improbables, l'informa-t-il d'un ton traînant.

– Oh oui, je n'en doute pas, répondit-elle en restant très droite, les yeux rivés sur les portes, qui se refermaient.

– D'ailleurs, je viens d'en entendre une qui vous concerne, très chère, et je crois que des félicitations s'imposent.

– Ah ?

Ses oreilles se mirent à la cuire. Elle sut immédiatement que ce serait lié à Max, et même si une part d'elle refusait de faire confiance à Carrion ou de lui montrer ce qu'elle ressentait, elle avait hâte qu'il lui raconte ce qu'il savait, quelle que soit l'anecdote, pour le simple plaisir d'entendre le nom de Max.

– Oui, la prouesse de Max est sur toutes lèvres.

– Et ?

– Apparemment, une des personnes qu'elle a particulièrement intéressée ne manque pas d'argent. Quelqu'un a accepté d'être son nouveau mécène. Cette personne mise une petite fortune sur lui. Il reprend ses entraînements à l'aérodrome dès demain. Il semblerait bien que votre chéri ne sera pas cloué au sol, quoi qu'on ait dit sur lui.

Cordelia retint son souffle.

– C'est beaucoup d'argent, alors ?

– La rumeur dit que la somme est coquette. Si je vous répétais le chiffre que j'ai entendu, vous ne le croiriez pas.

– Qui est-ce ?

– Anonyme, fit Carrion.

– Allez, dites-moi.

L'échotier éclata de rire – deux grosses explosions d'hilarité – et secoua la tête avec impuissance.

– Je ne parle pas de ma source, mais du donateur, il est anonyme. Peut-être parce qu'il n'aime pas l'idée de soutenir un Noir, tout en appréciant Max.

Avant qu'elle ne puisse lui soutirer davantage de renseignements, les portes de l'ascenseur s'ouvrirent sur le toit et ses oreilles furent accueillies par une frénésie de cuivres. De toute façon, ses lèvres fraîchement ourlées de rouge souriaient malgré elle, et elle n'était pas sûre de pouvoir proférer quoi que ce soit de sensé.

– Merci, monsieur Carrion ! s'exclama-t-elle un peu bêtement, comme si c'était lui le responsable.

– Mais de rien, répondit-il, grand seigneur, comme si lui aussi se sentait à l'origine du changement dans la bonne fortune de Max.

– Cordelia !

Tous deux se retournèrent en entendant ce cri strident. Letty approchait, toujours vêtue de sa robe à pois, mais dépourvue de chaussures. Elle se précipitait vers Cordelia, la main tendue pour l'entraîner avec elle.

– Où étais-tu passée ?

– Je téléphonais à Charlie. J'ai raté quelque chose ?

– Non, mais on s'amuse moins quand tu n'es pas là.

Elle dissimula ses gloussements derrière sa main, reprit son souffle.

– J'espère que tu es gentille avec Claude, minauda-t-elle en s'agitant d'un pied sur l'autre, séductrice. Il faut toujours être gentil avec Claude.

– Avez-vous à vous plaindre ? demanda Cordelia en interrogeant du regard l'échotier.

Il prit sa main, y déposa un baiser.

– Ce fut un plaisir.

– Alors au revoir, dit Cordelia.

– Au revoir ! renchérit gaiement Letty.

La fête lui était montée à la tête ; Cordelia fut presque étonnée de la force avec laquelle son amie la traînait jusqu'à la piste où elles rejoignirent Astrid, occupée à enseigner à Victor les pas du fox-trot. Le doute se lisait sur le visage de celui-ci, qui ne semblait pas certain d'être autorisé à danser dans l'exercice de ses fonctions, mais ses bras et ses jambes suivaient les instructions.

– Dis donc, chérie, tu ne m'as jamais montré, à moi, comment danser le fox-trot ! protesta Cordelia, s'immisçant entre eux.

S'excusant d'un hochement de tête, Victor quitta la piste pour rejoindre un mur proche et Astrid – qui apparemment, avait bu pas mal de champagne – émit un petit rire pétillant, un hoquet, puis répondit :

– Au moins maintenant, je vais pouvoir apprendre ça à quelqu'un qui n'est pas complètement désespéré !

Astrid posa le bras sur le dos de Cordelia, souleva son bras opposé et lui fit un clin d'œil paresseux.

– Tu fais le garçon, mais c'est moi qui mène, d'accord ?

– Très bien.

Le temps qu'elles parviennent à glisser sur la piste, Letty avait été invitée par Junior Otis qui la dévorait des yeux depuis plusieurs heures déjà. Maintenant qu'elle était entre ses bras, il affichait un large sourire et Letty, si elle répondait à ses questions avec une expression aimable sur le visage, restait sur la défensive, Cordelia s'en rendait compte, même de loin. Ses pensées, à elle aussi, paraissaient à moitié ailleurs, même si elle était ravie de passer ces heures en musique, parmi des gens heureux et exubérants. Dehors régnaient le danger et l'incertitude. Qui plus est, Cordelia – comme Letty et Astrid, semblait-il – avait appris à avoir des désirs compliqués, et cela avait un certain coût. En attendant la note, il y avait de bien pires endroits que le *St. Regis* pour passer toute une nuit en compagnie de ses meilleures amies.

18

Lorsque le concierge appela pour annoncer à Cordelia qu'elle avait un visiteur, ses amies ronflaient déjà en sourdine dans le grand lit de l'hôtel. Même la sonnerie du téléphone ne les réveilla pas. Cordelia déposa un baiser sur le front de chacune, leur laissa un petit message puis, un fin châle soyeux sur les épaules, se hâta de traverser le salon plongé dans l'obscurité. Le trajet en ascenseur lui parut durer une éternité, mais le passage d'un étage à l'autre sous ses pieds lui donnait l'impression de se trouver dans un manège à sensations. Et Max apparut, qui l'attendait dans le hall. Il attrapa sa main puis sans un mot, l'entraîna au-dehors. Et aussi simplement que ça, ils se retrouvèrent réunis, tous les deux.

– C'est à moi.

Ils se tenaient sous l'auvent de l'hôtel, entre deux splendides arbustes taillés en topiaire ; il fallut un moment à Cordelia pour comprendre qu'il parlait de la rutilante automobile blanc et fauve garée un peu plus loin. Ses phares surgissaient, alertes, de chaque côté de son long museau et la courbe exubérante de sa carrosserie surplombait des jantes dorées.

– C'est une Studebaker President, détailla-t-il avec une fierté perceptible. Les pilotes de course parviennent à la faire rouler à plus de cent kilomètres par heure !

– Elle est superbe.

– Puis-je t'emmener faire un tour ?

– Eh bien, oui, monsieur Darby, je crois que ça me plairait.

Les bras entremêlés, ils déambulèrent sur le trottoir indigo, fendant l'épais brouillard qui avait envahi la ville. Cordelia distinguait les gouttelettes blanches en suspension au-dessus de la route au passage des voitures. Les véhicules, comme les passants, étaient peu nombreux à cette heure – quelques silhouettes apparaissaient puis disparaissaient au gré des halos des réverbères, longeant les bâtiments, blotties les unes contre les autres comme l'étaient Max et Cordelia. Leurs bras luisaient d'humidité, mais ni l'un ni l'autre n'étaient particulièrement pressés de se mettre à l'abri.

– D'où vient-elle ? demanda Cordelia à Max au moment où il ouvrait la portière côté passager.

– J'ai un nouveau mécène...

– Il paraît, l'interrompit Cordelia avec un sourire.

Max referma en souriant, les yeux brillants.

– Tu vois ? Je savais que rien ne t'échappait. Bref, il me l'a offerte.

– Il ? l'interrogea-t-elle lorsqu'il eut fait le tour et mis le contact.

– Enfin, je n'en sais rien. Je suppose. Il, ou elle, refuse de me donner son nom. Jusque-là, cette personne est passée par l'intermédiaire d'un avocat.

– Cette personne ne doit pas manquer d'argent, pour t'offrir un tel cadeau.

– Oui.

– Je suis ravie pour toi.

– Attends de voir mon nouvel appartement. Entièrement meublé pour moi, Cordelia. Et je vais à nouveau pouvoir voler tous les jours.

Elle ne savait pas comment le féliciter pour sa bonne fortune, aussi se contenta-t-elle de se pencher vers lui pour déposer un baiser sur sa joue.

– J'avais tellement hâte de te l'annoncer. Tu as faim ? Je t'emmène manger un morceau ?

Ils se rendirent à la brasserie ouverte toute la nuit à l'angle de la 51e et de Broadway, dont les vitres courbes donnaient une vision complète du carrefour de l'intérieur. L'endroit était tellement éclairé que Cordelia voyait déjà les tartes sous leur cloche posées sur le comptoir et les cheveux teints en rouge de la femme qui rendait la monnaie à la caisse. Ils traversèrent Broadway bras dessus bras dessous. Seule la moitié des tables étaient occupées à cette heure du petit matin ; des filles en tenue de soirée attendaient leur assiette de pancakes les yeux brillants de convoitise, tandis que d'autres âmes moins élégantes dévoraient à belles dents du pain de seigle et de la charcuterie.

Une serveuse en uniforme jaune au visage placide les guida jusqu'à une table. Si elle reconnut l'un ou l'autre de ses deux clients, elle n'en laissa rien paraître. Elle prit leur commande – fromage et tarte aux pommes pour Cordelia, œufs au bacon pour Max – avec l'air de celle qui écoute sans conviction son mari lui lire la page des sports à voix haute.

Cordelia retira quelques épingles de son chignon et libéra les vagues mordorées de ses cheveux sur ses épaules. Un coude sur la table, elle enfonça ses doigts dans ses mèches épaisses pour les assouplir.

– D'où je viens, murmura-t-elle, on ne sert pas de petit déjeuner après neuf heures, ni de dîner après dix-huit heures et si tu sors le soir après vingt-deux heures, tu as l'impression de te promener dans une ville morte. D'ailleurs, tu risques même de te faire arrêter pour être sorti aussi tard. Et jamais on ne te servirait d'œufs.

Toujours un peu étonnée de cette réalité, elle ferma les yeux. Se trouver ici, en compagnie de Max, ressemblait à une confirmation des vagues soupçons qu'elle pouvait avoir à Union, les soirs où elle ne parvenait pas à dormir après l'extinction des feux : son destin était d'être remarquable.

Elle rouvrit les paupières, il n'avait pas disparu. Ce personnage courageux, expert, que décrivaient les journaux, avec ses yeux bleu pâle et sa posture droite, assurée.

– Je n'arrive pas à y croire, dit-elle simplement, parlant de la scène, de lui, de leur présence là tous les deux, de la nouvelle chance que Max venait de décrocher, tout à la fois. Ce soir, j'ai l'impression que je pourrais aller absolument partout, que personne ne pourrait m'arrêter.

– Je vois tout à fait ce que tu veux dire.

Cordelia posa sa tasse et le fixa, amusée.

– Mais tu as toujours pu aller partout ! Tu sais piloter un avion !

– Moi ?

Il secoua la tête en remuant son café.

– Ce n'était rien, seulement ce que je faisais avant. Aujourd'hui, c'est un nouveau départ. Je ne veux pas passer ma vie à divertir les gens avec des acrobaties idiotes, tu sais.

– Non ? Alors quoi ?

– Je veux voler en solitaire jusqu'en Alaska. Ou en Patagonie. Je veux être la première personne de moins de vingt ans à relier New York à Paris.

– De New York à Paris ?

Elle sourit à la fluidité soyeuse de ces deux syllabes qui représentaient une ville à l'autre bout du grand océan. Autrefois, cet endroit lui aurait paru absolument impossible à atteindre, aujourd'hui il semblait au contraire à sa portée.

– Oui – j'aurai besoin du bon avion, évidemment.

Son front se creusa au-dessus de son nez un peu large, ses doigts se tendirent autour de sa tasse et ses yeux se perdirent dans un lointain avenir vague. Il ne vit même pas la serveuse, qui vint déposer bruyamment leurs assiettes sur la table.

– Ouhou ? Il y a quelqu'un ? chantonna Cordelia, constatant qu'il n'avait toujours pas remarqué la nourriture devant lui.

– Excuse-moi. Je t'ennuie.

Il enfonça la pointe de son couteau dans le jaune de son œuf, qui se déversa sur les pommes de terre grillées.

– C'est juste que... j'ai hâte.

– Toi, m'ennuyer ? répéta Cordelia avec un sourire par-dessus sa tasse. Tu crois vraiment que les garçons, chez moi, utilisent des mots comme « Patagonie » ?

– Je n'ai pas envie de savoir quoi que ce soit sur les garçons de chez toi, répliqua Max sans quitter son assiette des yeux en enfournant une bouchée d'œuf et de pommes de terre.

– Oh.

Le charme se rompit soudain entre eux et Cordelia contempla sa tarte, à laquelle elle ne trouvait plus autant d'attrait, tout à coup. Un seul garçon d'Union aurait mérité d'être évoqué, et elle l'avait abandonné aussi sûrement et irrévocablement qu'elle avait abandonné sa ville. Jusqu'à cet instant, elle n'avait pas pensé qu'il y eût quoi que ce soit à dire à Max sur ce sujet. Mais depuis qu'elle avait appris son secret, elle s'était à demi persuadée qu'il en viendrait forcément à connaître le sien, qui était que le jour où elle avait quitté Union, elle avait promis d'être la femme de John Field jusqu'à ce que la mort les sépare, dans l'église sur Main Street, devant sa tante, son oncle et toute la famille de John. Cependant, ce n'était pas tellement pour John qu'elle s'inquiétait. Elle repensa à la manière dont Thom l'avait embrassée sur le bateau, elle espérait que cela ne reviendrait jamais aux oreilles de Max. Elle ne souhaitait rien d'autre que la compagnie de Max, mais maintenant qu'elle savait que son désir pour Thom pouvait être ravivé, elle espérait qu'il resterait tapi à jamais.

Tandis que Max s'appliquait à nettoyer son assiette d'œufs, l'attention de Cordelia se déplaça vers la fenêtre. Dehors, le brouillard s'était transformé en véritable pluie. Un déluge balayait le carrefour, poussé par des rafales contre les vitres dans un bruit de galets.

La porte s'ouvrit sur un groupe de garçons et de filles qui hurlaient de rire. L'air qui s'engouffra à leur suite n'avait rien de froid, pourtant Cordelia frissonna et entoura sa tasse de ses mains. Les nouveaux venus étaient très agités à cause de l'état de leurs vêtements et du torrent dans lequel ils avaient été pris. Les robes détrempées des filles leur collaient à la peau, les sous-vêtements des garçons étaient visibles sous leur chemise habillée. Tous tenaient des journaux au-dessus de leur tête, qui n'avaient guère servi à les protéger.

Dehors, l'averse tombait toujours, si sonore, si magnifique, que Cordelia ne put s'empêcher de sourire. Le groupe passa à côté de leur table et parmi eux, une fille menue à l'ourlet crotté laissa échapper son journal. Celui-ci avait dû être à l'abri des gouttes sous son ciré, car il était sec, contrairement aux autres, qui avaient été abandonnés en masses grises et imbibées sur le sol. Cordelia put donc lire la date en haut à droite, soit le lundi 19 août 1929. Max avait dû le remarquer lui aussi, car il tendit la main pour le ramasser. Il s'apprêtait à se lever pour le rendre à la fille, mais d'un subtil mouvement de tête et d'un coup d'œil alerte, Cordelia lui suggéra de le garder.

– C'est l'édition du matin, murmura-t-elle.

Max le lui laissa et se concentra à nouveau sur ses œufs.

À la lecture du titre qui barrait la une, la bonne humeur de Cordelia disparut très vite, et son sang se glaça : LARAMIE DÉCLARE QU'IL NE SERA JAMAIS VAINCU PAR UN NOIR ET LANCE UN DÉFI À DARBY.

Quelques secondes lui suffirent à parcourir le reste de l'article – un jeune pilote originaire du Queens clamait partout que Max n'était sûrement qu'un lâche, vu sa couleur, et autres horreurs dans ce genre, ajoutant qu'il l'aurait bien prouvé par une course d'un bout à l'autre de Long Island, mais qu'il doutait que Max aurait le courage d'accepter.

– Eddie. Un type pas très futé, expliqua Max. Il traîne pas mal à l'aérodrome, mais il n'a aucune discipline. Anti-immigrants. Parce que son grand-père est né ici, il croit avoir plus de droits que ceux qui viennent de descendre du bateau. Ou que ceux dont on a forcé les ancêtres à monter sur les bateaux. Je crois qu'il ne m'apprécie pas trop.

– Il a surtout l'air d'un abruti.

Cordelia essayait de se montrer rassurante, mais elle n'arrivait pas vraiment à déterminer ce que ressentait Max. Ses yeux étaient perdus dans le vague, comme au début de leur conversation. Si les paroles d'Eddie Laramie l'avaient blessé, il n'en laissait rien voir.

– Et c'en est un. Pas très bon pilote, en plus de ça, même s'il sait décoller.

La part de tarte se trouvait entre eux, la tranche orange de fromage durcie, brillante, posée au-dessus, quelques miettes marron disséminées sur la table. Le silence s'éternisa, jusqu'à ce que Max fasse craquer ses doigts. Il jeta un coup d'œil inquiet dans la salle, comme si la bienveillance du monde vis-à-vis de lui commençait déjà à s'émousser, comme s'il pouvait lutter contre ça, pourvu qu'il réagisse assez rapidement. Cordelia s'apprêtait à tendre la main vers lui quand un sourire fendit le visage de Max.

– Tu ne vas quand même pas le faire ? demanda-t-elle.

– Bien sûr que si. Je pourrais battre ce type avec un bandeau sur les yeux.

Il posa ses coudes sur la table et sourit jusqu'à ce qu'elle ne puisse faire autrement que lui sourire, elle aussi.

– Je vais remporter la course haut la main et tout le monde sera bien forcé de me prendre au sérieux. Tu verras.

Soutenant son regard, le visage grave, elle répondit :

– Je crois en toi.

– Bien.

Sur ce il tira un billet de sa poche, le déposa sur la table et ajouta :

– Allez viens, je veux te montrer mon nouvel appartement.

– Il va pleuvoir à nouveau.

Astrid se tenait si près de la fenêtre que ses mots formèrent un écran de buée qui brouilla le paysage de verdure.

– Ça m'étonnerait.

Victor était assis sur une chaise pliable juste devant la porte de sa chambre, où il montait la garde depuis leur retour de New York. Lorsque Charlie avait appelé le *St. Regis* le matin tôt en demandant à parler à Cordelia, ils avaient découvert que celle-ci s'était éclipsée pour retrouver Max durant la nuit. Charlie avait alors insisté pour qu'Astrid regagne immédiatement la propriété, malgré ses protestations selon lesquelles Cordelia ne tarderait pas à revenir. Depuis qu'Astrid était de retour à Dogwood, Charlie, lui, était resté introuvable. Maintenant, la valise d'Astrid était grande ouverte sur le lit, les vêtements qu'elle avait prévu de porter pendant cette escapade en ville s'étalaient sur le couvre-lit, vestiges décevants du bon temps qu'elle avait cru pouvoir passer.

– Il a plu par intermittence pendant la nuit, mais à mon avis, c'est fini, ajouta Victor.

– Quand même, au cas où, je ferais mieux d'aller me balader maintenant avant que le temps se gâte trop, après je ne pourrai plus sortir. Depuis que nous avons franchi ce portail, je me sens comme un oiseau en cage !

Astrid adoptait son habituelle légèreté, son insolence éternelle, mais Victor ne rit pas, il ne sourit même pas. Pourtant il l'avait bien entendue. Elle le savait, parce qu'il se leva lorsqu'elle passa à côté de lui et la suivit dans l'escalier à une distance respectueuse.

– Tu ne penses pas qu'il serait préférable d'enfiler des chaussures ? suggéra-t-il.

Ils se trouvaient dans l'entrée, Astrid s'immobilisa. Les automobiles d'ordinaire en bas de la pente, devant le garage, étaient toutes soit parties soit rangées. Les tilleuls qui flanquaient l'allée de gravillon ployaient en direction d'Astrid. Au-dessus, les nuages étaient lourds, sombres. Sans les voitures, le paysage semblait hors du temps ; il aurait aussi bien pu s'agir d'une scène tirée d'un roman victorien, dans lequel l'héroïne torturée fait l'erreur d'aller se promener sur la lande lugubre pour s'éclaircir l'esprit et prend un coup de froid fatal.

– Non, répondit Astrid, qui sortit pieds nus sur la terrasse de pierre et commença à descendre les marches.

Elle portait un pyjama en lin immaculé avec un chemisier de la même couleur, soit l'exacte tenue qui était la sienne quand Charlie s'était excité et lui avait ordonné de rentrer, or elle ne voyait absolument pas quelles chaussures assortir avec ça.

– Je ne pense pas, non, réaffirma-t-elle.

Victor la rattrapa au moment où elle arriva sur la pelouse ; ils la traversèrent côte à côte. Elle se demandait si Victor savait où était Charlie, s'il répondrait si elle exigeait qu'il le lui dise.

– Tu as déjà tué quelqu'un ?

Un long blanc s'ensuivit.

– Pourquoi me poses-tu cette question ?

Ils avaient atteint le labyrinthe végétal, dont les haies aux teintes bleutées se dressaient sur le gazon net, son entrée marquée de part et d'autre par deux statues de sphinx en pierre, telles les sentinelles d'une civilisation perdue. Astrid, pour la première fois, prit conscience de la solitude que l'on pouvait ressentir dans une propriété à la campagne, si peu peuplée, si loin du reste de la vie.

– Je veux dire, est-ce que c'est quelque chose de très normal ? On s'y habitue ? Tu me trouves trop protégée, vraiment bête d'être choquée par tout ça ?

Victor joignit ses mains dans son dos, soupira, ils laissèrent derrière eux les ornements en topiaire pour s'enfoncer dans le labyrinthe.

– Non, tu n'aurais jamais dû assister à ça, c'est tout.

– Mais je l'ai vu. Je suis mariée à un homme qui... qui fait ce genre de choses, alors pourquoi ne devrais-je pas le voir ?

– Si tu sortais avec moi...

Victor s'interrompit. L'allée faisait un coude, ils se trouvaient dans un coin vide, tout était très calme soudain. Ils ne bougèrent plus, ni l'un ni l'autre ; puis Astrid tourna son beau visage en cœur vers lui. Il refusa de croiser son regard. Ses yeux filèrent vers le ciel, décrivirent un arc torturé, se rabattirent sur ses pieds.

– Alors ça ne se serait pas passé comme ça, conclut-il, sa voix un peu brisée sur les derniers mots.

– Mais je ne sors pas avec toi.

Elle le dit très simplement, comme si ce n'était ni une bonne ni une mauvaise chose. Il n'y avait aucune invitation dans son ton, pourtant, il approcha d'elle et vint poser sa main sur sa hanche.

– Non, répondit-il avec la même simplicité, puis ses yeux rencontrèrent ceux d'Astrid.

– Tu ferais mieux de ne pas...

– Je sais.

Il retira sa main, coinça son pouce dans sa boucle de ceinturon. Elle avait cru que cet éloignement serait un soulagement, la déception qui la submergea aussitôt la prit donc au dépourvu.

– Je sais que je ne devrais pas, mais je n'arrête pas de penser à ce baiser et...

Sans le laisser terminer, Astrid s'enfonça davantage dans le labyrinthe.

– Eh bien, arrête.

Elle avait adopté un ton désinvolte, cependant elle aussi pensait à ce baiser, maintenant. Ce baiser qu'elle avait tant voulu, si spontané et merveilleux.

– Je crois que tes chances ne seraient pas très bonnes, si tu décidais de jouer à ce petit jeu, ajouta-t-elle.

– Ce n'est pas un jeu.

Elle avait accéléré le pas, mais il suivait la cadence, l'allée fit un virage et les entraîna plus loin encore.

– Je n'arrête pas de penser..., reprit-il.

– Personne n'a rien vu, Victor.

Les sourcils d'Astrid se fronçaient, s'écarquillaient au rythme de ses pas, ses mots se précipitaient, son cœur s'emballait, de plus en plus fort. Ses pieds avançaient si vite qu'elle courait presque.

– Tu serais déjà mort si quelqu'un était au courant.

– Oh, crois-moi, je le sais. J'ai réfléchi à tout ça. Mais ce n'est pas ce qui m'inquiète. Je ne m'inquiète pas pour moi. J'ai peur que...

– La poisse ! s'exclama Astrid en tapant furieusement du pied.

Elle avait bifurqué et se trouvait face à un cul-de-sac dont le haut mur était recouvert d'une plante grimpante. Une veine saillit sur son front, elle se mit à fixer cette paroi, comme s'il y avait moyen de la rendre un peu plus conciliante pour qu'elle la laisse passer par-dessus et accéder à une autre vie. Astrid secoua lentement la tête, se retourna.

– Excuse-moi de t'avoir embrassé, Victor, je suis une fille impulsive, égoïste, je n'aurais pas dû te faire courir de tels risques et...

– Ne fais pas ça. Ne regrette pas.

Elle aurait préféré qu'il ne la dévisage pas comme ça, avec ses yeux graves, sombres et voilés, comme un jeune paysan qui pour la première fois découvre une reine, incrédule devant tant de splendeur.

– Oh, Victor, quoi ? Que préférerais-tu que je fasse ?

– Écoute-moi.

– D'accord.

– Je ne me préoccupe pas de ce qui pourrait m'arriver. Ce qui m'inquiète, c'est que je n'arrête pas de penser à ce baiser et je ne suis pas certain de pouvoir me retenir de t'embrasser à nouveau. Je m'inquiète parce que Charlie Grey est un homme violent et je suis amoureux de sa femme.

– Amoureux ?

Le ventre d'Astrid se retourna, sa gorge se mit à la chatouiller. Elle avait envie de tendre le bras vers lui, mais il était trop loin. Il se tenait là, sur la pelouse, si svelte, si grand. Le comparant à Charlie en esprit, elle le trouva presque féminin, puis elle repensa à ce que Charlie avait fait au messager de Coyle Mink, à ce qu'il pouvait faire à Victor, qui était plus mince et beaucoup plus réfléchi.

– Tu crois que tu pourrais aussi être amoureuse de moi ? tenta-t-il enfin.

– Je ne sais pas ! répondit-elle en cachant ses yeux derrière ses mains. Je n'en sais rien ! Rien de rien !

Ni l'un ni l'autre n'ajoutèrent quoi que ce soit pendant un moment, mais le calme n'apaisa pas Astrid pour autant. Sa poitrine haletait, son visage la cuisait, son cœur refusait de se relâcher.

– Dans un cas comme dans l'autre, il vaudrait mieux que je parte, annonça-t-il. Tu le sais, n'est-ce pas ? Et si tu m'aimes, alors tu ferais bien de me suivre aussi.

– Oh, c'est pas vrai !

Astrid ôta ses mains de ses yeux et serra les poings. Elle contempla Victor avec une expression de désespoir, d'épuisement, elle aurait tant voulu qu'il s'approche. Qu'il la soulève, qu'il la plaque au doux mur feuillu, qu'elle puisse enrouler ses jambes autour de sa taille, faire courir ses mains sur son dos, et faire comme si elle n'était pas mariée, comme si elle n'était pas Astrid Grey, comme si elle pouvait toujours faire ce que bon lui semblait sans crainte des conséquences. Mais il resta immobile.

– C'est pas vrai..., répéta-t-elle, cette fois en pestant à mi-voix.

– Alors ?

– Je ne sais pas, Victor. Je ne sais rien. Ça a l'air tellement dingue.

Elle fit un pas dans sa direction, mais ses jambes étaient plus faibles que celles d'un faon, elle sut qu'il serait forcé d'aller à sa rencontre pour la rattraper. Déjà le regard prévenant de Victor avait remarqué que quelque chose n'allait pas.

– C'est possible, ajouta-t-elle en s'écroulant contre sa poitrine, glissant ses bras autour du cou de Victor. La seule chose que je sais, c'est que j'ai envie d'être serrée fort. Tu peux me serrer dans tes bras ? Juste un petit moment ? S'il te plaît ?

Ce ne pouvait être la réponse qu'il espérait, mais il déposa tout de même un baiser délicat à la racine de ses cheveux.

– D'accord, dit-il.

Et elle se laissa peser de tout son poids contre lui.

Le rêve dont elle sortait était agréable, mais le cerveau de Cordelia se mit à tiquer à l'instant où elle comprit que la pièce autour d'elle lui était inconnue. Elle s'assit en sursaut, écarta les couvertures et constata qu'elle était toujours habillée. Une petite robe noire toute simple au corsage long et près du corps, à la jupe festonnée juste au-dessus du genou à l'avant, un peu plus plongeante derrière. Soudain, tout lui revint : elle la portait pour aller danser sur le toit du *St. Regis*, puis lors du dîner nocturne en compagnie de Max et jusqu'au lever du soleil, heure à laquelle Max l'avait conduite à Long Island. Il semblait si heureux et fier de lui, il avait tenu à lui montrer son appartement. Malgré tous ses efforts, Cordelia était incapable de se souvenir d'être arrivée jusque-là – il avait dû la porter. Avec un soupir, elle referma ses paupières lourdes et laissa sa tête retomber sur les oreillers. À un moment donné, il allait falloir que Max et elle apprennent à se coucher à une heure raisonnable.

Cependant, elle ne se rendormit pas et après un temps, elle sortit de son lit étroit – qui en dehors d'une commode à trois tiroirs constituait l'unique meuble de la pièce – et gagna la porte ouverte sur la pointe des pieds. La seconde pièce, plus grande, n'était guère plus équipée. Deux chaises étaient placées autour d'une table carrée disposée au centre ; un calendrier de station-service était accroché au mur. La peinture bleu-gris du plancher s'écaillait par endroits. Sous la fenêtre, un évier, juste à côté, une gazinière, voilà à quoi se résumait la cuisine. Malgré tout, c'était impressionnant. Cordelia vivait dans une grande demeure, pourtant elle savait bien qu'après avoir fui sa tante Ida même un endroit comme celui-ci lui aurait paru un château, pourvu qu'il soit à elle et à elle seule.

Elle tordit ses cheveux par-dessus son épaule, contourna la table pour approcher de l'évier. Elle se demandait où était passé Max, mais cela ne l'inquiétait pas plus que ça. Peut-être était-il sorti acheter le journal, pour voir si Eddie Laramie avait proféré d'autres insultes publiques, ou bien leur chercher un petit déjeuner. Un sourire aux lèvres, Cordelia eut soudain l'impression qu'une petite voix lui glissait à l'oreille : *Lève les yeux*. Elle regarda autour d'elle, elle était seule, pourtant. Était-elle encore endormie ? Souffrait-elle d'hallucinations ? Elle se retourna vers la fenêtre et comprit qu'elle était bien éveillée. Elle se félicita de cette étrange magie qui avait attiré son attention.

Elle avait devant elle l'aérodrome, une vaste étendue d'herbe à moitié sèche, et malgré le mauvais temps qui menaçait, une tache de bleu se détachait dans le ciel au-dessus du hangar, dans laquelle un biplan rouge décrivait des loopings qui laissaient derrière eux des lettres en fumée blanche qu'elle se mit à déchiffrer. L'avion traça d'abord un C, un O, il enchaîna sur le R, le D.

Lorsqu'il boucla le A final, elle eut l'impression que son corps tout entier, la surface totale de sa peau irradiait. Elle avait du mal à croire que Max, qui était si stoïque et impassible lorsqu'elle l'avait rencontré, fût capable d'un geste aussi spectaculaire. C'était comme s'il avait gravi le plus haut sommet qu'il ait pu trouver rien que pour crier son nom dans l'air pur et frais. Elle était seule, pourtant elle rougit un peu, elle avait hâte qu'il se pose pour pouvoir se jeter à son cou et lui avouer qu'elle ressentait exactement la même chose.

19

– Parfait ! Parfait ! s'exclama Mr Branch en se précipitant au centre du plateau abondamment éclairé.

De sa place dans l'ombre, Letty en avait déduit que ce petit homme portant un panama était le célèbre réalisateur Lucien Branch.

Il lui avait fallu un certain temps pour trouver son chemin à travers le vaste studio et découvrir la scène fermée où se tournait *Le Bon Lieutenant*. Mais depuis son arrivée, elle observait, immobile, attentive, Valentine refaire prise sur prise. Il se dressait sur une fausse colline, à côté d'un arbre factice, devant un décor peint représentant un paysage de campagne ponctué de chaumières et de vergers balayés par le vent. Dès l'instant où il achevait sa réplique, une horde de gens s'abattait sur lui – pour ajuster son manteau ou son maquillage, bouger la grosse caméra. Lui restait concentré durant toute cette routine, puis, lorsqu'ils s'éloignaient, ses épaules se voûtaient, son regard se perdait au loin, exactement à la manière d'un homme hanté par le souvenir de la guerre. Aux yeux de Letty qui, le cœur battant, ne manquait rien de ce qui se passait autour d'elle, ce plateau inondé de lumière, où régnait une activité trépidante, était l'image même du paradis.

Entendant le réalisateur, Valentine descendit de sa colline couverte de gazon artificiel et retrouva du même coup sa taille humaine.

– Parfait ! répéta Mr Branch. Je tiens ma scène.

– Vraiment ? s'enquit Valentine.

– Tu as donné vie à cet homme sans espoir. Cet homme sans *joie*. C'était fantastique ! s'enthousiasma Mr Branch en entraînant Valentine jusqu'à sa chaise pliable et surélevée au dossier à son nom : *Mr O'Dell*.

Elle aurait pu rester là éternellement, à observer son environnement en silence, si la tête gominée de Valentine ne s'était pas tournée dans sa direction.

– Oh, Letty ! cria-t-il presque. Viens par ici !

– Salut ! répondit-elle en surgissant de derrière un énorme canon en plâtre. Je suis là.

Le visage de Valentine se para d'une couleur chaude, et Letty fut ravie de constater qu'il n'essayait pas de dissimuler sa joie de la voir, même en public.

– Monsieur Branch, voici la jeune femme dont je vous ai parlé – Letty Larkspur. Sophia et moi l'avons prise sous notre aile. Elle a un talent immense.

– Enchantée, dit Letty en adressant un sourire timide et une petite courbette au réalisateur.

– Ah, charmante ! commenta Mr Branch dont les bonnes joues saillirent avec indulgence. Quelle beauté ! Je vous ai vue sur scène, vous savez, le soir d'inauguration du *Caveau*. Vous êtes encore plus incandescente de près.

Letty n'était pas très sûre de ce qu'il entendait par incandescente, mais elle estima que c'était positif et jeta un coup d'œil à Valentine pour s'assurer que ce compliment ne lui avait pas échappé.

– Letty, tu as trouvé que la scène était bonne ?

– Bonne ? Je t'ai trouvé *merveilleux*.

Merveilleux était un terme qu'employait souvent Sophia, et à l'entendre dans sa propre bouche, Letty était ravie de la sophistication que cela lui conférait.

– Vraiment merveilleux, ajouta-t-elle.

– Une chaise ! couina Mr Branch. Qu'on apporte une chaise pour Miss Larkspur.

Quelques secondes plus tard, quelqu'un approcha chargé d'un siège, c'était une chaise ordinaire, de cuisine, raide, sans ce point de vue avantageux que conféraient les trônes du réalisateur et de la star, mais Letty ne put s'empêcher de ressentir un frisson au respect avec lequel on la lui présentait.

– Tu n'as pas trouvé que j'en faisais trop ?

– Non, c'était parfait. D'ailleurs, j'ai versé une petite larme.

Letty levait des yeux émerveillés vers Valentine sans essayer de se cacher.

À cette affirmation, Valentine afficha une expression radieuse, puis il accepta le verre d'eau que lui tendait l'un des nombreux assistants qui gravitaient autour d'eux.

– C'est une formidable actrice, vous savez. Je l'ai fait travailler moi-même.

– Vraiment ?

Les deux hommes échangèrent un regard, puis se tournèrent de concert vers la fille toute menue assise devant eux. Valentine posa un index sur sa bouche, pensif, et pencha la tête sur le côté.

– Oui, chant, danse, élocution. Tout ça avec nos propres professeurs. Sophia s'est réellement prise d'affection pour elle.

– Oui, j'imagine. Eh bien, nous allons devoir lui trouver un petit rôle, qu'en dis-tu ?

Sur ce, Mr Branch croisa les jambes et posa ses mains sur son genou en observant Letty comme on jauge un poney à la fête agricole.

– Me ferez-vous l'honneur de passer une audition pour moi, mon chou ?

Letty écarquilla les yeux à cette proposition.

– J'en serais ravie, répondit-elle.

– Tu ne seras pas déçu. Attends de voir de quoi est capable ma petite Letty, intervint Valentine.

Une idée parut assombrir les yeux de Mr Branch, il secoua la tête. Letty tenta de garder le dos bien droit, cependant elle devinait que le rôle qu'on venait de lui faire miroiter semblait déjà sur le point de lui échapper.

– Quel dommage, en fait, déclara pensivement Mr Branch. Vous êtes exactement telle que je m'imaginais Marie. Tellement plus gamine que Sophia... Ah, tant pis. Vous restez avec nous pendant le tournage de la prochaine scène, très chère ? Et si j'ai encore un peu de temps après, vous pourrez me lire quelque chose.

Il se retourna vers Valentine. Letty sentit tout son corps envahi par un picotement, la même sensation que le premier soir au *Caveau*, tandis qu'elle patientait aux abords de la scène, consciente d'avoir en elle tout ce dont elle avait besoin pour réussir. Il ne lui manquait que le courage de se placer sous le feu des projecteurs. Mais en cet instant, elle comprit qu'elle risquait de rater sa chance – l'attention de Mr Branch était passée à autre chose et pourrait ne jamais revenir sur elle. Déterminée à ne pas laisser filer cette occasion en or, elle se leva d'un coup, sa chaise recula en grinçant.

– L'autre soir, j'ai aidé Valentine à répéter son texte, annonça-t-elle.

Mr Branch reposa les yeux sur elle et bien qu'elle pût y lire une lueur d'intérêt, il ne paraissait pas saisir où elle voulait en venir.

– J'ai lu le rôle de Marie, poursuivit-elle. C'est un script formidable, j'ai vraiment adoré, et enfin...

– Que voulez-vous dire, exactement, Miss Larkspur ?

Sous le regard intense de Mr Branch, elle se trouva un peu prise au dépourvu. Elle eut brièvement l'impression que son corps flottait dans un aquarium et qu'elle parlait dans l'eau. Mais elle pensa très fort à ses pieds et les sentit bien en contact avec le sol. Elle baissa le menton, inspira un grand coup et soudain, elle sut exactement ce qu'elle voulait dire.

– Comme vous disiez que je vous rappelais le personnage de Marie, je pensais que vous aimeriez peut-être me voir donner la réplique à Val.

– C'est vrai, intervint ce dernier.

Un instant plus tôt, le visage de Valentine était figé par la surprise, mais les mots jaillirent d'une traite de sa bouche.

– Dans le rôle de Marie, elle était exquise. Pourquoi ne jouerions-nous pas la scène où le lieutenant et elle s'avouent enfin ce qu'ils éprouvent l'un pour l'autre ? Si tu restes en gros plan sur moi, tu pourras même l'utiliser plus tard.

Mr Branch hésita quelques secondes, le suspense mit Letty en ébullition. Mais avec bienveillance, il proposa :

– Mon enfant, si vous voulez nous faire l'honneur ?

Il tendit le bras dans sa direction, elle fit un pas dans la sienne et l'autorisa à lui baiser la main.

– Acceptez-vous de jouer pour nous ?

– Je vais essayer, murmura-t-elle.

– Fantastique !

Mr Branch la libéra et tapa dans ses mains, puis il se mit à hurler ses ordres :

– Changement de programme ! J'ai besoin des maquilleuses, occupez-vous de Miss Larkspur, qui tiendra le rôle de Marie. Les lumières : c'est une scène qui se déroule l'après-midi, alors il va falloir...

Il n'avait pas terminé, mais Letty ne l'écoutait déjà plus. Elle fut guidée jusqu'aux loges par une femme en robe noire informe et chignon sévère que la percée miraculeuse de Letty paraissait laisser de marbre. Tout le monde s'était remis en mouvement, avec davantage de frénésie encore. Elle jeta un coup d'œil derrière elle et s'aperçut que le seul à ne pas s'agiter était Valentine. Il la fixait et son visage trahissait un mélange de fierté et d'adoration tel, qu'elle trouvait presque insupportable de devoir s'éloigner de lui.

Tout cela était-il un peu trop parfait ou bien était-ce exactement la vie qu'elle s'était imaginée ? Elle l'ignorait, mais peu lui importait finalement. Elle ne pensait qu'à une chose : elle s'apprêtait à dire ce magnifique texte pour la caméra. Elle allait passer une audition pour Lucien Branch, avec Valentine O'Dell à ses côtés.

– Quand la guerre s'est terminée, j'étais un homme brisé.

Valentine tourna son profil vers l'objectif, l'émotion fit vibrer tout son visage.

– Je croyais ma vie terminée, je regrettais de ne pas être mort avec mes hommes dans ces tranchées...

– Mais tu as tant fait pour notre village.

Letty s'approcha de lui, menton levé dans sa direction. Elle portait une perruque avec une tresse longue et lourde qui reposait sur son épaule et retombait sur sa poitrine. La dizaine de projecteurs braqués sur elle de tous côtés chauffait sa peau, le maquillage faisait une couche épaisse sur son visage. Mais c'étaient des détails qu'elle sentait à peine. Elle était tout à l'émotion entre Marie et le Lieutenant. Ses lèvres en tremblaient.

– Bien plus que nous n'en ferons jamais pour toi.

– Voir le village revenir à la vie, après avoir été témoin de tant de morts, me fait un immense plaisir...

Soudain, les yeux de Valentine se fixèrent sur elle.

– Mais ne crois pas que j'ai fait ça pour eux.

Il agrippa ses épaules à deux mains.

– Tout ce que j'ai fait, je l'ai fait pour toi, Marie...

– Je n'y crois pas, protesta Letty, le regard rempli d'adoration. Je ne peux pas croire que vous ne pensiez pas à nous tous quand...

Elle s'interrompit, ils se dévisagèrent pendant quelques secondes. Puis vint le baiser, qui la fit ployer comme sous l'assaut d'une tempête. Il s'éternisa, Letty se sentit faiblir. Il dura plus longtemps que celui qu'ils avaient échangé dans la cuisine, elle supposa que c'était pour Mr Branch, pour lui montrer qu'elle n'était pas une gamine, qu'elle était capable des scènes les plus passionnées. Mais elle savait que c'était également, en partie, parce que Valentine avait envie de l'embrasser à nouveau. Lorsqu'il recula, ses yeux étaient troublés.

– Croyez-vous pouvoir aimer un homme comme moi ?

Ce n'était pas dans le script, mais Letty savait quelle réaction il attendait.

– Oui. Oh, oui. Je vous aime comme je n'ai jamais aimé un autre homme.

– Plus que votre mari ?

– Ne me posez pas de questions à son sujet, répondit-elle en se blottissant contre la poitrine de Valentine, paupières closes. Ne parlons jamais du passé. Soyons tournés vers l'avenir.

Ils demeurèrent dans cette position, un tableau pour la caméra, les yeux de Letty toujours fermés, les bras de Valentine autour d'elle. Puis Mr Branch hurla « Coupez ! », Valentine allait relâcher son étreinte. Dans la chaleur des projecteurs, elle s'attarda quelques secondes encore entre ses bras. Quelqu'un toussa, elle se souvint qu'elle était Letty, et pas Marie, et s'éloigna de Valentine.

– Incroyable ! Inimaginable ! Renversant !

Lorsqu'elle quitta le plateau, ses yeux eurent du mal à s'accoutumer, elle dut les plisser pour voir Mr Branch, qui venait vers elle.

– C'était magique, ma chère petite. Magique ! Vous avez senti la magie ?

– Oui, souffla Letty.

Elle retrouvait le monde sans lumière des sinueux cordages noirs et des appareils énormes et mystérieux.

– Ha, ha ! Regarde-toi, mon garçon. Tu es vidé après ce que tu nous as donné, continua Mr Branch.

Letty jeta un coup d'œil en direction de Valentine, qui reconnut d'un sourire contrit que le réalisateur avait raison. Ce dernier décrivait des cercles autour d'eux en agitant ses mains au-dessus de sa tête.

– Je viens d'avoir une vision. Une vision du film que j'ai toujours voulu faire. Vous me comprenez, tous les deux, vous partagez cette vision, je le sais. Vous y étiez, là, tous les deux ! Nous n'avons même pas vraiment besoin de mots – vous avez sous-entendu tout ce que je voulais dire par votre simple jeu d'acteur. Je vois toute l'œuvre d'art. J'ai eu un aperçu du divin, il est au bout de mes doigts.

Comme pour le prouver, il attrapa deux poignées d'air, qu'il ramena à sa poitrine. Letty l'observait en retenant son souffle, agrippée à sa tresse, comme si celle-ci pouvait servir à la stabiliser. Elle savait qu'elle avait été bonne, mais l'approbation de Mr Lucien Branch dépassait tellement tout ce qu'elle avait pu espérer que ses jambes en tremblaient.

– Je ne peux pas laisser cette vision m'échapper. Nous pouvons tourner les scènes entre le Lieutenant et Marie en quelques jours et boucler le reste après. Mais je veux le faire d'une traite. Je dois garder en ligne de mire ce que j'ai aperçu. Vous me suivez ?

– Bien sûr, répondit Valentine en affichant ce sourire canaille dont il faisait si souvent usage à l'écran.

– Et vous, divine enfant ?

– Oui, murmura Letty qui, à son grand regret, ne put s'empêcher d'ajouter : Mais... et Sophia, alors ?

– Et l'art alors ? s'écria Mr Branch du tac au tac.

Puis d'une voix plus calme, il suggéra :

– Elle pourrait peut-être jouer votre mère ? Cela vous irait ?

Letty réfléchit une minute et songea que si Sophia avait été là, et non à batifoler avec Jack Montrose, jamais il n'aurait été question de lui donner ce rôle à elle et rien de tout cela ne serait arrivé. Letty hocha donc la tête et eut l'impression que sa chance venait de tourner définitivement.

Une fois dans sa loge, Valentine se laissa tomber sur son canapé, les chevilles croisées sur l'accoudoir et ouvrit largement les bras pour signifier à Letty de venir à lui. Elle ôta la perruque et s'approcha sur la pointe des pieds, hésitante. Souhaitait-il qu'elle s'assoie à côté de lui sur le canapé ou qu'elle s'installe sur le sol ? Soudain il l'attira à lui et elle se retrouva au-dessus de lui, poitrine contre poitrine, presque nez contre nez. Ils s'étaient embrassés, ils s'étaient parlé toute la nuit, ils avaient partagé une assiette de spaghettis à la sauce tomate, mais jamais ils ne s'étaient retrouvés dans une position aussi terriblement familière que celle-ci. Pourtant, cela semblait naturel, après ce qu'ils avaient vécu dans cette scène. Les artistes, les acteurs faisaient les choses différemment ; Letty s'en rendait compte désormais. Ils étaient démonstratifs, ils exerçaient leur liberté, ils n'obéissaient pas aux règles rigides qui régnaient à Union.

– Letty, commença-t-il doucement en suivant le contour de son menton du bout du doigt. Tu sais, ces mots que j'ai prononcés pendant la scène, ceux qui n'étaient pas dans le script ?

– Tu veux dire : « Pourriez-vous aimer un homme comme moi ? » Cette partie ?

Valentine glissa ses bras autour d'elle et la serra contre lui.

– Je les pensais vraiment.

– C'est vrai ?

Elle sentait son corps faible, elle l'aurait cru sur le point de se désintégrer en poussières minuscules soufflées par le vent.

– Entre moi et Sophia, tout est faux, ça ne t'a pas échappé, n'est-ce pas ? Cela fait bien longtemps que nous ne nous comprenons plus et tout le monde est au courant de sa liaison avec Jack Montrose.

Letty détourna le regard, de honte. Elle avait protégé Sophia parce qu'elle croyait que celle-ci pourrait lui apprendre à devenir une star.

– Je sais, commença-t-elle, d'une voix étranglée. L'autre soir, à la fête, je les ai vus...

– Chut, fit Valentine, qui déposa un baiser sur chacune de ses tempes. Ça n'a pas d'importance. Je ne l'aime plus. Comment le pourrais-je, alors qu'elle ne pense qu'à une chose, la gloire ? Elle ferait n'importe quoi pour la gloire. Et avec ce singe graisseux de Jack Montrose...

– Je suis sincèrement désolée.

– Non... Non. Ne le sois pas. Je désespérais de rencontrer un jour une femme qui me comprendrait, qui comprendrait ce que je fais. J'ai eu cette chance. C'est tout ce qui compte.

– Tu ne veux quand même pas parler... de moi ?

La main de Valentine glissa le long de son dos et vint se caler à l'arrière de sa tête, pour approcher ses lèvres des siennes. Toutes les résistances qu'elle avait pu ressentir jusque-là, cette culpabilité qui subsistait encore vis-à-vis de Sophia, cette crainte d'offenser le bon goût, tout s'évapora. Vivre avec les O'Dell lui avait paru extraordinaire, au début. C'était presque trop de chance. Mais maintenant que la vie lui offrait un plus beau cadeau encore, qu'elle était blottie entre les bras de l'homme de ses rêves et sur le point de décrocher un grand rôle dans un vrai film – plus rien ne semblait déplacé. Toutes les pièces du puzzle s'agençaient à la perfection ; elle voyait l'image se dessiner clairement. Valentine l'attendait depuis tout ce temps, ses apparitions à l'écran avaient constitué une sorte de message cosmique propulsé jusqu'à elle dans cette ville lointaine. Ils étaient bel et bien les deux moitiés d'une même âme, après tout

– une association bien plus parfaite que celle formée par Valentine O'Dell et Sophia Ray.

– Oui, je pourrais t'aimer, répondit-elle en se laissant embrasser à nouveau.

20

– Tu me négliges, ma chérie, et en plus, il pleut.

Virginia Donal de Gruyter Marsh avait passé l'âge, mais elle affichait une moue boudeuse. Sa fille traversait l'imposant salon de Marsh Hall dans sa direction. La maîtresse de maison était impeccablement vêtue d'une mousseline blanche imprimée de petits cercles verts, elle avait remonté ses cheveux, dégageant son visage, mais elle était avachie sur son canapé comme si elle y avait passé plusieurs jours en pyjama. La moue se prolongea même après qu'Astrid l'eut saluée d'un baiser et se fut installée à côté d'elle sur le coussin ivoire.

– Une pluie d'été, marmonna sa mère, comme s'il s'agissait d'une plaie dont il fut impossible de se débarrasser.

– Ça n'empêche pas Billie de sortir, en tout cas, répondit Astrid en arrangeant la jupe de sa robe corail à bretelles par-dessus ses jambes croisées, le regard perdu par-delà la grande baie vitrée.

Sa demi-sœur se trouvait sur la pelouse, à s'entraîner au tir à l'arc malgré les averses intermittentes qui tombaient depuis plusieurs jours. La peau des bras nus de Billie paraissait humide, certes, et son instructeur avait ôté sa chemise.

Pourtant, elle se concentrait furieusement sur sa position et ses flèches semblaient faire mouche avec une belle précision.

Virginia tourna mollement la tête vers Astrid.

– Mais ma chérie, Billie n'est pas comme toi et moi.

– Non, soupira Astrid, un brin amusée. Effectivement, je ne te contredirai pas sur ce point.

– Alors, raconte-moi tout. Qui sort avec qui, qui donne les fêtes les plus réussies, et les pires ? Et que dire des ventes d'alcool ces temps-ci ? Ton mari gagne beaucoup d'argent ?

– Oooh...

Astrid agita la main gracieusement, ce qui fit s'entrechoquer sa collection de bracelets.

– Toujours les mêmes têtes. Tu sais comment c'est, maman. Mais Charlie... Eh bien c'est de lui que je voulais te parler.

Malgré sa désinvolture de façade, Astrid avait sûrement dû laisser transpercer un peu de la confusion que suscitait chez elle la vie de femme mariée, car sa mère se redressa d'un coup, et une étincelle d'intelligence calculatrice réapparut dans ses yeux.

– Mon Dieu, murmura-t-elle. Tout n'est déjà plus si rose...

– Oh non, penses-tu, répondit très vite Astrid. Seulement... Je me suis dit qu'avec ton expérience, toi qui es tellement plus vieille que moi, tu devrais pouvoir me donner quelques conseils.

Ignorant l'insulte, Virginia tapota le genou de sa fille.

– Bien sûr, ma chérie. Mais sers donc à ta vieille maman un whisky-soda pour commencer, tu veux bien ?

Astrid traversa à nouveau la pièce en direction du bar bien approvisionné en songeant que, quelques mois plus tôt, elle ne souhaitait rien d'autre que quitter le domicile de sa mère et de son beau-père, où les disputes étaient incessantes, les règles de bienséance fluctuantes. Mais désormais, la décadence de sa mère lui paraissait amusante, une source d'irritation occasionnelle et finalement jamais décevante. L'intérieur impeccable de la maison de style Tudor sentait bon la jacinthe et tout en préparant le cocktail (bien fort, ainsi que sa mère l'aimait), elle se rendit compte que Dogwood manquait cruellement d'une femme de ménage pour passer le plumeau ou la serpillière et toutes autres tâches auxquelles elle ne pensait jamais.

– Allons, ma puce, reprit sa mère comme Astrid lui tendait son verre. Tous les hommes sont infidèles, ne te mets pas martel en tête pour une petite incartade.

– Ce n'est pas ça, soupira Astrid.

Cependant, la phrase de sa mère lui fit revenir en mémoire la fois où elle avait surpris Charlie au lit avec Gracie Northrup, une fille au visage rond qui avait quelques années d'avance sur elle à l'école de Miss Porter. Ce souvenir la fit souffrir.

– Tout va pour le mieux, vraiment. Nous sommes riches, nous organisons des fêtes magnifiques, tout le monde nous envie. Sauf que, de temps en temps, l'éternité paraît terriblement longue, si tu vois ce que je veux dire.

– Ah ça..., répondit Virginia en levant les yeux au ciel et en sirotant bruyamment une gorgée de sa boisson. Ne m'en parle pas, parfois quand je me réveille le matin et que je trouve Harrison, en train de ronfler sur son oreiller, je me dis...

– Maman, l'interrompit Astrid avec tact. Vraiment, et moi qui croyais qu'Harrison et toi vous entendiez si bien ?

– Merveilleusement !

Virginia avala une autre gorgée, et le tintement des glaçons ne permit pas à Astrid de déduire de son ton si sa mère était ironique ou non.

– Tu sais, Narcissa Phipps m'a dit qu'elle vous avait vus au yacht-club, le soir de cette grosse tempête, où il y a eu tant d'arbres déracinés. Apparemment, tous les deux, vous n'étiez pas discrets.

– Depuis quand accorde-t-on de l'importance à ce que raconte cette vieille peau ? Je sais que toi, au moins, tu t'en soucies peu.

– Ma puce ! Évidemment. Mais voilà... Les gens causent, tu sais. Et lorsqu'on s'est beaucoup affiché, on ne peut plus revenir en arrière. Maintenant, tu devrais faire exactement ce qui te plaît et t'amuser autant que tu en as envie. Car Dieu sait que ça ne durera pas. Mais les femmes comme nous... Nous avons toujours droit au moins à un mariage d'essai assez jeune. Deux ou trois peut-être.

Virginia soupira et prit le menton de sa fille dans sa main.

– Ma chérie, je n'ai pas la moindre idée de ce qui se passe entre Charlie et toi. Peut-être s'agit-il d'une simple querelle qui te paraîtra absurde d'ici une semaine ou deux. Mais garde bien en tête que si plus rien ne va, eh bien, pour faire oublier un divorce à ton âge, il suffit d'un voyage en Europe et d'une nouvelle garde-robe. Tu t'en sortiras très bien. Tant que tu ne dépasses pas trop la limite d'âge, cela dit.

Pendant un instant, Astrid oublia qu'elle jouait la femme mariée sophistiquée et insouciante, et sa voix se fit tout à coup fluette, enfantine :

– Tu crois vraiment ?

– Bien sûr ! Regarde ta mère. Je sais que la vie paraît bien sombre parfois et il peut arriver de se sentir complètement piégé. Mais il y a toujours une échappatoire.

Virginia lui adressa un clin d'œil par-dessus le rebord de son verre.

– Tu verras.

Astrid eut soudain très envie de se jeter impulsivement au cou de sa mère pour l'embrasser, comme une gamine, et elle ne fut sauvée que par l'ouverture d'une porte dans le couloir.

– Pardon de vous interrompre.

Les deux femmes se retournèrent sur Victor, tout mince dans sa chemise et son pantalon en coton, à l'opposé de la pièce, au bord du tapis persan. Chez les Grey, ses semblables étaient si nombreux que Victor ne semblait jamais en décalage. Mais à Marsh Hall, où l'on ne pénétrait pas dans les pièces de réception sans être introduit par un majordome, parmi les meubles de style, bien que nouveaux puisque remplacés chaque année par un décorateur d'intérieur, il semblait débarqué d'un autre monde.

– Pas de problème, répondit Virginia, d'un ton devenu séducteur. Que puis-je faire pour vous ?

– Je voulais simplement dire à Mrs Grey que Jones a appelé, il demande que nous rentrions à Dogwood aussi vite que possible.

– Très bien.

Les épaules d'Astrid s'affaissèrent avec un soupir qui n'était qu'à moitié sincère. Elle se leva et se pencha aussitôt pour embrasser sa mère.

– Merci maman, je reviendrai bientôt.

– Il est beau à croquer, lui souffla sa mère à l'oreille.

Astrid s'écarta, bien consciente qu'elle disait vrai. La traversée des salons de Marsh Hall durait un certain temps et plus elle se rapprochait de Victor, plus elle se réjouissait de le voir aussi beau à croquer, pour reprendre les termes de sa mère. Les conseils de Virginia l'avaient rendue intrépide, elle se faufila entre les hautes lampes de marbre et les profonds canapés en ondulant des hanches. Pourquoi avait-elle tant tenu à prouver qu'elle ne ressemblait en rien à sa mère ? Soudain, elle trouvait plutôt adorable, pour une fille, d'être inconstante de temps à autre, si le résultat est un bonheur plus grand.

À la porte, elle ne dit rien, mais une fossette explicite creusait une de ses joues et, en passant devant Victor, elle lui adressa un clin d'œil audacieux.

– N'oublie pas : j'ai dix-huit ans vendredi ! lança-t-elle à sa mère avant de quitter la maison.

Contemplé de l'arrière de la Daimler, emmenée par ce garçon aux beaux yeux qui savait embrasser, ce qui ne gâtait rien, le monde paraissait incroyablement satisfaisant. Astrid n'avait pas besoin de regarder Victor pour sentir la charge électrique folle entre eux. *Victor, mon amant*, songea-t-elle. Il suffisait qu'elle pense ce genre de choses pour que ses lèvres s'ourlent d'un sourire et qu'elle frissonne de ravissement.

Lorsque la voiture s'arrêta, elle souleva ses paupières lourdes, se pencha vers l'avant et, la main sur le dos du siège du conducteur, dit :

– Victor, tu sais que je t'aime, n'est-ce pas ?

C'est à ce moment qu'elle vit distinctement la tension dans son cou. Sa tête tourna sur la gauche, comme pour nier, leurs yeux se croisèrent dans le rétroviseur. Mais il ne fit pas non de la tête. Il grimaça et elle comprit qu'elle avait commis une erreur. Pendant le trajet, pendant qu'elle était étalée sur la banquette arrière, il n'avait pas partagé ses fantasmes de bonheur absolu. Avant qu'elle ait le temps de lui demander ce qui l'inquiétait comme ça, elle remarqua quelque chose : ils ne se trouvaient pas à Dogwood, mais garés sur Main Street, devant un bâtiment rectangulaire en brique dont le fronton gravé disait : POLICE DE WHITE COVE.

– Je t'aime aussi, répondit-il.

– Victor, qu'est-ce qu'on fait là ? l'interrogea-t-elle.

Mais elle comprit, sans qu'il eût besoin de dire quoi que ce soit. Jones et Charlie, qui venaient de sortir du commissariat, montèrent en voiture. L'intimité de la Daimler quelques instants plus tôt – cet espace clos qui contenait Astrid, Victor et tout ce qui était beau dans l'univers – sembla soudain un lointain souvenir. Dès que Charlie claqua la portière derrière lui, elle sentit le monde se refermer sur elle aussi sûrement qu'elle l'avait senti s'ouvrir devant elle lorsqu'elle avait traversé de son pas léger le vaste salon de Marsh Hall. Son mari ne lui adressa pas un regard – ses yeux paraissaient plus petits que dans son souvenir et ils jetaient des flammes au-dessus de sa bouche serrée. Une fois Jones installé sur le siège passager, Charlie donna l'ordre de partir.

Le crépuscule soulignait d'orangé les pelouses de Dogwood lorsqu'ils arrivèrent à la propriété. Personne n'avait prononcé un mot de tout le trajet. Victor arrêta la voiture devant la maison et ils se dirigèrent vers l'entrée. Jones atteignit les premières marches du perron, Victor derrière lui. Astrid y était presque, elle aussi, quand Charlie l'attrapa par le bras et lui fit faire volte-face, pour qu'elle voie bien son regard fixe qui la scrutait.

– Aïe !

Elle lui rendit son regard avec une grimace indignée, mais il se contenta d'enfoncer ses doigts plus profondément dans sa chair. Pendant quelques secondes, ni l'un ni l'autre ne desserrèrent les dents, le visage de Charlie s'assombrit, de plus en plus grave.

– Que faisais-tu au commissariat ? demanda-t-elle enfin.

Il la relâcha, comme dégoûté, et se détourna d'elle avec rage.

– Rien. Ils n'ont rien sur moi. Pas de corps, rien.

– Eh bien, si ce n'était rien, pourquoi fais-tu cette tête, alors ?

Elle tentait d'adopter son éternel ton gai et léger, mais la tension dans sa voix était perceptible à ses propres oreilles, donc à celles de Charlie aussi, imaginait-elle. Il avait parlé de *corps*, cela concernait sûrement le fameux messager.

– Ils voulaient me parler de l'homme de main de Coyle Mink, mais ils n'en ont rien à faire, en réalité.

Les yeux de Charlie filèrent en direction du sud. Quelqu'un se trouvait dans la piscine, on entendait barboter dans l'eau, mais il parut effectuer un calcul rapide et déterminer qu'il ne s'agissait pas d'une menace.

– Ah non ?

Astrid osa balayer du regard le dos de Charlie.

– Eh bien, c'est une chance, non ? ajouta-t-elle.

– Ils ne veulent pas me pendre pour un meurtre, ils préféreraient me faire tomber pour mes activités de bootlegger, remonter toute la filière.

– Comment tu le sais ?

– Il n'y avait pas que les policiers. Il y avait les fédéraux aussi, avec leurs costards. Ils racontaient n'importe quoi, tous. Ils n'ont rien à part notre réputation.

– C'est génial, Charlie, buvons un verre et oublions toute cette sale histoire.

Il lui tournait toujours le dos, qui semblait une réprimande massive. Dans le silence, Astrid entendit tous les autres bruits de Dogwood, ainsi que la personne dans la piscine, qui sortait de l'eau. C'était Cordelia, elle en était certaine, qui se séchait sur la terrasse. Le fait qu'elle soit là, tout près, était la seule réalité à laquelle Astrid pouvait se raccrocher.

– Mais ils savaient des choses.

Le ventre d'Astrid se retourna.

– Quelles choses ?

– Ils savaient que la voiture était sortie de la route – possible qu'il l'ait découvert par eux-mêmes s'ils ont fouiné un peu, ou peut-être ils l'ont deviné, coup de bol. Ils connaissaient aussi le nom du type – probable, s'ils surveillent les opérations de Coyle Mink.

Charlie s'interrompit, le temps de s'allumer une cigarette. L'odeur du tabac, comme une intruse dans l'air parfumé du soir, écœura un peu Astrid. Elle distinguait les silhouettes des garçons qui vaquaient au premier étage. Elle se demandait si Victor était parmi eux, s'il pensait à elle. Elle regrettait de ne pas pouvoir simplement fermer les yeux et s'abandonner contre lui.

– Le truc que je ne comprends pas, c'est comment ils ont su ce que je t'ai dit juste avant de tuer ce type, reprit Charlie.

– Ce que tu m'as dit ? À moi ?

Astrid essaya de rire.

– Qui peut se souvenir de ce qui se dit dans un moment comme celui-là ? commenta-t-elle.

– Toi. Et tu en as parlé à quelqu'un. Qui l'a répété aux fédéraux. Peut-être y a-t-il une personne de plus dans l'équation, peut-être une de moins. Dites-moi, madame Grey, avez-vous déjà discuté avec un agent fédéral ?

– Non ! s'étrangla Astrid.

– Alors à qui l'as-tu raconté ?

– À qui ai-je raconté quoi ? répliqua-t-elle.

– À qui as-tu expliqué comment ça s'était passé, qui a dit quoi à qui, juste avant que ce mec crève ?

– À personne ! hurla-t-elle.

Il leva la main et la gifla. Le coup n'était pas fort, mais il n'avait jamais ainsi levé la main sur elle. La brûlure se répandit de ses joues jusqu'à sa poitrine.

– Oh ! cria-t-elle, les doigts à l'endroit où il l'avait frappée.

Le visage de Charlie se tordit lorsqu'il vit sa douleur. Pendant une fraction de seconde, son regard s'adoucit, elle sut qu'il était abasourdi, plein de remords. Qu'il l'aimait et qu'il regrettait de s'être adressé à elle sur ce ton, qu'il aurait voulu retirer le mal qu'il lui avait fait. Elle leva les yeux vers lui, en essayant de les rendre aussi grands et innocents que possible, espérant que submergé par cet amour, il oublierait sa colère. En vain – la minute d'après, ses traits s'étaient à nouveau durcis.

– Très bien. Complique-moi la tâche. Mais ne crois pas que je ne le découvrirai pas. En attendant, tu ne parles à personne, sauf à Cordelia ou à moi. Tu ne quittes pas ta chambre. Tu es assignée à résidence et je surveillerai le moindre de tes mouvements, tu m'as entendu ?

Il n'y avait rien à répondre à cela. Comment aurais-je pu ne pas t'entendre ? aurait-elle pu oser avec insolence, mais son visage la cuisait encore. Elle le fixa avec haine, jusqu'à ce qu'elle se rende compte que Cordelia était là, elle aussi – elle était arrivée de la piscine et suivait leur échange depuis un certain temps, sans doute.

– Emmène-la dans sa chambre ! cria Charlie, ni à l'une ni à l'autre, juste très fort, dans la nuit.

Astrid se tourna vers Cordelia, dans l'expectative, mais celle-ci portait sur elle un regard différent. Il n'y avait plus rien de son habituelle amitié – Cordelia la contemplait comme si elle lui était inconnue. Elle hésitait, sur la pelouse, ses cheveux mouillés coincés derrière ses oreilles, assistant à la scène. C'était comme si elle avait observé Astrid depuis un moment déjà, comme si elle la surveillait de près. On ne lisait pas dans ses yeux la fureur qui brûlait dans ceux de Charlie, mais ils terrorisèrent Astrid, car ils semblaient capables d'une vision d'une clarté absolue.

Cordelia jeta un coup d'œil en direction de Charlie, puis elle revint sur Astrid dans un même mouvement.

– Très bien, dit-elle, retrouvant sa voix et glissant un bras autour de la taille d'Astrid.

Durant ces quelques secondes, cette dernière avait senti que Cordelia avait deviné tout ce qui s'était passé entre Victor et elle, chaque mot échangé. Sinon, comment expliquer sa froideur ? Le ventre noué, Astrid sut que son amie était en train de choisir son camp.

21

Il restait deux jours avant la course entre Laramie et Darby et personne n'était dupe de la ligne officielle selon laquelle il s'agissait d'une « démonstration amicale de talents entre deux aviateurs respectueux ». Les paris se prenaient partout sur Long Island, la plupart étaient en faveur de Darby – quoique ce fût moins net qu'on aurait pu le croire, au vu de sa célébrité et de sa plus grande expérience de pilote. Chacun avait un favori proclamé, qui en général était révélateur du sentiment véritable qu'entretenaient les uns et les autres vis-à-vis du monde moderne. Mais Max, pour sa part, ne semblait pas du tout perturbé par ce qui se racontait. En fait, cela paraissait même lui réussir – jamais il n'avait été aussi concentré que ces derniers jours – et Cordelia, allongée sur l'herbe clairsemée à l'extrémité de l'aérodrome, la tête sur les genoux de Max, se sentait assez calme, elle aussi, pour l'instant.

– Tu penses que le temps va se maintenir ? demanda-t-elle en tapant ses mocassins chocolat l'un contre l'autre.

Des traînées de nuages obscurcissaient le ciel, mais il n'avait pas plu depuis la veille.

Max, qui écrivait dans son calepin, marqua une pause et huma l'air.

– Le journal prétend que non, mais je n'y crois pas. Je suis persuadé que le jour J il fera très beau.

– Je vais devoir te croire sur parole, répondit Cordelia, qui avait juré de ne plus lire la presse.

Les journalistes y répandaient leur bile à propos de Max et de sa mère, ce qui ne faisait que la mettre en colère, sans compter qu'elle craignait également de tomber sur un entrefilet racontant qu'un ancien comparse de Coyle Mink avait été découvert flottant dans une rivière, le visage arraché. D'une manière ou d'une autre, sa famille était sur le point d'avoir des ennuis – ainsi qu'elle l'avait compris l'autre soir en sortant de la piscine, lorsqu'elle avait assisté à l'effroyable scène qui avait déchiré Charlie et Astrid. Mais elle serait obligée de quitter l'aérodrome sous peu, elle aurait tout le loisir de penser à ces désastres à venir.

– Quand tu auras battu Laramie, je t'emmènerai manger des huîtres au *St. Regis* et tu m'inviteras à danser en public.

Elle s'était inventé ce fantasme surtout pour elle, mais comme il ne répondait rien, elle s'assit et le regarda en face.

– Max ?

– Quoi ?

Constatant qu'il était plongé dans la contemplation des formes dans le ciel et ne l'avait pas vraiment entendue, elle lui donna une petite tape sur l'épaule.

– Il est temps que je m'en aille ? demanda-t-elle en souriant.

Tout doucement, il attrapa son poignet.

– Je n'ai pas envie que tu partes.

– Pourtant, tu ferais bien de te remettre au travail. Je sais bien quand votre esprit est ailleurs, monsieur Darby.

– Je suis désolé, Cord, je...

– Ne dis pas n'importe quoi ! Je devine à quoi tu penses, je ne t'en veux pas et quand tu auras gagné la course, nous aurons tout le temps de parler de ce qui me plaît. Mais pour l'instant, je file et je te laisse te concentrer.

Elle se leva et commença à rassembler les restes de leur déjeuner sur l'herbe, les emballages de sandwichs, dans le sachet de chips vide. Mais Max les lui prit des mains et l'attira à lui par la taille avec une force inattendue.

– En quel honneur ? demanda-t-elle en souriant lorsque ses lèvres quittèrent les siennes.

Il saisit son menton entre ses doigts et l'observa comme pour mémoriser l'architecture de son visage.

– Rien. Juste comme ça.

Le bras de Max toujours autour de la taille de Cordelia, tous deux gagnèrent d'un pas tranquille l'endroit près du hangar où était garée la Daimler, non loin de laquelle Anthony patientait à distance respectueuse. En approchant, elle entendit le beuglement de la radio où l'on discutait de la course à venir et elle ne put s'empêcher de se sentir excitée pour Max, qui paraissait tout à fait persuadé que plus personne ne remettrait en question ses capacités de pilote dès lors qu'il l'aurait emporté.

– Tu sais ce qui ferait encore une bien meilleure histoire ? remarqua-t-elle en posant la tête contre son épaule.

– Quoi ?

– Si tu m'emmenais. Dans l'avion, je veux dire. Je serai très sage et à l'atterrissage, je...

– Non !

Sa réponse était si catégorique qu'on aurait cru un reproche ; elle fut forcée de s'écarter un peu de lui.

– Je suis désolée, dit-elle en clignant des yeux, puis en baissant le nez vers ses chaussures. Ce n'était qu'une idée.

– Tu ne peux pas voler avec moi, répondit-il d'une voix plus douce. Ça pourrait être dangereux et je sais que Charlie ne l'autoriserait pas.

– Depuis quand te préoccupes-tu de ce que pense Charlie ! Quoi qu'il en soit, tu as toi-même répété que tu avais effectué ce vol une bonne dizaine de fois et que cela ne ferait que prouver à quel point Eddie Laramie n'y connaît rien en aviation, non ?

– Oui, mais...

Il s'interrompit, se tourna dans la direction opposée.

– Ce vol... Je ne peux pas t'emmener à bord avec moi, d'accord ?

– D'accord.

Il lui tournait toujours le dos, aussi s'éloigna-t-elle en direction de la voiture avec un sentiment de confusion et de vexation qu'elle ne parvenait pas s'expliquer. Anthony la vit et vint lui ouvrir la portière arrière.

– Cord !

Elle se retourna vers Max. L'arc de ses épaules était raide sous son tee-shirt blanc, ses poings serrés le long de la couture de son pantalon kaki, son front marqué. Elle comprit qu'il devait être nerveux à l'idée de cette course, après tout.

– Tu pourrais m'apporter un déjeuner demain aussi ?

– Tu verras bien, répliqua-t-elle avec un clin d'œil.

Max se détendit un peu lorsqu'il perçut la légèreté de son ton. Il lui répondit d'un clin d'œil et prit la direction de son avion, stationné devant la porte béante du hangar. Lorsque Cordelia prit place sur la banquette arrière, cependant, toute sa légèreté était envolée. Au contraire, elle avait comme l'impression qu'existait entre eux un lourd sous-entendu.

L'entrée de Dogwood était bloquée par un autre véhicule. Cordelia, passant en revue mentalement tout ce que cela pouvait signifier, sentit son cœur s'emballer. Puis elle reconnut le conducteur – c'était l'un des traiteurs auxquels Darius faisait appel lorsqu'il organisait des soirées – et aperçut l'intérieur du camion, où s'entassaient des cagettes d'oranges et de citrons. Il lui adressa un signe de la main et franchit le portail devant eux pour s'engager dans l'allée de gravier bordée de tilleuls. En fait, des ouvriers s'affairaient un peu partout sur la pelouse, et semblaient occupés à recréer Dogwood tel qu'il était le jour où Cordelia l'avait découvert pour la première fois : ils érigeaient un chapiteau blanc, du genre de ceux sous lesquels se tenaient des fêtes d'été mémorables.

– Que se passe-t-il ? demanda-t-elle au garde le plus proche, qui observait les allées et venues, un fusil à l'épaule.

Il se retourna. C'était Victor, et elle se souvint de ce qu'elle avait lu sur son visage l'autre soir au *St. Regis*.

– Les préparatifs pour l'anniversaire de Mrs Grey.

Les cernes sous ses yeux étaient marqués, comme s'il n'avait pas beaucoup dormi. Elle n'apprécia pas de l'entendre faire référence à « Mrs Grey » – cela sonnait étrange à ses oreilles et elle se rendit compte soudain qu'elle ne l'avait jamais entendu, ni quiconque à Dogwood, d'ailleurs, appeler Astrid sous ce nom.

– Charlie est au courant ?

– Il en est l'organisateur.

– Vous plaisantez ?

Victor la dévisagea un instant puis se détourna.

– Eh non. C'est une mauvaise idée, si vous voulez mon avis...

– Je ne vous l'ai pas demandé, rétorqua-t-elle.

– J'ai fait erreur.

Il ne croisa pas son regard, pourtant il ne semblait pas contrit, ce qui ne fit qu'accroître la colère de Cordelia. Jusqu'à cet instant, elle l'avait considéré avec un brin de pitié comme un garçon éperdument amoureux qui apprendrait, tôt ou tard, que l'objet de son désir se révélait dangereux. Mais alors qu'elle le revoyait dans la chambre du *St. Regis*, contemplant amoureusement Astrid avec dans les bras le vase rempli de pivoines, il lui revint autre chose, du même coup : ce qu'Astrid était en train de raconter lorsqu'il était apparu dans la pièce.

Cordelia fit un pas décidé dans sa direction.

– C'est vous qui avez donné ces détails à la police.

– Quoi ?

Sa tête pivota vers Cordelia, ses yeux se plissèrent.

– Ou peut-être aux fédéraux. Ce que Charlie a dit juste avant de descendre l'homme de Coyle Mink. Vous avez entendu ce que nous racontait Astrid au *St. Regis* et vous l'avez répété.

Il changea de position pour la regarder bien en face, droit dans les yeux.

– Qui êtes-vous ? voulut-elle savoir, le souffle court. Quelles sornettes avez-vous mises dans la tête d'Astrid ?

Il s'abstint tout d'abord de réagir, se contentant de scruter les alentours pour s'assurer que personne n'était à portée de voix.

– Organiser une grande fête comme celle-ci en ce moment, c'est de la folie, et vous le savez.

– Ce n'est pas ce que je vous ai demandé, assena Cordelia en croisant les bras sur sa poitrine. Qui êtes-vous ?

Il soupira et après un long moment, répondit :

– Je ne vous le dirai pas. C'est mieux ainsi. Voilà tout ce que vous avez besoin de savoir : j'aime votre amie, elle m'aime et avec moi, elle sera hors de danger. Elle en a déjà trop vu. L'attention que cette soirée va susciter, les inconnus que cela va attirer sur la propriété – tout cela n'est bon pour aucun d'entre nous. Ça va exploser, Cordelia. Dissuadez Charlie. Vous seule le pouvez. Sinon, eh bien... Charlie est une véritable bombe à retardement.

Elle leva le menton, menaçante.

– Comment pouvez-vous être sûr que ça va mal finir ?

Il soupira, plus lourdement cette fois, et sans nier quoi que ce soit, il s'écarta d'elle pour se concentrer à nouveau sur l'activité qui régnait sous le chapiteau.

– Discutez avec Charlie.

– C'est exactement ce que je m'apprête à faire, répondit-elle avec virulence.

Elle prit la direction de la maison, frôlant Victor de trop près, heurtant son épaule au passage sans s'excuser. Le temps qu'elle accède à la terrasse, elle fulminait dans sa barbe. Qui était cette personne qui s'était infiltrée dans sa famille, avait multiplié les mensonges, révélé leurs secrets et séduit la femme de son frère ? Sa colère avait atteint un point tel que lorsque Charlie pénétra dans la salle de bal d'un pas furieux, elle faillit ne pas le reconnaître.

– Charlie ! s'exclama-t-elle.

– Quoi ? aboya-t-il en passant à côté d'elle.

– Charlie, répéta-t-elle en faisant volte-face pour lui emboîter le pas. Ce n'est pas le moment d'organiser une fête ! Qu'est-ce qui te prend ?

– Et pourquoi pas ?

Il criait presque et lorsqu'il s'immobilisa sur la marche la plus basse du perron pour se retourner vers elle, elle constata que le blanc de ses yeux était rougi, comme s'il avait abusé du café ou enchaîné deux nuits d'insomnie.

Elle aurait pu citer une bonne dizaine de raisons pour que cette soirée n'ait pas lieu, mais la plus évidente, la moins contestable, était que Victor – tout nouveau dans l'équipe et pourtant très bien informé – travaillait pour quelqu'un d'autre. Mais la folie qu'elle lisait sur les traits de son frère lui rappela les mots de Victor – Charlie était une bombe à retardement.

– Est-ce que tu as discuté avec Astrid récemment ? demanda Cordelia avec douceur. Je ne suis pas certaine qu'elle soit d'humeur à fêter son anniversaire.

– Si tu crois ça, c'est que tu ne connais pas bien Astrid, répliqua-t-il.

Sur ce, il cracha sur la pelouse et s'en alla à grands pas en direction du chapiteau, abandonnant Cordelia sur le perron. Le vent se leva, qui vint plaquer sa jupe contre ses jambes et souffler un courant d'air anxieux dans son dos. Pendant un instant, elle resta là, à se demander pourquoi elle n'avait pas informé Charlie de ce qu'elle soupçonnait à propos de Victor. Peut-être était-ce à cause de sa sincérité quand celui-ci avait avoué qu'il était amoureux d'Astrid, et elle de lui. Elle n'était pas certaine de pouvoir faire confiance à Victor – mais si elle le démasquait, Astrid était finie. Elle regagna donc l'intérieur de la maison, consciente qu'elle ne pouvait pas révéler à son frère la duplicité de son homme de main. Pas encore.

22

Letty entendit Sophia avant de la voir, cependant le son de sa voix ne provoqua pas chez elle un affolement immédiat. Après une journée de tournage en compagnie de Valentine, elle était allongée sur un sofa en daim rose, dans sa loge au studio, euphorique, les yeux perdus dans le costume qu'elle avait porté pour la scène finale de Marie. Il restait encore de nombreux plans à tourner pour boucler le film, mais son rôle n'y apparaissait plus. Le masque qu'elle avait posé sur ses yeux le temps d'une sieste était remonté sur son front. Lucien Branch en personne lui avait affirmé que son interprétation de Marie était la plus prometteuse qu'il ait vue de sa vie et Letty savait, à la manière dont Valentine l'observait, au feu qui brûlait en permanence dans son regard, qu'il était impressionné par tout ce qu'elle accomplissait.

– Où est-elle ?

La voix de Sophia était plus proche désormais, juste derrière la porte.

– Où est cette petite peste ?

Letty arracha le masque de son visage lorsqu'elle prit conscience que les hurlements de Sophia n'avaient rien d'inoffensif, et la concernaient directement. La réalité de ce qu'elle avait fait, et la honte qu'elle aurait dû ressentir à plus d'un titre, plutôt que la fierté, tout s'abattit sur elle d'un coup. Elle était vêtue d'une robe en éponge ceinturée qui, en quelque sorte, soulignait sa culpabilité. Furtivement, elle se mit à arpenter la loge, sans idée précise du comportement qu'elle devrait adopter. Elle surprit son reflet dans le miroir de la coiffeuse, cela regonfla sa confiance en elle. Elle portait encore l'épais maquillage qu'on lui avait appliqué pour le tournage, il mettait en valeur ses traits les plus avantageux, elle avait tout d'une star de cinéma.

– Narcisse devant son étang.

Sophia avait prononcé ces mots avec davantage de calme, mais ils n'en étaient pas moins rageurs. Lorsque la porte se referma violemment derrière elle, Letty se raidit, sur ses gardes. Mais Sophia n'ajouta rien pendant quelques secondes et la tension dans la pièce devint étouffante.

– Il t'a tout raconté ?

Letty, dont la voix de chanteuse était si puissante, était à peine parvenue à articuler cette phrase. Elle se retourna pour faire face à cette femme, qui lui avait montré comment poser sur un tapis rouge. Sophia portait toujours son imperméable, la ceinture était défaite, comme si elle s'était arrêtée en cours de route, trop submergée par la fureur. Elle avait les joues plus creuses qu'à son départ, mais d'une certaine manière, sa beauté s'en trouvait gâtée. Pour la première fois, Letty percevait les défauts physiques de son idole. Ce nez, si mignon sur une enfant star, donnait un côté porcin au visage d'une femme, ses yeux qui clignaient si adorablement dans ses premiers films étaient trop petits pour transmettre une réelle émotion.

Soudain, ce qui avait motivé Lucien Branch à proposer le rôle de Marie à une autre lui sautait aux yeux, ce qui ne fit qu'accentuer le sentiment de pitié qu'elle éprouvait pour Sophia. Cette dernière traversa la pièce au pas de charge, narines frémissantes et main levée, comme si elle s'apprêtait à frapper Letty, qui se sentit se recroqueviller mentalement.

– Je te demande pardon, dit-elle avec autant de dignité qu'elle put rassembler. Je suis vraiment désolée.

– Désolée ? répéta Sophia, comme si elle doutait de la véracité de ce mot. Tu avais tout prévu depuis le début.

– Non ! Je te jure que non.

– Et dire que je te faisais confiance. Tu m'as trahie – et de quelle manière. Moi qui t'ai tout appris !

– En fait, tout s'est passé si naturellement...

La satisfaction dans laquelle baignait Letty un peu plus tôt avait complètement disparu. Il lui était impossible d'être fière de son amour pour Valentine quand la femme qui du même coup s'en trouvait privée se tenait juste devant elle, les yeux injectés de sang.

– Et j'ai pensé que peut-être, ça ne te dérangerait pas tant que ça, finalement, résuma Letty.

– Que ça ne me dérangerait pas ? Comment oses-tu présumer de ce qui me dérange ou non ?

La colère qui tordait les traits de Sophia la vieillissait aussi, ce qui rappela à Letty combien d'années les séparaient. Cela lui rappela également que Sophia et Valentine étaient mariés depuis un certain temps déjà, et que le mariage était un domaine qui lui était totalement étranger. Letty essaya de se représenter le beau visage de Valentine. Elle songea que d'ici quelques heures, elle le retrouverait chez *Frankie* – *leur* restaurant. Si elle parvenait à se figurer la douceur de la relation entre Valentine et elle ces derniers jours, songea-t-elle, cela la protégerait des ennuis auxquels elle était confrontée. Même brièvement, cela suffirait. Mais elle fut incapable de se représenter quoi que ce soit, avec Sophia qui rôdait autour d'elle.

– Comme Jack Montrose et toi avez votre, euh, arrangement, j'en ai conclu que ça ne poserait pas de problème, que tu pourrais même être contente, pour Valentine et moi.

– Valentine et toi ! s'écria Sophia avec mépris.

Là, elle fit un pas en arrière, souffla comme une jument après une ruade, tendit le cou.

– Valentine et toi, vous êtes ensemble ?

– Oui, enfin...

Les joues de Letty commençaient à la brûler, elle craignait d'être transpercée par le simple regard de Sophia. Il était si perçant qu'elle avait très envie d'aller se cacher derrière le sofa.

– Je veux dire... J'ai cru qu'il te l'avait annoncé.

Lentement, Sophia sortit une cigarette de la poche de son manteau et l'alluma. Elle tira une première fois dessus, ôta son imperméable d'un mouvement d'épaules et le jeta sur le sofa, sans cesser de dévisager Letty de son regard insoutenable.

– Oui... J'imagine qu'il l'a fait, d'une certaine manière, répondit-elle finalement avant d'approcher du canapé pour s'y asseoir, croisant ses jambes avec une précision très digne. Letty, petite sotte, tu ne crois tout de même pas que je t'en veux pour ça, si ?

– Tu n'es pas fâchée ?

– Oh, si, répondit-elle en hochant la tête vigoureusement. Très fâchée. Quoique le terme soit très en deçà de ce que je ressens.

– Mais tu viens de dire...

– Espèce d'idiote ! Je ne suis pas en colère à propos de Valentine. Je me fiche de ce qu'il fait. Et ça depuis qu'on est enfants. D'ailleurs, je suis toujours très soulagée qu'une petite nullité comme toi vienne le distraire un moment, ça m'épargne d'être en permanence obligée de m'occuper de ses *sentiments*.

Le dernier mot jaillit dans un sifflement, Sophia leva les yeux au ciel, écrasa sa cigarette sur le coussin du canapé.

– Eh bien, qu'y a-t-il ? Tu croyais être la première, c'est ça ?

Letty espérait retenir ses larmes quelques minutes. Mais évidemment, elle se leurrait. Une poignée de secondes s'écoula, et Letty comprit : ce qu'elle aurait dû souhaiter, c'était que Sophia n'ajoute rien d'autre sur ce sujet.

– Il t'a fait une déclaration d'amour ? Il t'a emmenée chez *Frankie* ?

Sophia cracha cette dernière phrase avec une amertume toute particulière. Letty la prit de plein fouet. Peu à peu, l'idée de Valentine et elle, ensemble, commença à s'effriter. Ce fut progressif au départ, mais dès l'instant où elle s'engagea dans cette voie, la structure lui parut vacillante et elle comprit que Sophia lui disait la vérité : ce n'était pas la première fois que Valentine se comportait ainsi. Il avait séduit des jeunes filles en leur promettant la lune ; elle avait gobé une histoire trop belle pour être vraie. En essuyant son nez sur son poignet, elle vit d'un coup à quel point elle s'était montrée idiote.

– Non, mon ingénue chérie, reprit Sophia, dont les yeux s'étaient adoucis, comme si elle avait assené le coup fatal et ne voyait plus de raison de se fatiguer. Je te laisse Valentine si ça te chante. Mais *lui* ne te voudra pas longtemps, je te le garantis. C'est toujours la même histoire. Il aime se distraire de temps en temps et s'il peut me faire du mal par la même occasion, c'est encore mieux.

– Je n'étais pas la première, résuma Letty en fermant fort les yeux.

– Non. Même pas la première *de l'été.*

Sophia eut une moue théâtrale.

– Mais tu sais, contrairement à Valentine, moi j'ai cru que tu étais spéciale. Que tu serais meilleure que les autres. Je comptais m'arranger pour que tu ne subisses pas les préjudices habituels quand il te délaisserait à ton tour.

Timidement, Letty leva les yeux pour croiser ceux de Sophia, mais elle regretta aussitôt cet acte de courage. Sophia se pencha en avant, les coudes sur les cuisses, les yeux plissés.

– J'avais l'intention de t'apprendre à devenir une star, cracha-t-elle. Mais tu étais pressée ! Il a fallu que tu obtiennes tout, tout de suite. Tu m'as volé mon rôle, mon chou. Voilà ce qui m'a mise dans cette colère noire.

– Oh !

– Oui – *oh.* Oh là là ! Oh, mon Dieu. Oh, non. Voilà ce qui compte pour moi. La raison pour laquelle je m'allonge lors des auditions. La raison pour laquelle je me rends aux soirées et je ris à toutes ces blagues usantes que racontent les hommes d'argent. Parce que la chose que je désire le plus, depuis toujours, c'est de faire du cinéma et jusqu'à la fin de mes jours. Tu. M'as. Volé. Mon. Rôle.

Elle lâcha un rire sans humour et retroussa sa lèvre supérieure, découvrant ses dents.

Le sourire effroyable qu'affichait Sophia donna à Letty l'impression de mesurer précisément cinquante centimètres. Durant ces quelques jours magnifiques où elle n'avait existé que dans le regard d'adoration de Valentine et dans ce futur imaginaire où il rentrait le soir chargé d'un bouquet de roses, dans la charmante mansarde où ils vivraient et où ils s'endormiraient à la lecture de poèmes, elle avait oublié qu'il était possible de se sentir aussi petite. Pourtant, la sensation d'insignifiance n'avait jamais réellement disparu. Elle était tapie dans l'ombre, elle attendait le bon moment pour rappeler à Letty qu'elle n'était rien, ni personne.

Sophia se leva, avec lenteur et majesté, puis se dirigea vers la porte avec une élégance exagérée. Au passage, elle attrapa son manteau par le cou, comme s'il s'agissait d'un vilain chaton. Letty demeura exactement telle qu'elle était, figée sur place, à contempler les mouvements maniérés de Sophia. Sur le seuil, cette dernière marqua un temps d'arrêt, et laissa son regard balayer de haut en bas la silhouette de Letty, qui songea qu'elle devait avoir l'air d'un vrai fantôme, dans sa robe de chambre blanche, avec son teint pâle.

– Tu vois, poursuivit Sophia sur un ton grandiloquent. Je suis une authentique star, moi. Les projecteurs resteront à jamais braqués sur moi. Alors fais bien attention, mon chou.

Sur ce, brutalement, elle quitta la loge. Letty tremblait comme une souris qu'un chat aurait acculée dans un coin. La pièce était la même, à part le trou de cigarette dans le coussin de daim rose, et quelle différence cela faisait-il ? Le costume était toujours le sien. Pourtant elle ne ressentait plus la moindre fierté, et la perspective de se retrouver devant une caméra, cernée par des dizaines de gens dans le noir, lui paraissait bien plus terrifiante qu'excitante. Elle avait décroché le rôle de Marie en donnant la réplique à Valentine, l'homme dont elle était amoureuse. Mais ils n'étaient pas amoureux. Le mensonge était trop beau pour qu'elle pût voir au travers.

Au début, elle crut que les rires étaient le fruit de son imagination. Mais lorsqu'elle passa la tête hors de sa loge, elle vit qu'ils étaient bien réels : Sophia se trouvait en compagnie d'un groupe de femmes que Letty avait brièvement rencontrées lors des essayages du costume. C'étaient les coiffeuses, les maquilleuses du film et bien qu'elles se soient montrées plutôt aimables, Letty n'avait pas pris la peine de retenir leur nom. Elle était bien trop submergée par sa nouvelle vie pour réfléchir, d'abord, et elle s'était vaguement persuadé qu'une star n'était pas censée frayer avec le petit personnel. Mais Sophia, tout sourire, bavardait avec elles comme s'il s'agissait de vieilles amies. Brusquement, la femme à la robe noire informe et au chignon sévère jeta un coup d'œil dans sa direction et aperçut Letty. Son rire devint plus sonore, le sujet de leur hilarité parut alors assez évident.

23

Le ciel était d'un parfait bleu turquoise, les nuages y étaient suspendus comme des boules de coton, il flottait dans l'air une bonne odeur de gazon fraîchement tondu. Astrid conduisait d'une main sûre, son écharpe de soie magenta voletait dans la brise. Se voyant faire preuve d'une telle dextérité au volant, elle se rendit compte qu'il s'agissait d'un rêve – dans la vie éveillée, elle avait besoin d'un chauffeur. *Non, ne te réveille pas*, s'intima-t-elle. Trop tard – ayant pris conscience de la fiction de son rêve, elle entendait désormais la pluie.

Lorsqu'elle se mit assise sur son lit, elle comprit que la pluie n'était pas réelle, elle non plus. C'étaient des doigts qui tapotaient sur la vitre, assez doucement pour faire croire à des petits bruits naturels de la nuit. Ce qu'ils n'étaient pas. Une étincelle de terreur apparut dans ses yeux à l'instant où son esprit fut totalement tiré du sommeil et perçut la présence inconnue devant sa fenêtre. Puis elle identifia Victor. Il était venu la sauver.

Sa chemise de nuit blanche flottant autour de son corps, elle se rendit à la fenêtre sur la pointe des pieds, elle avait hâte d'écarter les rideaux pour le voir clairement. Il était là, planté comme un piquet, il la scrutait de son regard calme, ouvert. Poser les yeux sur lui était une manière de fuir la réalité encore plus efficace que son rêve.

– Tu es fou ?

Il y avait tant d'autres choses qu'elle aurait pu dire, mais elle n'était pas habituée à faire de grandes déclarations romantiques. En général, c'étaient les garçons qui s'en chargeaient. Le fait qu'elle soit encore capable d'envoyer des piques lui donna le sentiment que sa vie n'était pas aussi désespérée qu'elle le semblait. Elle posa sa joue contre le cadre de la fenêtre pour rafraîchir sa peau.

Il cligna des yeux, cela rappela à Astrid qu'il avait de très beaux cils.

– C'est possible.

– Ils vont te tuer, répondit-elle en secouant la tête. C'est étonnant qu'ils ne l'aient pas encore fait, d'ailleurs.

– Charlie n'est pas au courant. Sinon, je ne serais pas là. Pour une raison ou une autre, il m'a changé de poste – je ne suis plus ton garde du corps.

– Je sais.

Ses yeux filèrent à l'autre bout de la pièce, indiquant la porte et l'homme qui faisait le planton de l'autre côté.

Tous deux eurent une pensée pour ce garde et ce qu'il adviendrait d'eux s'il les trouvait là ; ils se rapprochèrent, tout en maintenant une partie de la fenêtre entre eux. Derrière l'épaule de Victor, le monde était noir et velouté et pendant un instant, elle s'autorisa à croire qu'elle pouvait aller n'importe où.

– Comment es-tu monté jusque-là ?

Il jeta un coup d'œil contrit à la chute qu'il risquait.

– Il faut croire que l'amour fait faire des choses idiotes.

– Charlie m'a frappée.

Victor grimaça comme s'il avait reçu le coup lui-même.

– Tu as mal ?

Elle secoua la tête et poursuivit à voix basse d'un ton piteux :

– Je ne sais pas ce qui s'est passé au poste, mais il est persuadé que c'est ma faute. Il dit que j'ai raconté aux fédéraux ce qui était arrivé le soir où il a tué l'homme de main de Coyle Mink. Il dit qu'ils connaissent des détails que je suis la seule à pouvoir révéler. Pourtant, je ne l'ai raconté à personne.

– Si, à Letty et à Cordelia.

Il avait répondu très vite, et de manière si déplacée, dans cette conversation, qu'elle s'écarta de lui. Astrid n'avait pas envisagé que Charlie pût avoir raison, qu'il pût y avoir un traître – qui soit d'une manière ou d'une autre lié à elle – et l'idée que Letty ou Cordelia aient transmis des informations la concernant était ridicule. La voyant blêmir, Victor reprit :

– L'autre soir. À l'hôtel. Tu leur en as parlé. Je venais de mettre les fleurs dans un vase et...

La nuit grouillait d'insectes, mais ceux-ci ne faisaient pas le poids face au bourdonnement d'appréhension qui enserra soudain les tempes d'Astrid.

– J'ignorais que tu avais entendu ça.

Sa voix était montée d'un cran – était-ce parce qu'il lui avait caché quelque chose ? Parce qu'il avait un comportement bizarre ? Victor plaqua une main sur sa bouche. Le geste la révolta. Un homme l'avait déjà frappée aujourd'hui, du coup elle mordit à belles dents dans sa paume. Il continua de la contempler droit dans les yeux, tout aussi sereinement, comme s'il ne sentait pas la douleur.

– Excuse-moi, articula-t-il.

– Pourquoi t'excuserais-tu ?

Elle souffla par le nez, détourna la tête.

– C'est moi qui t'ai mordu, ajouta-t-elle sans faire amende honorable.

– Je m'excuse de n'avoir pas pu te protéger de la vision d'une scène aussi horrible. De t'avoir mise en danger. De ne pas pouvoir me tenir loin de toi.

Il écarta les mèches sombres qui lui tombaient sur le front.

– Mais je t'aime.

Les sourcils froncés, elle fixa la nuit par-dessus son épaule. Le ciel au-dessus du détroit de Long Island semblait ourlé de mauve – sans doute la lueur émise par les bateaux des trafiquants d'alcool. Les hommes de Charlie, peut-être. Après plusieurs secondes de silence, elle en vint à la même conclusion que lui.

– D'accord, tu m'aimes, reconnut-elle avec un mouvement amer de la tête. Que pouvons-nous y faire ?

– Je veux que tu t'enfuies avec moi.

– Quoi ?

– Maintenant.

Son corps se relâcha, elle s'éloigna un peu de la fenêtre. Pendant un instant, elle hésita juste là, entre ses jolis mots et la pièce derrière elle, le chemin qui menait à tout ce qu'elle connaissait.

– Je ne peux pas te suivre, répondit-elle en faisant un pas en avant pour se blottir entre ses bras.

Elle ferma les paupières et huma son parfum, sa peau, le savon, une odeur qui lui était déjà familière et agréable. Toute la journée elle avait attendu cette odeur, consciente qu'elle ficherait en l'air toute sa vie.

– Parce que tu ne m'aimes pas ?

Pour la première fois, une faille apparaissait dans l'impassibilité de Victor.

– Si, murmura-t-elle.

– Alors nous devons partir, et vite. C'est trop dangereux. Si Charlie soupçonne quoi que ce soit – s'il a vent de ma présence ici...

Le cœur de Victor battait de manière erratique, elle le sentait à travers sa chemise. Sur le même ton précipité, il continua :

– Si tu viens avec moi maintenant, tu seras hors de danger. Toute ta vie. Et je ne te mentirai plus jamais.

– Tu m'as menti ?

Elle recula, les bras en croix pour dissimuler sa poitrine sous sa fine chemise de nuit.

– De quel mensonge parles-tu ?

– Astrid, tu ne vois pas ? C'est moi qui ai parlé aux fédéraux. Je suis un agent du Bureau fédéral d'investigation.

– Quoi ?

Elle se jeta sur lui et se mit à tambouriner sa poitrine. Heureusement, il avait à nouveau plaqué sa main sur sa bouche, sans quoi elle aurait sûrement hurlé et réveillé toute la maisonnée. Elle se débattit un long moment et ne s'arrêta que lorsqu'elle sentit l'énergie abandonner ses membres. Il n'ôta sa main de sa bouche que lorsqu'elle tourna vers lui ses yeux blessés.

– C'est pour ça que tu m'as dit que tu m'aimais ?

– Mon Dieu, non, répondit-il en hochant la tête. Rien ne pouvait être pire pour l'enquête ou pour ma carrière. Je ne peux pas m'en empêcher, je suis amoureux de toi, c'est comme ça.

Il haussa les épaules.

– Oh.

Elle recula un peu.

– Comment pourrais-je partir avec toi ? Charlie nous retrouverait certainement, non ? Et alors là…

– Fais-moi confiance. Je peux te protéger. Mais ici, c'est trop dangereux pour toi, comme pour moi. Je croyais que les fédéraux garderaient Charlie plus longtemps et que cela nous donnerait l'occasion de nous échapper. Je me suis trompé et… je n'ai fait qu'aggraver les choses. S'il te plaît, Astrid, partons tout de suite.

– Je ne peux pas m'enfuir sans dire au revoir aux filles ! De toute façon, tu as raison, si Charlie ne t'a pas encore tué, c'est qu'il n'est pas au courant…

– Mais Cordelia, oui. Elle a tout compris. Ce n'est qu'une question de temps avant qu'elle ne le raconte à son frère.

Les yeux d'Astrid s'assombrirent.

– Elle ne ferait jamais ça.

Lorsqu'elle l'eut prononcé à voix haute, elle en fut persuadée.

– Tu en es sûre ?

Plus elle percevait la nervosité qui agitait Victor, conscient de leur position précaire, plus elle sentait le calme la gagner. Avec tout le tumulte de l'après-midi, elle avait failli oublier les bons conseils qu'on lui avait donnés, les plans qu'elle avait conçus concernant ses diverses options. Quoi qu'il en soit, tout était nettement plus intéressant, maintenant qu'elle savait que son amant secret appartenait aux rangs de la police.

– Je viendrai avec toi, Victor, mais pas tout de suite. J'ai un peu d'argent à moi, tu sais – un cadeau de la mère de mon père à l'occasion de mon mariage. Et cette voyante, Philomena, au *St. Regis* – elle m'a conseillé de le faire fructifier en Bourse. Elle dit que la somme aura triplé d'ici trois mois.

– L'argent, ça n'a pas d'importance, c'est…

– Si, ça compte, pour *moi*, mon chéri ! Tu ne sais pas à quel point j'aime les belles choses et ce serait bien trop lourd pour le salaire d'un policier.

Victor prit une inspiration, à l'entendre on aurait cru que l'air était glacé.

– Je ne sais pas trop. S'il découvre ce que tu m'as dit, ce que nous avons fait...

Il s'interrompit, elle comprit qu'il ne supportait pas d'envisager le destin d'Astrid si Charlie apprenait qu'elle avait embrassé un autre homme.

– Ne t'en fais pas, le rassura-t-elle en levant les yeux vers lui et en effleurant son épaule de son ongle. Je peux contrôler Charlie. Il est en colère pour l'instant, mais il ne le reste jamais très longtemps. Je le mène par le bout du nez, tu vas voir ; et quand je veux, je peux être une menteuse hors pair.

Pour la première fois de la soirée, Victor la quitta des yeux. Des mèches noires lui retombaient sur les yeux, il jura, d'une voix trop basse pour qu'elle entende de quel mot exactement il s'agissait, mais assez fort pour qu'elle sache qu'il était contrarié et n'appréciait pas ce qu'elle venait de suggérer.

– Ça ne serait pas sage.

– Fais-moi confiance.

Il laissa échapper un autre juron.

– Je ferais bien de filer.

– Oui.

Du bout du doigt, il suivit la ligne de son menton.

– Joyeux anniversaire.

– Oh, tu as raison ! Il doit être plus de minuit...

Elle lâcha un petit rire étouffé, songeant que cela ne lui ressemblait pas, de rater son anniversaire.

– Bon.

– Bon.

Elle le libéra et recula d'un pas. À l'instant où elle ne le toucha plus, en revanche, la peur l'envahit à nouveau. Un vide s'insinuait en elle, elle regrettait d'avoir insisté pour rester. Elle avait tellement envie d'être avec lui, n'importe où, mais ailleurs, où elle pourrait se blottir contre sa poitrine.

– Mais Victor ?

– Oui ?

– Tu seras toujours là demain ?

Ses sourcils se froncèrent avec inquiétude, ses lèvres s'entrouvrirent. Puis ses mains caressèrent sa nuque, son visage, ses doigts s'enfoncèrent dans ses cheveux blonds, sa bouche frôla celle d'Astrid. Ils ne s'embrassèrent pas tout de suite, mais dans cet instant de résistance, elle sentit toute la force de son être. Elle leva les yeux, les plongea dans ceux de Victor et, alors, leurs bouches se rencontrèrent. La chaleur du baiser se répandit jusqu'au bout de ses orteils avec la rapidité d'un feu de brousse.

24

– Qu'y a-t-il ? exigea de savoir Cordelia, entrouvrant à peine la porte de la suite Arum.

Keller, dans le couloir du deuxième étage, se dressa sur la pointe des pieds, comme si cela pouvait lui permettre un point de vue avantageux sur Letty et Astrid, qui s'habillaient à l'intérieur.

– Un homme voudrait vous parler.

Cordelia s'éclaircit la gorge, Keller revint à plat sur ses pieds et la regarda dans les yeux.

– Vous savez bien que Charlie interdit la présence d'invités dans la maison.

– C'est pour cette raison que je suis venu vous trouver. Il est à l'entrée.

– Pourquoi ne pas lui avoir demandé de quoi il s'agissait ? s'impatienta-t-elle.

Un lent sourire fendit le visage de Keller.

– J'aurais pu, mais il insiste lourdement. Et j'ai vérifié, il n'est pas armé.

Derrière Cordelia, Milly tentait d'aider Astrid et Letty, qui étaient dans tous leurs états – Astrid s'en prenait en permanence à la domestique et Letty venait successivement de faire tomber une brosse à cheveux, un fard à paupières et un pichet d'eau. En bas, sous le chapiteau blanc monté la veille, en dépit des protestations de Jones et de celles de Cordelia, des hommes en nœud papillon circulaient, cocktails à la main, et des filles qui désespéraient d'être un jour à nouveau invitées à l'une des fêtes mémorables qui s'organisaient à Dogwood suppliaient en couinant leurs cavaliers de venir danser un fox-trot avec elles sur la piste. Chaque fois qu'un de ces petits bruits se révélait assez sonore pour monter jusqu'au balcon du deuxième étage, Cordelia ne pouvait s'empêcher de presser ses doigts sur son front, juste au-dessus de ses sourcils ; elle aussi avait les nerfs à fleur de peau. Elle ferma les yeux un instant, en souhaitant voir disparaître tous les invités pour qu'elle puisse se reposer afin de se lever tôt pour la grande course de Max. Il avait eu un comportement étrange lorsqu'elle lui avait apporté ses sandwichs à l'aérodrome cet après-midi-là, elle avait hâte d'être à demain, pour assister à sa victoire écrasante sur Eddie Laramie, qu'ils puissent reprendre le cours de leur vie où ils l'avaient laissé.

– Très bien, répondit-elle, consciente que s'en prendre à Keller ne résoudrait rien du tout.

– Où vas-tu ? s'enquit Astrid d'un air inquiet, s'écartant de la coiffeuse.

– Je reviens tout de suite. Mettez de la musique ! C'est la fête, que nous soyons d'humeur ou non.

Les premiers accords de « Maybe, Who Knows » de Kate Smith résonnaient déjà quand Cordelia descendit la première volée de marches. En dehors de sa chambre, sa robe lui parut d'un blanc injustifiable – elle était en soie, à col bateau, avec de larges bretelles noires. L'ourlet retombait avec souplesse à mi-mollet ; elle l'avait achetée au début de la saison, avant tout ce qui avait pu se passer, avant que l'été ne lui donne ce teint hâlé constellé de taches de rousseur. Keller la précédait et lorsqu'ils atteignirent le bas de l'escalier, il lui ouvrit la lourde porte d'entrée, se tint en retrait, aux aguets juste derrière elle. Deux de ses collègues montaient la garde à l'extérieur.

L'homme se tenait sur la terrasse, de dos. L'éclairage du chapiteau creusait des rides dans les nuages, mais ceux-ci n'étaient en réalité pas très nombreux. Déjà ils disparaissaient dans la douce brise nocturne ; au matin, le ciel serait clair. Comme lors de la première soirée de Cordelia à Dogwood, on avait demandé aux invités de se garer le long de l'allée, mais malgré les recommandations, les sbires de Charlie n'avaient pas réussi à contenir la fête sous le chapiteau – Cordelia apercevait au moins un couple appuyé contre un des arbres bordant le gravier, que les gardes de son frère n'avaient pas repéré, ou qu'ils avaient choisi d'ignorer.

– Bonsoir, dit Cordelia lorsqu'il devint évident que l'homme ne comptait pas se retourner.

– Oh !

Il fit pivoter la pointe de ses chaussures élégantes et lui tendit la main.

– Vous êtes Miss Grey ?

– Oui.

En descendant l'escalier, elle avait craint que sa robe ne fasse trop ingénue sur celle qu'elle était aujourd'hui. Devant cet inconnu, elle espéra que sa coiffure – les cheveux tressés en couronne sur sa tête – ne lui donne pas une allure trop féminine, pour ne pas dire enfantine.

– Ravi de faire votre connaissance.

L'homme la jaugea un instant, de ses yeux pénétrants aux paupières tombantes, puis hocha la tête, comme s'il en avait conclu qu'elle était bien celle qu'elle prétendait être.

– Maître Howard Ogilvy, exécuteur du fonds pour l'aviation Max-Darby.

– Je vois.

Elle lissa le haut de sa robe, se redressa complètement.

– Que puis-je pour vous ?

– Mr Darby m'envoie. Il se repose pour l'instant, naturellement, mais il a tenu à vous transmettre cette lettre.

Il tira de la poche intérieure de sa veste une feuille de papier ligné blanc plié en trois.

– Il voudrait être certain que vous savez combien il tient à votre présence sur la ligne d'arrivée demain.

– Bien sûr, je serai présente pour l'accueillir, répondit Cordelia en prenant la lettre, intriguée d'en découvrir le contenu. Merci.

– Bonne soirée, annonça Mr Ogilvy sans plus de cérémonie.

Et, le temps que Cordelia lève les yeux, il avait déjà descendu la moitié des marches.

– Attendez !

Elle se hâta à sa suite.

Il s'immobilisa, la main sur la rambarde de pierre et l'interrogea du regard.

– Oui ?

– Je voudrais juste savoir...

Le juriste avait un regard si perçant qu'elle fut forcée de baisser les yeux et de tourner et retourner la lettre entre ses mains plusieurs fois.

– Pour qui travaillez-vous ?

– Eh bien, pour Mr Darby, évidemment… et aussi pour l'homme qui finance ses ambitions.

– C'est de ce que je voulais parler. De qui s'agit-il ?

Mr Ogilvy sourit avec subtilité, comme amusé par la tournure que prenaient ces questions. Il s'éclaircit la gorge.

– Mr Hale père signe les chèques, mais je n'ai eu affaire qu'à son fils, Thomas.

La simple énonciation de son nom, sur ce ton éloquent et sans détour, suffit à la déstabiliser sur ses jambes. Elle tendit le bras, sans parvenir à trouver la balustrade. Heureusement, l'avocat de Thom, vif, la rattrapa avant qu'elle ne trébuche.

– Merci, monsieur Ogilvy, dit-elle en clignant des yeux pour les aider à recouvrer la vue. Je suis désolée. C'est une surprise pour moi.

– Je vois cela.

– Max est-il au courant ?

– Non.

Lorsque sa vision revint à la normale, elle lâcha sa main et remonta de quelques marches.

– Eh bien merci, je ferais mieux…

– Cordelia, les instructions de Thomas concernant toute cette affaire d'aviation étaient très précises. Je ne devais révéler à personne le nom du mécène de Mr Darby, sauf à vous, et uniquement si vous me posiez la question. Cela semblait peu probable, je n'ai donc guère prêté attention à cette consigne particulière. Je lui ai parlé ce soir, juste avant de venir, et quand je lui ai expliqué la requête de Max, il m'a répété ses directives.

Elle hocha la tête, celle-ci lui paraissait si lourde qu'elle s'étonnait que son cou pût la soutenir.

– Il a ajouté que si vous m'interrogiez, je pouvais aussi vous confirmer que son offre tient toujours. Il est en Nouvelle-Écosse actuellement, mais je sais comment le joindre.

Ogilvy récupéra la lettre des mains de Cordelia et à l'aide d'un stylo doré tiré de sa poche, y nota un numéro de téléphone.

– Voici comment contacter mon bureau. Il y a quelqu'un en permanence, jour et nuit ; ils me trouveront si c'est urgent, d'accord ?

– Très bien.

– Faites attention à vous, très chère, ajouta-t-il avant de s'éloigner.

Cordelia laissa échapper un soupir lourd des tensions accumulées ces derniers temps, les yeux rivés sur l'endroit où Mr Ogilvy avait disparu, dans la lumière. Il était à peine parti, depuis quelques secondes peut-être, lorsqu'elle distingua le bout rougeoyant d'une cigarette, qui approchait. Le fumeur ne progressait pas très vite et après quelques instants de spéculation inquiète, Cordelia reconnut Billie Marsh, vêtue d'une chemise d'homme blanche et d'un pantalon ample jaune.

– Salut ma belle ! lança-t-elle.

– Comme je suis contente de te voir, toi ! répondit Cordelia avec un sourire, tout en coinçant la lettre de Max dans son décolleté. Nous sommes sens dessus dessous, ici.

– Le sens dessus dessous, c'est ma spécialité, répliqua Billie en grimpant les marches, avant de glisser un bras amical autour des épaules de Cordelia, et de l'escorter à l'intérieur de la maison.

– Oh Billie, Dieu merci, tu es là, s'exclama Astrid. Nous sommes en pleine crise !

– Salut Letty, lança Billie au passage en traversant la suite Arum pour rejoindre la coiffeuse devant laquelle Astrid avait passé un quart d'heure à faire des mines désespérées.

Une main sur l'épaule de sa demi-sœur, Billie se pencha pour déposer un baiser sur sa joue :

– Alors, crise absolue ou totale ? Sois parfaitement claire concernant la sévérité de cette crise, chérie, si tu veux vraiment mon aide.

– Totalement absolue !

Astrid, la moue boudeuse, s'adressait au reflet de sa demi-sœur dans le miroir. Cette dernière s'écarta un instant pour s'allumer une autre cigarette, Astrid rajusta le diadème en diamant perché sur ses cheveux blonds.

– Regarde, j'avais prévu depuis toujours de porter la tiare de ma grand-mère Donal à mon entrée dans le monde. Après, quand je me suis mariée, j'ai compris que je n'aurais jamais droit à mon bal des débutantes, j'ai pensé que je la porterais pour mes dix-huit ans. Et maintenant que j'ai dix-huit ans, je me demande si je ne serais pas un peu trop vieille, en réalité, et surtout un peu trop mariée, pour porter un accessoire réservé aux princesses...

– Ne me dis pas que tu as abandonné toute prétention à être une princesse, répondit Billie.

Elle se dirigea vers le lit et s'y installa. Cordelia, qui était entrée avec elle, vint s'asseoir à ses côtés et déposa un cendrier entre elles deux.

– Si oui, il ne me reste plus aucune raison de vivre dans ce monde de brutes, conclut Billie.

– Oh, ça va, épargne-moi tes sarcasmes !

Astrid se leva et, dans un chatoiement des plis de sa longue robe magenta, s'approcha de sa demi-sœur :

– Et donne-m'en une.

– Ça ne te ressemble pas, commenta Billie en lui tendant néanmoins son paquet de cigarettes.

Astrid en coinça une entre ses lèvres, l'alluma. Elle toussa, une main posée sur son décolleté légèrement poudré et laissa le nuage blanc emplir la pièce. Les raisons de son dégoût pour la cigarette lui revenaient soudain : le tabac faisait mal à la gorge et le goût était atroce. Mais elle se sentait assez perturbée par le cours incertain qu'avait pris sa vie et du coup, plutôt rassurée d'avoir quelque chose pour occuper ses mains. Surtout si l'occupation en question lui donnait le sentiment d'être une dure à cuire. En bas, Victor, quelque part, s'appliquait à se faire passer pour un des fidèles soldats de Charlie alors qu'il était tout le contraire ; quant à elle, elle s'apprêtait à faire son entrée parmi des gens qu'elle ne connaissait pour ainsi dire plus, pour jouer le rôle de la fille insouciante et indulgente qu'ils s'attendaient à retrouver.

– Qu'est-ce que tu regardes ? demanda Billie en venant se placer à côté de Letty, absorbée par la scène en contrebas.

– Des tas de gens qui croient ce qu'ils voient au cinéma.

– Non, ils aiment juste les jolis minois, chérie, tout comme toi.

Billie entoura ses épaules et jeta un coup d'œil aux deux autres, derrière elle.

– Vous n'êtes vraiment pas gaies toutes les trois ! Allez, buvons un bon petit cocktail rafraîchissant, d'accord, et rejoignons la fête avant que l'une d'entre vous n'ait la brillante idée de se jeter par la fenêtre.

Comme sur commande, Milly surgit du vaste dressing, un plateau chargé de boissons à la main.

– Parfait.

Billie récupéra le plateau, distribua les verres. Lorsque chacune fut servie, Billie leva le sien et déclara :

– Aux trois beautés que je n'oublierai jamais. Tchin-tchin et sortons profiter de la fête. Qui sait jusqu'à quand nous y aurons droit ?

Ce toast résonnait encore dans l'esprit d'Astrid lorsqu'elle descendit l'imposant escalier en acajou, le front serti de diamants, précédant de peu ses meilleures amies. Bien sûr, Billie avait raison – comme toujours –, il était inutile de s'angoisser alors que sous peu, elle cesserait d'être Mrs Charlie Grey. Il était parfaitement évident qu'il valait mieux profiter des avantages de cette position. Bientôt, très bientôt, elle reverrait le visage de Victor, elle lui adresserait un clin d'œil, pour bien lui faire comprendre qui était réellement dans son cœur. Un peu plus tôt dans l'après-midi, malgré le chaos qui régnait à Dogwood, elle avait réussi à s'éclipser pour se rendre à la banque de White Cove placer tout l'argent offert par sa grand-mère sur la Marietta Phonograph Company. Elle n'avait plus qu'à patienter pour pouvoir se débarrasser de la douleur lancinante qui vrombissait entre ses tempes.

Voilà la pensée réjouissante sur laquelle elle essayait de se concentrer pour parvenir à sourire et aller à la rencontre de la foule.

Letty arriva à la fête dans le sillage de la reine du jour, qui avait pour sa part les bras chargés d'arums, glanés dans un vase avant de descendre, et qu'elle distribuait aux invités avec une joie exubérante. L'avant-dernière fleur alla à Beau Ridley, qui lui non plus ne dédaignait pas les scènes grandiloquentes et tomba donc à genoux devant Astrid pour lui baiser la main en hommage. L'ultime arum revint à Charlie – Astrid marqua un temps d'arrêt au centre du chapiteau, le pianiste chatouilla doucement les touches, le batteur entonna une marche lente. Tous les invités se mirent alors à taper dans leurs mains en rythme ; Letty, malgré son humeur maussade, les imita.

Astrid arqua le bras d'un grand geste théâtral, pointa la fleur comme une épée et avança à la manière d'une escrimeuse en direction de son mari, qu'elle feignit de toucher en plein cœur. Charlie, vêtu d'un costume aux reflets or pâle et d'une chemise rose foncé, flanqué de ses hommes, croisa les mains sur sa poitrine et tituba en avant, comme si l'arum l'avait véritablement frappé. L'orchestre était alors lancé dans un tango enfiévré et bien que ni Astrid ni Charlie ne maîtrisent cette danse, ils firent bonne impression, à ruer d'un côté de la piste puis de l'autre après une volte-face assurée. Une fois revenu au point de départ, Charlie bascula Astrid si bas qu'elle dut retenir son diadème d'une main, tout en adressant un clin d'œil extravagant à personne en particulier.

Les danseurs reprirent la piste deux par deux, en s'extasiant à voix basse sur le beau couple que formaient Mr et Mrs Grey, et Letty, des abords de la pelouse, soupira à cette vision d'un garçon et d'une fille qui étaient, eux, vraiment faits pour s'afficher ensemble. Cordelia et Billie s'étaient fondues dans la foule, aussi demeura-t-elle là, à contempler cette masse de gens harnachés de plumes, de perles et de vêtements aux couleurs bariolées qui avaient sans aucun doute oublié son nom, et même qu'on lui avait annoncé un destin prometteur à peine quelques jours plus tôt.

La première personne qu'elle vit lorsque ses yeux se concentrèrent sur l'assistance fut Peachy Whitburn, ce qui ne l'étonna pas tellement ; d'ailleurs, Letty aurait même pu s'amuser de cette symétrie comique et triste à la fois, si cela n'avait resserré l'étau qui enserrait son cœur. Le maintien tout aristocratique de Peachy était souligné par sa robe du soir bleu marine. Elle était entourée de filles qui se pressaient pour mieux voir sa main gauche. Letty grimaça, redoutant de découvrir la signification de ce tableau. L'annulaire scintillait de manière détestable, lui rappelant ce qu'elle aurait pu avoir si elle n'avait pas joué les éternelles insatisfaites. Elle s'était toujours sentie si à l'aise avec Grady... Dans un accès de chagrin, elle songea que c'était une sensation qu'elle ne retrouverait plus jamais.

Ses yeux s'écarquillèrent et se décalèrent sur la gauche. Elle aurait dû anticiper ce qu'elle verrait ensuite. Car Grady, à quelques mètres de Peachy et de ses amies, se balançait sur ses talons, les mains dans les poches. Un sourire contrit se dessina sur son visage lorsque leurs yeux se croisèrent. Il jeta un coup d'œil à Peachy et lorsqu'il fut certain qu'elle était totalement absorbée, il fendit la foule et approcha de l'extrémité de la tente.

– Miss Larkspur, dit-il en lui tendant la main. Tout droit sortie des studios de la société cinématographique Montrose, j'imagine.

– À peu de chose près.

Elle avait répondu d'une voix douce mais sans timidité, et dans le silence qui suivit, elle entendit absolument tous les bruits – le brouhaha des conversations, les confidences chuchotées, la fanfaronnade des trompettes, le crissement du gravier sous les pieds des derniers arrivants dans l'allée.

– Accepteriez-vous de danser avec moi ?

Letty hésita, non par manque d'envie, simplement parce qu'elle avait conclu, après que Valentine s'était servie d'elle, après que Sophia l'avait humiliée, que plus personne ne l'inviterait jamais à danser.

– Je pars, alors ce sera peut-être notre dernière chance avant longtemps, ajouta-t-il.

– Bien sûr.

Letty essaya de sourire et Grady l'entraîna sur la piste. Ils bougèrent en rythme, avec fluidité, comme de vieux amis.

– Peachy vous accompagne ?

– Oui.

Il baissa les yeux, rougit.

– C'est d'ailleurs comme ça que ça s'est passé. Les fiançailles, je veux dire.

Letty hocha la tête. Elle avait clairement vu la bague, tout à fait compris de quoi il retournait, néanmoins, l'entendre dire à voix haute la fit vraiment tiquer.

– Où allez-vous ?

– Hollywood. Un des studios m'a acheté une nouvelle, ils veulent en faire un film et dans la foulée, ils m'ont aussi proposé un poste. Peachy l'a su et l'a très mal pris, ma sœur m'a conseillé de la demander en mariage. Et...

Grady s'interrompit, comme étonné de se trouver au milieu de l'histoire de quelqu'un d'autre, et regarda Letty bien en face.

– Elle a accepté.

– Félicitations, alors.

– Merci.

Ils demeurèrent silencieux un instant ; Letty se rapprocha un peu de Grady au fil de leurs déambulations sur la piste. Elle sentait encore un peu le parfum de l'après-rasage dont il avait dû s'asperger quelques heures plutôt, et celui de la brillantine qu'il utilisait pour séparer ses cheveux en deux sillons sur son front. Elle qui dans la semaine avait déjà ressenti la brûlure et l'humiliation pour avoir tenté de séduire l'homme d'une autre, on ne l'y reprendrait plus.

Pourtant, elle se sentait si détruite et éprouvait en même temps une telle aisance, un tel réconfort entre les bras de Grady qu'elle ne pouvait s'empêcher de savourer ce moment aussi longtemps que possible.

– En réalité, si j'ai accepté ce poste, c'est parce que je ne supporte plus New York.

Un petit rire échappa à Letty, qui s'apprêtait à lui avouer qu'elle était dans le même état d'esprit, lorsqu'elle lut l'urgence qui animait ses traits.

– Je veux dire par là que je ne supporte plus de vous croiser sans cesse. Vous êtes déjà de tous les événements ici, ça ne va faire qu'empirer maintenant que vous êtes la nouvelle partenaire de Mr O'Dell à l'écran. J'ai préféré recommencer à zéro ailleurs.

– Oh.

– Peachy est une fille agréable, ma famille approuve ce choix. Et je suis conscient, j'imagine, que je ne pourrai plus jamais ressentir ce que je ressens – ressentais – pour vous. Donc autant satisfaire tous ces autres gens, essayer de devenir le meilleur auteur possible, dans un endroit où l'hiver n'existe pas. Cependant, je suis heureux de vous avoir revue avant mon départ, d'avoir eu la chance de tout vous dire. Parce que pour moi, vous serez toujours la seule et l'unique.

– Oh, je...

Letty cessa de danser la première, puis Grady l'imita. Ils devaient paraître étranges, au milieu de tous ces corps qui s'agitaient autour d'eux, mais elle était incapable de s'en préoccuper. La sensation en elle était si puissante qu'elle n'était pas certaine de pouvoir l'exprimer avec des mots. Elle resta là quelques secondes de plus, les yeux dans ceux de Grady, et elle sentit la tristesse qui avait durci, figé ses traits depuis plusieurs jours commencer à fondre.

Avant qu'elle puisse articuler la moindre parole, un coup de tonnerre retentit, quelque part, au sud. La foule s'étrangla collectivement sous le chapiteau et se tourna pour voir d'où provenait le bruit, comme un seul homme. Des cris s'ensuivirent, Letty comprit que ce n'était pas le tonnerre du tout. Hébétée, elle fit quelques pas en direction des coups de feu. La première voiture qui avait gravi la colline ne s'était pas souciée de suivre l'allée, Letty la fixait, hypnotisée par ses phares éblouissants. Son cœur cognait fort, elle songea à la chance que Grady et elle fussent ensemble en cet instant, et qu'il lui ait dit tout ce qu'il avait à lui dire. Mais lorsqu'elle se retourna, elle ne vit que la veste noire de Keller qui fonçait sur elle, la soulevait et d'un même mouvement, l'emmenait à l'abri à l'intérieur.

25

Au moment où le deuxième véhicule franchit le portail de Dogwood dans un crissement de pneus, Astrid avait toujours les deux bras autour du cou de son mari.

Puis des phares éclairèrent le visage de Charlie, il se dégagea des bras d'Astrid, qu'il attrapa par le torse. Elle aurait voulu lâcher un petit gémissement de douleur, mais il la tenait dans une position telle que ses poumons se trouvaient compressés et qu'il lui était impossible d'émettre le moindre son. De son bras libre, il extirpa un pistolet de son holster caché, l'agita en l'air et tira une balle dans le chapiteau au-dessus d'eux. Entendant des coups de feu si proches, les murmures nerveux des invités se transformèrent immédiatement en une explosion de cris de terreur. Les couples, qui avaient arrêté de danser et dont les yeux anxieux scrutaient les autres invités pour voir quelles étaient leurs réactions, se dispersèrent aussitôt, courant dans toutes les directions. Le contrebassiste laissa tomber son instrument, qui s'écroula sur le sol parqueté de la piste de danse dans un bruit atroce de bois cassé.

Astrid, malgré l'angle désagréable dans lequel elle était maintenue, chercha Victor du regard, affolée, en vain. Elle en conclut qu'elle était peut-être simplement trop paniquée pour reconnaître qui que ce soit et comprendre exactement ce qui était en train de se passer. Pourtant, elle vit Cordelia, qu'Anthony dirigeait avec empressement en direction de la maison, et Billie, qui renversait une table d'un coup de pied – table chargée de glace, d'agrumes et de feuilles de menthe, ainsi que d'une grande pyramide de verres en cristal – puis indiquait à un groupe de filles, bouche bée de peur, le visage strié de larmes, de venir se cacher derrière. Pendant ce temps, Charlie criait des instructions à ses hommes. Une troisième voiture arriva, bloquant un autre côté du chapiteau. Ceux qui n'avaient pas encore fui se laissèrent tomber sur la piste de danse, terrorisés, et ces garçons en veste blanche qui n'avaient jamais eu à affronter quoi que ce soit de dangereux, en dehors de l'œil critique d'un maître d'hôtel, serrèrent leur cavalière dans leurs bras, protecteurs.

Ils se trouvaient à l'arrière de la maison lorsque Astrid prit conscience que le diadème de sa grand-mère était tombé ; elle ordonna à Charlie de la poser. Mais s'il l'entendit, il ne réagit pas. En cet instant précis, cette tiare semblait représenter sa vie dans son ensemble.

– Charlie ! cria-t-elle encore.

Il grimpa les marches menant à la terrasse, il la portait sur l'épaule désormais, et elle agita les pieds pour attirer son attention.

– Charlie !

– Nom de Dieu, qu'est-ce qui s'est passé ?

C'était bien Charlie qui parlait, elle sentait son corps qui se soulevait au rythme de ses mots, pourtant elle ne reconnaissait pas sa voix. Ils passèrent devant une rangée de gardes, mitraillette en main, et entrèrent dans la salle de bal, dont le lustre puissamment éclairé faisait luire le parquet vide et ciré.

– Trois voitures, résuma Jones. Joey est sorti de la guérite pour leur demander de se garer sur le côté, ils l'ont descendu et ils ont foncé. Les gars en poste le long de la clôture ont ouvert le feu – certains doivent être touchés, mais j'ignore combien. J'ai tout vu du toit – une fois que la première voiture est passée, les autres se sont engouffrées derrière.

Charlie laissa échapper un juron.

– C'est qui, ces types ?

– Sûrement les hommes de Mink.

– Charlie ! hurla Astrid, qui sentait les doigts de Charlie s'enfoncer dans son flanc.

– Quoi ? rétorqua-t-il avec colère en la déposant sur le sol.

Les yeux de Charlie étaient immenses, sauvages, au point qu'elle fut, l'espace d'une seconde, plus effrayée par la manière dont haletait sa poitrine que par le chaos qui régnait à l'extérieur des murs de la maison. Elle s'écarta de lui. Une brise qui se faufilait à travers les portes-fenêtres souleva ses froufrous magenta – ceux-ci, qui lui avaient paru très élégants un peu plus tôt, étaient comme ridicules maintenant. Les hommes sur la terrasse étaient prêts à affronter une attaque, pourtant ils ne faisaient aucun bruit.

– Quoi ? demanda une nouvelle fois Charlie.

– Où est Victor ?

– Quoi ?

Les yeux de Charlie se plissèrent en fentes furieuses, il l'attrapa par le poignet et lui tordit terriblement le bras.

– Qu'est-ce que ça peut faire ? cracha-t-il.

Elle aurait sûrement dû se réjouir qu'il ne poursuive pas dans cette veine, mais il tirait sur son bras de telle façon qu'elle était persuadée qu'il finirait par l'arracher. Déjà, il recommençait à aboyer ses ordres – Keller et Anthony devaient emmener Cordelia et Letty sur le toit, les portes être barricadées – puis il la traîna à l'autre bout de la salle, dans le couloir, et enfin dans la véranda, dont les grandes baies vitrées traçaient un cadre parfait autour des ruines de sa fête d'anniversaire.

Le chapiteau était écroulé au centre, le coup de feu tiré par Charlie avait dû mettre à mal certains supports. Ou peut-être Coyle Mink était-il responsable. Trois véhicules entouraient le chapiteau, leurs phares allumés créaient des cônes de lumière pâle dans l'obscurité. Les portières étaient grandes ouvertes, cependant les hommes qui avaient envahi Dogwood étaient sortis. Au début, Astrid avait eu peur, mais elle avait dépassé ce stade, désormais. Son ventre était noué, son visage glacé, elle ne craignait plus qu'un événement terrible se produise, elle était persuadée que c'était inéluctable.

Charlie la tira à travers la pièce, longeant les canapés, les plantes en pots, pour se diriger vers la fenêtre.

– Charlie, tu ne crois pas que nous devrions...

– La ferme, grogna-t-il.

C'est alors qu'elle vit le gâteau. Il était posé sur une table, entre le chapiteau et la maison, à l'endroit où le traiteur l'avait laissé en attendant que l'heure soit venue d'allumer les bougies et de chanter. Elle eut un coup au cœur en identifiant ce que le gâteau était censé représenter – le glaçage était jaune, rose et argent, décoré pour lui ressembler, vêtue d'une robe argentée et d'une couronne dorée. Un gâteau en forme d'Astrid. Elle venait de se reconnaître quand un membre du personnel fut projeté à travers le rideau qui dissimulait l'intérieur du chapiteau. Son corps s'écrasa sur la table avec une telle force que la pâtisserie fut éjectée en l'air.

– Oh ! s'écria Astrid en voyant le dessert s'éventrer sur le gazon.

Elle n'eut cependant pas le temps de pleurer cette version en sucre et farine d'elle-même, car le rideau du chapiteau, déchiré, révélait une troupe d'hommes en costume sombre et chapeau, qui tenaient leur mitraillette avec la même simplicité que s'il s'était agi d'un chat et avançaient en direction de la maison, visages tournés vers la grande baie vitrée de la véranda juste au-dessus d'eux.

– Charlie, qu'est-ce que tu fous là, enfin ? l'interpella Jones depuis le seuil.

– Allez, Charlie, murmura Astrid.

Mais il l'empoignait toujours avec fermeté, et observait avidement la progression des envahisseurs, les traits tordus par un défi furieux. Il avait gardé son six-coups à la main, mais il ne visa pas. Il semblait trouver sans intérêt des gestes aussi futiles. Il maintint sa position jusqu'au premier coup de feu.

Soudain, elle sentit tout le poids du corps de Charlie sur elle, il la poussa et tous deux firent un vol plané. La rencontre d'Astrid avec le sol fut brutale, sur le flanc, sa joue frotta contre les fibres du tapis persan. Charlie la protégeait de son corps tout en l'éloignant de la baie vitrée pour s'abriter derrière un fauteuil, un choix contestable, pourtant. Lorsque Astrid parvint à dégager ses cheveux de ses yeux, elle vit la baie vitrée céder à la première pluie de balles, exploser et tomber en mille éclats. Elle ferma les yeux très forts, ce qui ne l'empêcha pas de sentir le verre qui s'abattait sur son mollet nu.

Une fois la vitre à terre, le feu des mitraillettes s'interrompit brièvement, le temps pour Astrid de sentir le galop du cœur de Charlie contre son dos. Mais le silence n'était pas total. Un ricanement jaillit dans l'air chargé d'une odeur de poudre.

– Hé, Charlie, cria quelqu'un d'une voix aussi haineuse qu'hilare. Sors de ton trou, reste pas planqué ! Coyle Mink veut te dire bonjour.

Les yeux d'Astrid, gagnés par une peur sauvage, vinrent se poser sur Charlie, mais lui demeurait étrangement calme. Il la fixait de ses iris ronds et bruns et le coin de sa bouche s'étira, lui réservant un sourire triste.

– Salut, ma puce, murmura-t-il.

Elle secoua la tête, désarçonnée, mais elle commençait à comprendre qu'il n'avait aucun plan de fuite prévu lorsqu'il l'avait amenée ici. Jones, qui se tenait sur le seuil un instant plus tôt, avait disparu.

– Jusqu'à ce que la mort nous sépare, non ? ajouta Charlie.

26

– Où sont Astrid et Charlie ?

Anthony, qui bloquait le passage de Cordelia dans le couloir du deuxième étage, tourna brièvement le regard pour croiser le sien.

– Vous ne pouvez pas descendre, prévint-il.

– Mais nous sommes coincés, ici !

Il la dévisagea sans un mot.

Un grognement de frustration échappa à Cordelia, elle fit volte-face. Plusieurs autres hommes de main étaient en poste sur le toit – comme si cela pouvait leur être utile si l'armée de Coyle Mink décidait de faire le siège de la maison. Elle était toujours vêtue de sa robe blanche, mais elle avait perdu ses chaussures à un moment donné. Sur le seuil du balcon se tenait Keller et à côté de lui, Letty, qu'il avait embarquée au passage durant les premiers instants de terreur et de confusion. Ses bras enserraient son corps tremblant et elle jetait des coups d'œil à l'angle du bâtiment pour voir la scène qui se déroulait sur la pelouse en bas. Cordelia se dirigeait vers elle lorsqu'elle entendit l'explosion de coups de feu en contrebas. Elle sut tout de suite qu'elle ne pourrait pas rester cloîtrée là plus longtemps à attendre la permission d'Anthony.

Sans un regard pour son garde du corps, elle approcha de son lit devant lequel elle s'agenouilla. Elle glissa le bras sous le cache-sommier et à tâtons, passa en revue le contenu de la valise qu'elle avait rangée là, jusqu'à ce qu'elle trouve la crosse du revolver de son père. Lorsqu'elle se redressa, l'arme était dissimulée entre les plis de sa robe. Elle traversa le couloir avant que quiconque ait eu le temps de s'interroger sur ses faits et gestes. Un autre homme de main de Charlie montait la garde en haut de l'escalier, son arme sur la rampe, pointée vers le bas ; elle l'ignora également, et descendit à pas rapides et silencieux.

Elle se déplaçait avec prudence, le dos collé au mur. Les tirs avaient cessé, mais le calme qui s'ensuivait était lourd de danger. Elle continua sa progression, consciente du poids de l'arme dans sa main, en se répétant que, cette fois, elle n'aurait pas peur de s'en servir. Elle posa un pied nu, puis un second sur le palier du premier étage et soudain, un choc la secoua tout entière. Quelqu'un venait de la rattraper par-derrière et avait posé sa main sur son épaule. Elle dut se faire violence pour ne pas hurler.

– Vous savez vous en servir ?

C'était Victor, le front soucieux. Elle traversa quelques secondes de doute atroce, durant lesquelles elle faillit exiger qu'il lui révèle sa véritable identité, puis elle se souvint de son expression dès qu'Astrid se trouvait dans les parages, et elle sut qu'il ferait ce qui était nécessaire pour la protéger, et c'était la seule chose qui comptait, désormais.

– Oui, murmura-t-elle.

Ils restèrent tapis dans l'ombre du mur en progressant dans l'escalier en direction de la dernière salve de coups de feu. Lorsqu'ils accédèrent au rez-de-chaussée, Victor lui fit signe de se baisser. À partir de là, ils avancèrent accroupis jusqu'à la porte entrouverte de la véranda. Cordelia plaça ses deux mains autour de la crosse et arma à l'aide de son pouce. Victor hocha le menton en signe d'approbation silencieuse.

À la porte, elle put constater que les impacts de balles criblaient les meubles et le papier peint de cette pièce où elle avait rencontré son père pour la première fois. Et où il était mort. Des plantations avaient été renversées, de la fumée s'élevait des coussins, l'odeur de tissu brûlé se mêlait à celle, riche, du terreau répandu. Soudain, elle se rendit compte que le ciel de nuit semblait beaucoup plus visible que d'ordinaire du lieu où elle se tenait ; c'est alors qu'elle vit que le vitrage avait disparu. Il avait été pulvérisé par les balles ; les débris en étaient disséminés sur le sol. Il semblait n'y avoir aucun mouvement, Cordelia savoura quelques secondes de tranquillité. Mais ce calme ne dura pas – une masse noire, informe, à mi-chemin entre l'entrée et l'endroit où se dressait autrefois la baie vitrée, fut soudain agitée de tremblements. Il s'agissait d'Astrid et de Charlie, affalés sur le sol.

Victor les aperçut lui aussi, mais avant qu'il n'ait eu le temps de donner des instructions à Cordelia, Charlie se leva d'un bond.

– Coyle Mink tient à me saluer ?

Il leur tournait le dos, ses bretelles décrivaient une grande croix entre ses larges épaules, et il s'adressait à quelqu'un en bas, sur la pelouse.

– Alors, où est-il ?

Cette fois, Cordelia n'attendit pas l'assentiment de Victor. Elle avança en rampant, sans un bruit, ne doutant pas qu'il la suivrait.

– Oh, je comprends ! poursuivit Charlie, la voix déformée par une furieuse ironie. Le célèbre Coyle Mink ne peut pas montrer son visage. Il vous envoie, vous, bande de guignols, faire son sale boulot.

Jusque-là, Cordelia ne savait pas trop ce qu'elle devait faire. Désormais, son plan d'action était clair. Elle se mit à prier. Elle prit une grande inspiration et demanda un miracle. Même un tout petit. Les hommes, dehors, mitraillettes à la main, n'allaient pas disparaître, elle le savait ; elle savait également que Charlie ne retrouverait pas ses esprits. Ce n'est donc pas ce qu'elle demanda. Le seul miracle qu'elle souhaitait, c'était qu'Astrid lève la tête, du tapis où elle était roulée en boule et l'instant d'après, son vœu fut exaucé.

– Viens par ici, articula Cordelia en silence, en lui faisant un signe de la main.

Astrid avait les yeux emplis de larmes, le visage maculé de maquillage noir. Lorsqu'elle aperçut Cordelia, son menton se mit à trembler. Elle jeta un coup d'œil vers Charlie, puis revint vers Cordelia. Faisait-elle non de la tête, ou était-elle agitée de tremblements ? Qu'importe... Cordelia lui fit signe à nouveau et répéta en silence :

– Viens.

Tout doucement, précautionneusement, Astrid commença à se traîner sur le sol. Elle saignait, mais ce n'était pas grave – de toute évidence il devait s'agir de simples éclats de verre, pas d'une blessure par balle. Lorsqu'elle se mit en mouvement, Cordelia sentit la présence de Victor à côté d'elle – il était en nage, de nervosité, à cause d'Astrid. Cordelia savait combien il souhaitait qu'elle arrive jusqu'à eux sans que Charlie s'en rende compte.

– Viens avec nous Charlie, brailla un homme quelque part en contrebas.

Sa voix nasale était dure, mauvaise, sans la moindre peur. Cordelia ne voyait pas les hommes, mais elle sentait leur présence, elle les entendait haleter, s'agiter.

– Si tu tiens vraiment à rencontrer Mr Mink. Ça t'évitera de mourir devant ta nana.

À ces derniers mots, Astrid se figea. Au grand soulagement de Cordelia, Charlie ne se retourna pas et Astrid reprit sa lente progression sur le sol.

– Ah oui ? railla Charlie.

Astrid était de plus en plus proche, Cordelia et Victor échangèrent un regard. L'inquiétude se lisait toujours sur les traits du garde du corps, mais il semblait estimer que si Astrid parvenait jusqu'à eux, ils réussiraient à se mettre à l'abri, et peut-être, à quitter cette pièce indemnes.

Les hommes en bas n'avaient pas répondu à Charlie, du moins pas avec des mots. Il les dévisageait, eux faisaient de même, sûrement, le blanc de leurs yeux énorme, le doigt sur la détente tendu et prêt, tout le monde impatient de savoir comment tout cela se terminerait. Soudain, un son rajouta à la panique ambiante : celui des sirènes, dont les plaintes envahirent la propriété.

Charlie tourna la tête pour voir d'où cela provenait et brièvement, il parut oublier les hommes de Coyle Mink. Le cœur de Cordelia sursauta et celui d'Astrid aussi, sûrement, car elle se mit debout tant bien que mal en entendant le bruit strident tout autour d'eux. Du coin de l'œil, Charlie dut apercevoir l'éclat magenta de sa robe en mouvement, car il fit volte-face et se dirigea vers elle au pas de charge. Cordelia et Victor n'avaient pas le temps de se cacher ; ils se redressèrent et reculèrent en direction de la porte.

– Haut les mains, ne bouge plus.

Victor n'avait pas vraiment élevé la voix, mais il y avait dans son ton une autorité dont Cordelia ne lui avait jamais vu faire preuve.

Sans tourner la tête, elle vit qu'il pointait maintenant son arme sur Charlie. Tous étaient figés sur place, et Astrid semblait comme une vision à mi-chemin entre eux. Dehors, tout le monde s'était remis à crier. Cordelia entendit des gens s'agiter et aboyer des ordres, des roues sur la pelouse, des portières claquer, des moteurs démarrer. Tout lui semblait provenir d'une radio allumée dans la pièce voisine – car ce qu'elle entendait surtout, c'était la respiration tendue de son frère, de sa femme et de l'amant de celle-ci.

– Astrid, viens par ici, ordonna Victor.

Elle obéit, en boitillant, et vint se jeter dans les bras de Cordelia, sa tête blonde au creux de son épaule.

– Charlie, pose ton arme.

– Qu'est-ce que ça veut dire ? rétorqua Charlie.

Il n'avait pas lâché son revolver et, s'il ne le braquait pas sur Victor de la même façon que celui-ci pointait son arme sur lui, il ne semblait pas décidé à s'en séparer.

– Pose-la, Charlie.

Ce dernier fit deux pas résolus en direction de la porte, les trois autres reculèrent. Astrid pesait de tout son poids sur Cordelia, qui jeta un coup d'œil anxieux vers Victor. Celui-ci lui rendit un regard noir et dur, qu'elle comprit aussitôt : il lui demandait la permission d'agir, car Charlie s'apprêtait à leur faire du mal. Elle ferma les paupières très fort et essaya de ravaler son chagrin, tout en serrant contre elle son amie. Le coup de feu fut si sonore qu'elle ne s'entendit même pas crier. Astrid tressaillit entre ses bras.

– Aïe ! s'exclama Charlie comme s'il venait de se couper avec une feuille de papier.

Cordelia rouvrit les yeux et fut submergée par un étonnant soulagement : Charlie saignait, mais à la main simplement. Son arme gisait à ses pieds.

– Fais-la sortir d'ici !

Cette fois Victor ne prit pas le temps de la regarder. Il avait réarmé son revolver et visait à nouveau Charlie.

– Ça va se régler entre Charlie et moi. Allez. Montez, toutes les deux.

Les sirènes étaient si fortes qu'elles devaient hurler juste en bas du perron et bien que Cordelia fût brièvement vexée de recevoir des ordres dans sa propre maison, une partie d'elle savait que ce n'était plus chez elle, et que le garçon à la main en sang juste là n'était pas vraiment son frère.

– D'accord, répondit-elle avec autant d'assurance que possible.

Sur ce, elle passa le bras d'Astrid sur son épaule et elles commencèrent à gravir l'escalier.

Quel que fût l'échange qui suivit entre Victor et Charlie, il fut noyé sous une cacophonie de sirènes et de moteurs, de cris et d'ordres. « C'est une descente de police », répétait-on à l'envi dans un mégaphone. L'homme qui montait la garde en haut de l'escalier le dévala à toute vitesse, Cordelia entendait les pas de ses collègues sur le toit, qui avaient sûrement pris conscience de l'imbécillité de leur position. Mais elle ne s'inquiéta pas pour eux. Elle ramena Astrid jusqu'à la suite Arum, replaça l'arme de son père sous le lit et vint se poster à la fenêtre, avec Letty, pour observer les dégâts du balcon.

Les voitures envoyées par Coyle Mink avaient disparu, remplacées par une dizaine de véhicules de police noir et blanc. Le chapiteau était à moitié écroulé, pathétique, et des rebuts de couleurs vives jonchaient le gazon – assiettes, cocktails, chaussures, chapeaux. Certains policiers embarquaient les invités ivres à bord d'un fourgon, d'autres encerclaient la maison.

– Ça va ? murmura Letty en entourant Cordelia à la taille pour la serrer contre elle.

L'une comme l'autre savaient que *ça ne pouvait pas aller*, dans un moment comme celui-là. Elles quittèrent donc la fenêtre pour rejoindre Astrid, assise sur le lit, les épaules voûtées, le visage caché dans ses mains. Elles la forcèrent à s'allonger et entreprirent de retirer tout doucement les morceaux de verre fichés dans la peau de ses jambes et de ses bras.

Il régnait une activité frénétique au rez-de-chaussée de Dogwood, mais il fallut un long moment avant qu'elle ne gagne la suite Arum. Les petites blessures d'Astrid avaient été pour la plupart nettoyées et les filles attendaient, en rang d'oignons, toujours en robe de soirée, bras dessus, bras dessous. Elles entendirent les pas lourds monter l'escalier, nombreux, puis la porte s'ouvrit d'un coup. Un frisson de panique parcourut leurs épaules lorsqu'elles virent l'homme qui venait de la défoncer d'un coup de pied. Il portait un feutre noir, mâchonnait le côté bois d'une allumette et son ventre se soulevait sous sa chemise blanche.

– Laquelle d'entre vous est Cordelia Grey ?

– Moi, répondit-elle en redressant la tête.

– James Kirby, FBI, annonça-t-il d'une voix mécanique. Où sont les stocks ?

– Les quoi ?

– Les stocks d'alcool, poupée, où est-ce que vous les gardez ?

Cordelia déglutit avec difficulté. Ses oreilles bourdonnaient. Elle, qui avait depuis si longtemps rêvé de rencontrer son père le célèbre bootlegger, ne s'était pourtant jamais imaginé se retrouver confrontée à un homme comme celui-ci, au visage buriné aussi dépourvu d'émotions que le badge qu'il brandissait.

– Je ne sais pas, articula-t-elle dès qu'elle en fut capable.

– Arrêtez-la, ordonna-t-il en lui tournant le dos. Mettez-la-moi au trou avec son frère.

– Vous ne pouvez pas faire ça, protesta Victor, qui venait d'arriver.

Ses vêtements semblaient plus chiffonnés qu'avant et sa plaque scintillait désormais sur sa poitrine.

– Qu'est-ce que tu as dit ? menaça l'homme en collant son nez à celui de Victor. C'est moi le patron et si je te demande de l'arrêter...

– Ce sont des filles, elles n'ont rien à voir là-dedans, répondit Victor sans se démonter. Elles ont eu assez peur comme ça. On trouvera les stocks sans elles.

– Si tu avais fait ton boulot correctement, on saurait déjà où ils sont planqués !

Kirby enfonçait son doigt dans la poitrine de Victor, mais celui-ci tint bon. Pour finir, Kirby recula, il balaya la pièce d'un regard nerveux, soupira. Il lui fallut quelques secondes seulement pour changer d'avis.

– Bon. Elles sont sous ta responsabilité, alors. Fais-les sortir d'ici.

– Bien, chef.

L'homme quitta la pièce au pas de charge et s'immobilisa dans le couloir.

– Agent Lovo, je vous veux dans mon bureau à la première heure demain ! cria-t-il.

– Oui, chef.

– Vous me faites votre compte rendu de mission et vous êtes viré !

– Oui, chef.

Les hommes qui avaient suivi l'agent Kirby dans l'escalier s'engouffraient dans la direction opposée, ouvrant les autres portes. Pendant un instant, Victor demeura tête baissée, de longues mèches noires lui cachaient les yeux ; mais lorsqu'il releva le menton, ses traits étaient lisses, imperturbables.

– Venez, dit-il. Ils vont passer la maison au peigne fin toute la nuit. Dépêchez-vous de prendre ce que vous pouvez et partons.

– Tu es vraiment renvoyé ? demanda Astrid en s'approchant.

Les mots « agent Lovo » résonnèrent dans le cerveau de Cordelia, et à l'idée que cet homme leur mentait depuis plusieurs mois, elle se raidit. Mais il n'avait pas tué Charlie – puisqu'il avait été arrêté, il était en vie – et elle lui était reconnaissante pour cela, au moins.

– Ce n'est pas grave, répondit Victor, en écartant la main d'Astrid de son visage et en la serrant dans la sienne. Nous verrons ça demain. Pour l'instant, il faut y aller.

Elles chargèrent leurs affaires dans le coffre de la berline bleue de Charlie, puis il y eut un moment de flottement. Astrid se tenait devant la portière du côté passager, craignant de s'afficher à côté de Victor. Mais Cordelia, d'un signe de tête, l'incita à prendre place.

– C'est un type bien, murmura-t-elle. Ça va aller.

Astrid acquiesça en silence, soulagée, et tint la portière pour laisser ses amies monter à l'arrière. Sans que personne dise mot, Victor mit le contact et engagea la voiture dans l'allée, longea les tilleuls qui avaient si élégamment accompagné les invités jusqu'à la maison. Le portail était ouvert, mais il était surveillé par des policiers désormais – les hommes de Coyle Mink s'étaient évanouis dans la nuit, une nouvelle autorité gérait l'accès à la propriété. Victor n'arrêta pas la voiture. Il ralentit simplement, montra sa plaque et les policiers lui firent signe de passer.

Au-delà des clôtures, de part et d'autre de la route, il y avait encore de nombreux véhicules abandonnés. Les doigts de Letty se déplacèrent en crabe jusqu'à la main de Cordelia, qu'elle attrapa. Ils venaient de s'engager sur la route principale et, en un clin d'œil, de tirer un trait sur Dogwood. *Dogwood*, se répétait Cordelia, en laissant ses pensées s'imprégner de tout ce que cela sous-entendait. Elle l'avait cherché si longtemps, cet endroit merveilleux de divertissements incessants et d'été perpétuel. Ce lieu avait brillé avec davantage de force qu'elle aurait pu l'imaginer, mais tout ce qu'elle en avait véritablement attendu était désormais soit mort soit disparu. La voiture prit de la vitesse sur la route de campagne. Cordelia ne se donna même pas la peine de se retourner.

À l'avant, Victor avait les deux mains sur le volant, le regard droit ; Astrid, la tête penchée, l'observait avec des yeux étonnés. Tout irait bien pour eux, songea Cordelia et sur ce, elle se détendit et posa la tête sur l'épaule de Letty.

– Tu sais, si tu n'étais pas mon amie, murmura-t-elle d'une voix lourde de sommeil, je ne suis pas certaine que j'aurais eu le courage de vivre.

27

Le coup à la porte réveilla Letty, mais ce fut le petit mot sur l'oreiller, juste à côté de sa tête, qui la tira réellement du sommeil.

N'oubliez pas la course ! avait écrit Cordelia. *Vous êtes les meilleures amies dont une fille puisse rêver et vous avoir avec moi sur la ligne d'arrivée compte plus que je ne saurais le dire.* Mais Cordelia elle-même était partie.

– Bien dormi ? s'enquit Billie, appuyée contre le chambranle.

– Quelle heure est-il ?

La douceur de ce lit, dans l'une des nombreuses chambres d'invités de Marsh Hall, enveloppait si bien Letty qu'elle était comme persuadée que si elle restait là éternellement, les dégâts qu'elle avait causés auraient de moins lourdes conséquences. Bien entendu, elle ne pouvait pas habiter là pour toujours, ce n'était pas sa maison ; Dogwood ou *L'Apollonian* non plus, ni aucun des autres endroits où elle avait dormi depuis qu'elle était arrivée à New York. Dogwood avait été mis en pièces, Charlie avait été blessé, arrêté, et les policiers avaient probablement investi les lieux désormais. Quant à *L'Apollonian*... Elle grimaça en imaginant quel accueil on lui réserverait si elle se présentait là-bas. Son cœur saignait au souvenir de ce qu'elle avait osé espérer lors de ce bref séjour dans cet appartement. Mais c'était précisément ce genre d'idée qui lui donnait envie d'enfoncer sa tête dans l'oreiller et de ne plus jamais se lever.

– Près de huit heures, répondit Billie d'un ton brusque en approchant de Letty.

Elle portait un blazer bleu souple sur un pantalon de coton remonté aux chevilles et semblait ne pas avoir fermé l'œil de la nuit.

– Allez, debout, prépare-toi ! La course de Max commence à midi. Avec la circulation, qui sait combien de temps il nous faudra pour atteindre l'East End.

– Comment ça ?

– On va à Montauk, chérie ! C'est là qu'est la ligne d'arrivée.

Billie s'assit au bord du lit et posa ses yeux noirs sur Letty.

– Eh bien, tu as eu une sacrée frousse.

Bien sûr, c'était beaucoup plus que ça – il ne s'agissait pas seulement de la violence de la veille, mais de la duplicité de son entourage à Manhattan et des trahisons qu'elle avait subies, raison pour laquelle elle s'était précipitée à White Cove au départ. Pendant un moment, Letty resta muette d'humiliation de se savoir privée de son grand rêve, moteur, jusque-là, de son existence. Soudain, elle pensa à Peachy, qui aurait Grady pour toujours, et son moral baissa d'un cran encore. Mais elle réfléchirait à tout ça demain.

– Tout le monde a eu peur, répondit Letty en se forçant à sourire et en repoussant son drap. Laisse-moi m'habiller et on y va !

Une semaine de pluie avait fait disparaître la canicule. En quittant la pénombre du manoir Tudor des Marsh, Letty constata que la journée était belle et qu'il ne ferait vraiment chaud que lorsque le soleil serait au plus haut. Elles attendaient que Victor amène la voiture, Astrid tapait du pied, impatiente de le voir, et Letty comprit ce qu'avait dit Cordelia la veille, juste avant qu'elles aillent se coucher – Victor était l'homme qu'il lui fallait, même si leur amour pouvait paraître soudain. Letty et Billie se tenaient à côté, sans échanger un mot, tout de même troublées par l'absence de Cordelia. La tristesse et la confusion qui l'avaient sûrement envahie après ce qu'il était advenu de Charlie avaient dû la pousser à sortir prendre l'air, supposait Letty. Cordelia ne tenait pas en place quand quelque chose la tracassait. Et bien sûr, elle voulait être certaine d'accéder à la ligne d'arrivée bien avant Max. Cela dit, personne n'était capable de dire comment elle s'était rendue là-bas, seule, par ses propres moyens.

– Regarde-toi, une vraie fleur de printemps ! dit Astrid à Letty, bien qu'elles fussent toutes deux habillées presque de la même façon, d'une robe blanche et lâche ceinturée un peu au-dessous de la taille et de cardigans pastel.

Astrid poursuivit, d'un ton un peu hésitant :

– Ça fait bizarre, non ? Après ce qui s'est passé hier soir. Mais il faut continuer, aller de l'avant, tu sais, et mieux vaut être habillé dignement, en toutes occasions.

– Merci.

Le son de la radio leur parvenait d'une fenêtre ouverte, non loin, ce qui leur permit d'entendre les dernières informations concernant la course.

– Mr Darby refusait de parler aux journalistes, ce matin, disait une voix d'homme.

Il sous-entendait, par son ton, que Max se donnait de grands airs.

– En revanche, Mr Laramie s'est fait un plaisir de nous recevoir. Il a plaisanté avec les gars du service des sports, les a laissés monter à bord de son appareil, qu'il juge parfait pour l'entreprise qu'il est sur le point de mener. Il a également émis des doutes quant au choix d'avion de Mr Darby, qu'il estime trop gros pour ce type de course, décrétant que c'était un signe que son rival, étant noir, était trop simple d'esprit et paresseux pour être un pilote hors pair...

– Oh, c'est pas vrai ! J'en ai assez de ces imbécillités, s'exclama Astrid.

Victor arriva dans l'instant au volant de la berline bleue, se gara devant la maison et le bruit de moteur fit disparaître les élucubrations du présentateur.

Elles comprirent très vite que Billie avait raison à propos de la circulation. Ils avançaient très lentement derrière une file de voitures sur une route tortueuse à deux voies, sans vraiment parler, Billie se contentant de souffler la fumée de sa cigarette par la fenêtre à intervalles réguliers.

– Qui sont tous ces gens ? s'interrogea Astrid.

– La course entre Darby et Laramie est l'unique sujet de conversation de tout le monde depuis des jours, répondit Billie. Personne ne veut attendre pour connaître le nom du gagnant. Il y a beaucoup de paris sur cette course. Dans les speakeasies, ça a fait causer du monde et certains risquent d'être très en colère si ça ne se termine pas comme ils le veulent.

– J'espère que tu soutiens bien celui que je crois, avertit Astrid en s'adressant à Victor. Cordelia aime beaucoup Max.

– Laramie est une grande gueule.

C'était la première parole de Victor depuis le début de la journée, mais il le dit avec sérieux, en croisant le regard de Letty sur le siège arrière.

– J'aime bien l'ami de Miss Grey, conclut-il.

En arrivant à l'aérodrome de Montauk, ils constatèrent qu'une foule immense était rassemblée sur l'herbe rase. Les yeux plissés sous le soleil, certains agitaient des drapeaux américains, mangeaient du pop-corn dans des cartons rayés rouge et blanc. Les journalistes étaient présents, eux aussi, avec leur chapeau de feutre, leurs manches de chemise remontées. En sortant de la voiture, Letty comprit, à l'air marin porté par la brise qui lui chatouillait les narines, que l'aérodrome était tout près de la mer. Billie prit la tête de la troupe, Victor sur ses talons, puis Astrid attrapa Letty par le bras, pour déambuler à un rythme plus indolent, plus convenable pour des dames du monde.

– Tu vois Cordelia quelque part ? demanda Letty.

– Non. J'imagine qu'elle a déniché l'endroit idéal pour avoir un bon point de vue sur la course, non ? Il suffit de le trouver nous aussi, je parie qu'elle y sera.

On entendait des bruits de pas, un présentateur aboyer avec enthousiasme dans une radio, au loin l'explosion du pop-corn dans les machines des vendeurs. Puis, alors qu'elles approchaient de l'endroit où étaient massés le plus grand nombre de spectateurs, un formidable vacarme s'éleva. La foule, qui semblait faire bloc jusque-là, révéla soudain ses deux moitiés distinctes : une partie avait fait retentir applaudissements et cris de joie, l'autre s'étrangla puis se mit à huer. Les discussions faisaient rage entre les groupes d'hommes, les enfants surexcités bondissaient un peu partout.

Letty tourna les yeux vers la voûte du ciel. Même du temps où elle vivait à la ferme, elle ne l'avait jamais vu si vaste qu'aujourd'hui – il était de ce bleu plein d'espoir du milieu de la matinée, sans le moindre nuage.

– À ton avis, qu'est-ce qui s'est passé ? demanda Billie.

Elle s'était retournée et revenait sur ses pas. Le brouhaha n'avait fait que s'amplifier, mais comme ses amies répondaient d'un haussement d'épaules, elle se mit à chercher une autre source d'information.

– Ce ne serait pas Peachy, là-bas ? Vous ne voulez pas aller discuter avec elle ? Le type avec qui elle est m'a l'air bien informé.

– C'est l'agent Dobbin, laissa échapper Victor.

– Ooooh ! Qui est-ce ? couina Astrid, lâchant Letty pour venir se coller contre le torse de Victor.

– Un des principaux responsables de l'affaire Grey, répondit-il, incrédule.

Les deux hommes se saluèrent de loin d'un geste de la main, gênés. Peachy portait toujours la robe de la veille – une mousseline prune qui ondulait autour de ses mollets – bien qu'elle l'ait entre-temps accessoirisée d'une veste d'homme et d'un feutre. L'agent Dobbin la tenait fermement par la taille, quant à elle, elle était quasiment pendue à son cou.

– Eh bien, si ce n'est pas croustillant, ça ! commenta Astrid, qui pivota sur ses talons et regarda Letty. Allez, Larkspur, allons voir ça de plus près.

Les iris bleus de Letty louvoyèrent un moment avant de croiser ceux d'Astrid.

– Je ne sais pas trop... Peachy ne m'a jamais vraiment portée dans son cœur.

– Bien sûr que si ! Rappelle-toi ce vieux dicton. Il n'existe pas de flatterie plus sincère que de poursuivre de ses assiduités le prétendant d'une rivale. Allez, viens, partons en quête des derniers potins.

Avant que Letty ait pu protester qu'elle ne se sentait pas trop de bavarder avec la fiancée de Grady, qui que soit son compagnon du moment, Astrid l'attrapait par le coude et la traînait sur l'herbe.

– Salut Peachy ! lança-t-elle. Eh bien, dis-moi, tu es resplendissante, ce matin !

Letty tenta de sourire avec désinvolture – après tout, c'était un jour d'été comme un autre – et lui fit un signe de la main aussi léger et anodin que celui que venait de lui adresser Astrid, mais de sorte à bien mettre en évidence la finesse de son joli bras.

– Salut les filles ! répondit Peachy.

À la surprise de Letty, elle paraissait ravie de les croiser et n'essaya pas de cacher qu'elle se trouvait au bras d'un homme qui n'était pas son fiancé. Pour tout dire, elle se serra même davantage contre l'agent Dobbin à l'approche des deux jeunes filles.

– Qu'est-ce que tu fais là ? s'enquit Letty, le sourire aux lèvres.

– Je suis venue assister à la course, évidemment ! rétorqua Peachy en posant un doigt de propriétaire sur le torse de son cavalier.

Letty, constatant que sa bague de fiançailles avait disparu, ne put s'empêcher de laisser son sourire s'épanouir, naturel et heureux.

– Je vous présente Clifford, charmant, n'est-ce pas ?

– Tout à fait, répondit Astrid avec une petite courbette. Absolument ravie de faire votre connaissance, Cliff.

L'agent Dobbin la salua de la tête.

– Désolé pour votre maison, madame.

– Oh, ne vous en faites pas, le rassura Astrid en agitant la main comme si ce n'était vraiment rien, puis elle reprit :

Nous nous demandions si vous savez ce qui se passe. Quel est tout ce bruit ?

– Apparemment, Laramie joue des sales tours à Darby. Darby était en tête depuis le départ, mais Laramie a essayé de l'éjecter du ciel...

Il s'interrompit, de nouveaux cris de joie venaient de retentir, provenant cette fois de l'autre côté de la foule, qui se manifestait bruyamment. Letty balaya des yeux tous ces gens qui soutenaient Max – le bonheur se lisait sur leur visage. C'était un mélange de Blancs et de Noirs, admirateurs de longue date de ses prouesses aériennes, et peut-être quelques amateurs récents aussi. Nombre d'entre eux arrivaient clairement de New York, ce qui épatait Letty – ils étaient venus jusqu'à cette extrémité de l'île simplement pour assister à la conclusion de la course.

– Ah, voilà qui annonce de bonnes nouvelles ! s'écria Astrid.

– Si tu soutiens Darby, lâcha Peachy d'un ton indifférent.

– Pas toi ? s'enquit Letty.

Peachy ignora la question, mais l'agent Dobbin y répondit avec sérieux.

– Je n'aime pas la manière de parler de Laramie, commença-t-il très vite, comme pour justifier son point de vue. Et je trouve que les Laurel n'ont pas été corrects. Ça ne me plaît pas d'imaginer que l'on puisse cesser d'admirer Darby juste parce qu'il n'est pas blanc. S'il gagne cette course, il leur prouvera à tous qu'ils ont tort.

Peachy lui donna une petite tape sur la poitrine, il secoua la tête.

– Pardon, je m'emporte. Mais vous ne pensez pas ?

Letty approuva. Quel courage avait Max d'ignorer toutes ces horreurs qu'on avait proférées sur lui, de surmonter la trahison de ceux qui avaient été ses bienfaiteurs et de poursuivre sa vocation, envers et contre tout. Et c'était tout Cordelia, de s'impliquer ainsi dans l'histoire la plus dramatique et la plus marquante du moment.

– Oui, mais je ne suis pas sûre que j'aurais pu le dire de manière aussi élégante.

– Eh bien merci, Cliff, intervint Astrid. Nous allons rejoindre notre propre agent fédéral, maintenant.

– Bye-bye ! lança Peachy d'un ton chantant.

L'agent Dobbin détourna le regard.

– Comme c'est étrange, murmura Letty tandis qu'elle s'éloignait avec Astrid, bras dessus, bras dessous.

– Pourquoi ?

– Hier soir, elle avait à son doigt la bague que lui avait offerte Grady Lodge ! Il l'avait demandée en mariage, d'après ce qu'il m'a dit, et elle avait accepté...

Astrid ricana.

– Je ne suis pas surprise, franchement.

– Comment ça ?

– Eh bien, la dernière fois qu'ils se sont séparés, c'était parce qu'elle s'était trouvé un type en France, et crois-en l'avis d'une experte en la matière, une séductrice ne se range pas du jour au lendemain...

Elles avaient rejoint Billie et Victor, et Letty n'eut jamais l'occasion de lui demander ce qu'elle entendait par là ou de lui confier ce qu'elle pensait au fond d'elle, à savoir que Peachy devait vraiment être folle pour laisser passer sa chance d'épouser Grady. Ils avaient entendu des échos parmi les spectateurs, rapportés de la radio la plus proche : Laramie avait perdu le contrôle de son avion en tentant de s'en prendre à Max et même s'il avait réussi à redresser l'appareil avant qu'il ne s'écrase, il se trouvait maintenant loin derrière.

Il ne parvint jamais à remonter.

Tous les quatre restèrent ensemble, à écouter la foule s'agiter de plus en plus à mesure que Max approchait de l'aérodrome. Billie se pencha pour souffler à Letty .

– Je crois qu'il fait ça pour nous tous.

Une minute plus tard, le rugissement de l'avion résonnait à proximité. Son fuselage argenté scintilla sous le soleil et les applaudissements éclatèrent tout autour d'eux. Il y eut bien quelques huées du côté des soutiens d'Eddie Laramie, mais ils disparurent sous les cris du reste de la foule, qui scandait le nom de Max. Les spectateurs, comme un seul homme, pivotaient avec l'avion qui descendait vers la piste. Letty eut le souffle coupé par la rafale sonore produite par l'imposant appareil. Pendant un instant, elle aperçut le cockpit : le visage sérieux de Max et à côté de lui, affichant un grand sourire souligné de rouge, la fille avec qui elle avait pris le train de nuit en provenance de l'Ohio. Letty leva la main pour l'accueillir, mais la seconde d'après, elle comprit qu'ils n'allaient pas atterrir.

La foule s'étrangla collectivement, des dizaines de ballons s'échappèrent. Le silence s'abattit autour de la piste, même parmi les partisans de Laramie, et tous se retournèrent pour voir l'avion disparaître au-dessus du *Grand Marina Lodge*, en direction de la mer. Letty progressa de quelques pas dans son sillage, assaillie d'un coup par toutes les émotions qu'elle avait pu un jour ressentir dans sa vie, en voyant son amie s'envoler vers l'inconnu.

– Il va le faire, lâcha Billie. Il va voler jusqu'en Europe. J'ai entendu un cinglé raconter ça ce matin à la radio, tout le monde s'était moqué de lui, mais il avait raison. Voilà pourquoi il avait besoin de ce gros appareil. Mon Dieu.

Lorsque le petit biplan rouge d'Eddie Laramie franchit la ligne d'arrivée, rares étaient les spectateurs encore présents pour le voir. L'herbe était jonchée de boîtes de pop-corn vides, de prospectus et de petits drapeaux sur leur pic. Ceux qui avaient soutenu Darby étaient ravis de voir leur champion remporter la course, mais sans héros parmi eux à fêter, ils s'étaient dispersés, déçus. Comme la plupart des gens venus assister au spectacle, Letty, Billie, Astrid et Victor avaient regagné leur voiture pour prendre une longueur d'avance dans la circulation, déjà au ralenti en direction de New York.

En route, Letty laissa son regard se perdre dans le paysage en imaginant ce qui avait pu se passer. Cordelia était son amie depuis si longtemps, elles avaient partagé tant de choses. Parfois même, elles avaient été si unies qu'elles ne faisaient qu'une et insulter l'une était insulter l'autre aussi. Dans un flash, elle vit ce que Cordelia avait fait ce matin-là, presque comme s'il s'agissait d'un souvenir. Cordelia, incapable de fermer l'œil, s'était rendue à l'aérodrome à l'aube, en stop, armée d'une joyeuse conviction. Elle avait annoncé à Max qu'elle n'avait d'autre place qu'à ses côtés, et qu'elle ne ferait qu'une chose désormais : l'accompagner. On avait détruit son vieux rêve, elle était passée au suivant sans un regard en arrière.

Les occupants de la voiture, silencieux, quittèrent l'East End, et Letty resta plongée dans ses pensées. Pourtant, elle n'arrivait pas à savoir si son cœur était gonflé de tristesse, car son amie allait lui manquer, ou d'exultation, car une partie d'elle accompagnait Cordelia dans son envol vers un avenir radieux et magnifique...

Les jours qui avaient suivi l'étrange conclusion de la course Darby-Laramie (les noms ayant désormais été inversés dans l'intitulé) furent solitaires pour Letty. Cependant, elle éprouvait un certain réconfort, d'abord parce qu'elle les avait passés dans un endroit qui lui était familier, et aussi parce que ce nom que braillaient les vendeurs de journaux à la gare de Pennsylvania Station, où elle se trouvait pour l'heure, était connu d'elle depuis longtemps. Tout le monde s'accordait désormais pour dire que Cordelia était bien à bord de l'appareil avec Max lorsqu'il avait survolé Montauk sans même prendre le temps d'atterrir avant de commencer son audacieuse traversée de l'Atlantique. Letty, superstitieuse, avait choisi la même table ronde à plateau de marbre où, quelques semaines plus tôt, avec une joie délirante, elle avait dégusté son thé froid en se demandant si son père lui autoriserait encore l'accès à sa maison, maintenant qu'elle était officiellement fugueuse.

Elle n'avait plus l'impression d'être en fuite. Astrid et Billie l'avaient assurée qu'elle pouvait prolonger son séjour à Marsh Hall aussi longtemps qu'elle le souhaitait, mais ensemble, elles étaient assez nerveuses, maintenant que Cordelia était partie et que le destin de Letty n'était plus très clair, aussi avait-elle expliqué avoir des affaires importantes à régler en ville. La dernière fois qu'elle s'était installée à cet endroit, à contempler son avenir, le cliquetis des talons autour d'elle lui avait semblé supérieur, fluide, comme si ces gens vêtus à la dernière mode possédaient la clé d'une vie à laquelle elle devrait se contenter de rêver. Elle n'avait plus la même impression aujourd'hui, mais elle les observait tout de même, avec une plus grande attention, les yeux brillants d'espoir d'apercevoir un visage en particulier parmi le flot de voyageurs qui se répandait sous l'immense plafond de verre et de fer. Elle aurait pu aller s'installer chez Paulette ou une autre des filles du *Caveau*, mais revenir à l'endroit où Cordelia et elle avaient vu New York pour la première fois lui semblait de bon augure. De plus, elle craignait de le manquer, si elle ne montait pas la garde à Penn Station.

Elle savait qu'avec ce qui l'attendait, il lui faudrait faire attention au moindre sou, aussi elle n'acheta pas le journal, mais c'était inutile. Les vendeurs de rue criaient les derniers titres, et toutes les tables autour d'elle ne parlaient que de ça. Plusieurs témoignages directs concordants, de passagers à bord de l'*Aurora*, un paquebot de luxe parti du Havre, en France, en direction du port de New York, signalaient qu'un avion ressemblant beaucoup à celui de Max les avait survolés. Cette nouvelle fut saluée par quelques exclamations ravies et pendant un instant, la circulation frénétique du grand hall ralentit un peu. Max Darby était à nouveau un héros, immaculé dans sa bravoure, et ceux qui l'avaient discriminé à cause de sa couleur ne se manifestaient plus. Il était aussi américain que tout un chacun, peut-être même plus, et il s'était aventuré en terres inconnues pour prouver la valeur et la force de ses compatriotes. Telle était la morale de l'histoire telle qu'on la véhiculait à la radio, tout du moins, et maintenant qu'on soupçonnait sa dulcinée de s'être trouvée à bord, tout cela se teintait de romantisme.

La nouvelle rendit Letty euphorique ; elle se mit à sourire à tous ceux qui passaient devant elle.

L'après-midi vint, et avec lui l'appétit, et bien qu'elle continue de sourire de temps à autre aux inconnus, elle savait que c'était une expression mécanique qui ne trahissait en réalité aucune joie. La conviction qui l'avait habitée le matin disparaissait peu à peu de ses membres, la lumière quittait progressivement le ciel, l'ombre des étais de fer forgé dérivait sur le sol de marbre. Le train de 18 h 10 en direction de la côte Ouest était annoncé et Letty dut se rendre à l'évidence et se répéter pour la millième fois peut-être quelle idiote elle était, à force de croire que la vie était comme au cinéma. Elle n'avait plus de thé, et que lui restait-il, en dehors des gargouillis que produisait son estomac ?

– Embarquement pour Chicago, Denver, Oakland, Los Angeles..., clama le haut-parleur.

– Vous désirez une autre tasse de thé, mademoiselle ?

Le serveur nettoyait sa table, encore une fois, et lorsqu'elle le regarda, elle vit qu'il lui demandait cela pour la forme. Il lui avait déjà posé la question deux fois. Elle secoua la tête faiblement et se leva, son sac de voyage à l'épaule.

C'est alors qu'elle vit Grady, qui traversait le hall à la hâte.

Elle eut l'impression que son cœur était une cloche qui venait de se mettre à sonner.

Il se déplaçait à une telle vitesse, et elle restait plantée là, immobile, les réverbérations de cette première vision de lui se répercutant dans tout son corps. Il portait son chapeau de paille de guingois sur son beau visage, tenait sa veste de coton par-dessus un bras, sa valise dans l'autre main. Il était seul et elle se sentit tellement soulagée que pendant un instant, elle se crut incapable de se remettre en mouvement. Elle craignait qu'il ne passe devant elle sans la voir, qu'il ne monte à bord du train et qu'il n'ait disparu avant qu'elle n'ait pu se ressaisir. Mais il se retourna soudain et il la vit.

La commissure de ses lèvres se mit à trembler pendant quelques secondes et l'instant suivant, l'un comme l'autre se souriaient de chaque côté de Pennsylvania Station, chacun debout à sa place, trop heureux pour bouger. Ils n'auraient peut-être plus jamais fait le moindre mouvement si une voix dans le haut-parleur n'avait pas repris :

– Départ immédiat pour la Californie, départ immédiat pour la Californie. Tous les passagers pour Chicago, Denver, Oakland, Los Angeles, merci de monter à bord du train situé en voie sept. Voie sept pour la côte Ouest, départ immédiat...

– Viens ! hurla Grady en lui faisant signe.

Tous deux s'élancèrent en direction de la voie sept, sans même ralentir pour descendre les marches qui menaient au train en attente de départ.

– Pouvons-nous acheter un billet à bord ? lança Grady au premier contrôleur qu'ils croisèrent, mais celui-ci leur accorda à peine un regard, se contentant d'agiter la main pour leur demander de se dépêcher.

Ils s'exécutèrent et grimpèrent à bord de la première voiture. Celle-ci était remplie de familles, de dames en chapeau fleuri et d'hommes d'affaires qui avaient déjà déplié leur journal et s'étaient installés. Grady et Letty ne virent pas tout de suite de siège libre, mais ils étaient tellement hors d'haleine que ni l'un ni l'autre ne parvinrent à parler avant que le train ait démarré.

– J'espère que tu...

– Peachy, elle...

– Je...

– Oh...

– Tu vois...

– Peu importe, l'interrompit Grady, radieux. Ça n'a aucune importance. La seule chose qui compte c'est que tu es...

– À tous les passagers, merci de vous asseoir ! aboya un contrôleur de l'autre bout du wagon.

Mais ils ne partirent pas en quête de places libres, pas immédiatement. Au-dessus d'eux, les trottoirs et les gratte-ciel, les épiceries, les speakeasies et les clubs de New York étaient campés sur l'asphalte, butés et immobiles, refusant de céder leur place. Letty et Grady rougissaient de se retrouver ainsi, ensemble, à l'orée d'un long voyage. Ils se dévoraient des yeux, tremblant de leur bonne fortune, craignant qu'un simple clignement de paupières ne mette en péril leur happy end.

– Merci de regagner vos sièges..., reprit le contrôleur.

Mais il ne termina pas sa phrase. Ils ne l'auraient pas entendu, de toute façon. Car des applaudissements venaient d'éclater dans toute la voiture en voyant ce type au chapeau de paille glisser ses bras autour de la petite mignonne au carré net, la faire plonger en arrière pour lui donner un baiser qui s'éternisa longuement tandis que le train fonçait vers l'ouest.

ÉPILOGUE

La simple mention de cette période donne encore la chair de poule aux filles de ma génération. Le souvenir d'être tous assis autour du poste de radio, à l'affût des moindres détails. Bien sûr, il n'y en avait pas tant que ça, alors beaucoup devaient être inventés, et nos meilleurs conteurs se lançaient dans des récits épiques. Les journaux étaient remplis de spéculations en tout genre, on ne pouvait pas entrer chez un glacier, un cireur de chaussures, sans tomber sur une conversation à propos de Max Darby, de ce qui avait pu lui passer par la tête quand il s'était élancé vers l'océan en laissant Eddie Laramie dans sa crasse, pour ainsi dire. Ou de Cordelia Grey, qui était à bord avec lui.

J'écoutais toutes les nouvelles, perchée sur le toit de la maison familiale. L'air était plus clair là-haut, et presque frais, la vue très dégagée. Les grandes demeures trônaient sur leur butte, les fermes régnaient sur les terres basses, les voiliers sur l'eau. Quelque part, au loin, il y avait une jetée à demi en ruine sur une bande de côte marécageuse – bien que je ne sache pas exactement laquelle – où Cordelia avait rencontré Thom Hale, au crépuscule, vêtue d'une robe rouge. Elle me manque plus que je ne l'aurais imaginé ; ce qu'on disait d'elle à la radio me fâchait, alors j'essayais de me souvenir des histoires qu'elle me racontait, du temps où elle avait encore cette étincelle émerveillée dans le regard. Cette robe devait lui paraître un véritable rêve à l'époque. La brise sur le toit n'était pas très forte, elle s'en prenait aux gros nuages sans réussir à les faire bouger. Les jours qui avaient suivi la course, le temps était si beau que c'en était douloureux, je suis devenue marron sur le toit, malgré la protection du parasol.

Letty était partie pour Los Angeles – Grady et elle m'avaient appelée, surexcités, de Chicago, pour me faire part de leurs plans. La police n'avait pas un dossier suffisamment étayé pour retenir Charlie, sa libération parut un temps inéluctable. Victor avait proposé à Astrid de quitter le pays au plus vite. Virginia, qui avait jugé l'idée excellente, avait expliqué qu'il serait judicieux, pour la réputation d'Astrid, qu'elle passe l'automne et l'hiver à Paris. Elle leur avait donné un peu d'argent, puisque Victor avait perdu son poste au FBI. Un divorce rapide pourrait être arrangé en catimini, lorsque tout le monde aurait le dos tourné ; ils avaient embarqué pour l'Europe l'après-midi même. J'étais donc seule quand le ton des présentateurs changea, à la radio – après que plusieurs jours s'étaient écoulés sans aucun signalement de l'avion de Max – et lorsqu'on commença à rapporter que d'étranges morceaux métalliques s'échouaient sur les côtes irlandaises.

Sans personne avec qui en discuter, et n'ayant jamais été du genre démonstratif, j'ai emprunté une des voitures de sport de mon père pour rouler à toute vitesse dans les allées et les ruelles de White Cove.

C'est comme ça que je l'ai trouvé.

Je passais devant Dogwood, sans la moindre intention de m'arrêter, juste pour revoir ce que Cordelia trouvait à cet endroit. Il était là, en face du portail, vêtu d'un pantalon usé et d'une veste noire trop grande pour lui, qui sûrement quelque part devait sembler élégante.

– Vous n'êtes pas du coin, je me trompe ? lançai-je par-dessus le grondement de mon moteur.

Il gardait les yeux rivés sur la maison. Ses cheveux semblaient un peu trop longs, mais pas assez pour cacher ses oreilles, et il était si inhabituellement grand que je ressentis le besoin de le protéger. À côté de lui se tenait patiemment Bon Zèbre, le lévrier de Letty. Ce garçon aurait un beau visage, pensai-je, d'ici quelques années.

– Non, répondit-il.

– Vous avez envie de discuter ? demandai-je.

– Non, répéta-t-il.

Cependant, après un temps d'arrêt, il s'installa côté passager, donna une tape sur sa cuisse pour inciter Bon Zèbre à grimper avec lui.

– Vous pouvez m'emmener ? Vous êtes la seule à être passée dans le coin depuis un moment.

– Bien sûr, dis-je en passant la première. Vous allez où ?

– Peu importe.

Je lâchai un petit rire.

– Je m'appelle Billie Marsh, au fait.

– John Field.

– Vous étiez à la fête ? Le soir où...

Il secoua la tête.

– Je cherchais Cordelia Grey. Mais je crois que je suis arrivé un jour trop tard.

– Oh.

Je jetai un coup d'œil dans sa direction et vis comme il s'était tassé sur son siège lorsqu'il avait prononcé son nom.

– Vous la connaissez ? demandai-je.

Il porta son poing à sa bouche pour répondre, ce qui me permit de voir son alliance.

– C'est ma femme.

– Oh ! m'exclamai-je, manquant un peu de tact.

– Je ne l'ai pas vue depuis le début de l'été. Voilà qu'il y a une semaine, je lis son nom mentionné dans un article à propos de Max Darby...

Quand j'ai vu ses deux grandes mains couvrir son visage, je me suis sentie encore plus honteuse de mon étonnement.

– Vous arrivez de l'Ohio, n'est-ce pas ? devinai-je, en optant pour la douceur.

Il hocha la tête et même si je ne pourrais en jurer, je crois qu'il versa quelques larmes.

– Écoutez, c'était une amie à moi, aussi. D'ailleurs elle a laissé une valise avec quelques affaires chez moi. Je n'ai pas eu le cœur de regarder à l'intérieur, mais maintenant que vous êtes là... Peut-être y trouverez-vous un souvenir à conserver.

Il ne parvint pas vraiment à répondre, mais comme il ne demandait pas que je l'emmène ailleurs, je regagnai Marsh Hall et une fois là-bas, je nous fis servir le thé. À mon grand soulagement, John Field ne s'effondra plus, il contempla sans se décontenancer l'intérieur de la maison, qui devait sûrement être bien plus grandiose que l'environnement dans lequel il avait grandi.

– Eh bien, dis-je lorsqu'il fut douloureusement acquis que nous ne parviendrions pas à converser de manière fluide. Si nous passions en revue les effets de Cordelia ?

Il y consentit d'un signe de tête.

La valise était en vieux cuir, il parut l'identifier à l'instant où je la lui apportai.

– Elle était à sa mère, expliqua-t-il à mi-voix en laissant ses doigts s'attarder sur la poignée de cuivre.

– Elle ne l'a pas connue ?

– Non.

Il défit les fermetures, souleva le couvercle. La collection d'objets qu'elle renfermait n'était pas du tout ce que j'avais anticipé ; ils semblaient si enfantins, presque naïfs, ainsi réunis tous ensemble. La robe de coton blanc cousue à la main, que John saisit et porta à son visage. Les coupures de journaux, qui retraçaient de façon si poignante les années durant lesquelles elle avait suivi de loin les agissements de son père. Le calepin élimé qui contenait des renseignements touristiques principalement périmés sur New York, ainsi que quelques citations choisies qu'elle attribuait avec zèle à Cara Gatling, personnage de fiction radiophonique. Une lettre d'amour signée DG, des boîtes d'allumettes aux noms des endroits à la mode cet été, une humble alliance en or.

Bien sûr, il y avait le revolver. Après avoir reposé la robe, John s'en empara, le tourna et retourna dans ses mains, le visage impressionné, craintif. Peut-être parce que aucun de ces objets ne correspondait à l'idée que je me faisais de la Cordelia que je connaissais, mon attention fut attirée par un morceau de papier sur lequel était griffonné un numéro de téléphone, HUnter-4201. En dépliant la feuille, je fus soulagée que John ne l'ait pas vue avant moi, car que je crois qu'il ne s'en serait pas remis, et aussi parce que cela m'expliquait le choix de Cordelia. Je me mis à l'écart, près de la fenêtre, pour lire ce que Max avait écrit à Cordelia, sûrement à la veille de la course.

Cordelia, commençait Max de son écriture enfantine. *C'est la première fois que j'écris une lettre comme celle-ci et j'imagine que je n'y réussirai pas très bien. Tu as toujours été très douée pour deviner ce que je voulais dire, alors avec un peu de chance, tu me comprendras quand même. La première chose que je tenais à te dire, c'est que je me considère extrêmement heureux d'avoir enfin connu l'amour. Je ne me suis jamais vraiment intéressé aux filles, tu m'as eu par surprise, et tu as à peu près triplé ma connaissance du monde. Tu es la fille la plus éblouissante que je connaisse, la seule que j'imagine désirer de toute ma vie. Mais j'ai appris à te connaître aussi, et j'ai vu comment tu te comportes. Je continuerai de tout risquer pour foncer de l'avant et partir loin. Voilà ce que je veux, dans la vie. Mais toi... Toi tu as déjà perdu tant de proches, je ne voudrais pas que tu t'endurcisses, que ce soit à cause de moi ou de n'importe qui d'autre. Tu ferais mieux de m'oublier et d'apprendre à aimer quelqu'un qui a les pieds sur terre. En attendant, pense à moi, là-haut dans le ciel, et sache que je ne penserai qu'à toi. Avec tout mon amour, Max.*

Quelques larmes tachaient la page, j'imaginai dans quel état elle avait dû être à la lecture d'une telle lettre. Son émotion devait être à peu près similaire à la mienne lorsque j'avais compris que je ne la reverrais plus jamais : à vif. Mais dans ce gouffre ainsi ouvert, je contemplais pour la première fois le contenu de mon cœur. Il était plus vaste que je n'aurais pu l'imaginer. Debout à la fenêtre, cachant la lettre pour que John Field n'ait jamais connaissance de son existence – je voyais Cordelia partout, dans les traînées blanches du ciel et dans ce bleu éclatant qui les entourait.

Nous consacrâmes un long moment à passer en revue ses biens en silence. Le crépuscule tomba, les contours s'obscurcirent. J'invitai John à dîner, il accepta, puis je demandai au maître d'hôtel de les conduire à la gare, Bon Zèbre et lui. Nous avons fait mine de croire que nous nous écririons durant les prochains mois, mais nous n'en fîmes jamais rien. J'avais remis la valise à John, j'imaginai qu'il l'avait rapportée jusque dans l'Ohio, où il organisa peut-être à Cordelia des sortes de funérailles.

Lorsque le temps finit par changer, la légende de Max Darby et Cordelia Grey était bien installée. Bien sûr, personne ne sut jamais ce qu'il était advenu d'eux, s'ils ne vivaient pas sur une île, quelque part, ou à Paris, ou s'ils avaient simplement décidé de ne jamais revenir sur terre. Des écoliers, dans tout le pays, évoquaient l'acte de bravoure de Max et l'acte d'amour de Cordelia et tombaient généralement d'accord pour dire que sa brève rencontre avec la fille du bootlegger l'avait incité à briser les règles et à viser plus haut encore que les nuages.

À l'automne eut lieu la première du *Bon Lieutenant* et j'imagine qu'il n'est nul besoin que je vous raconte à quel point Letty fit sensation. Si l'on en croit les rumeurs, elle ne fut jamais payée pour son travail dans le film de Mr Branch, mais après sa sortie, les studios se battaient pour l'avoir et bien sûr, tout le monde sait qu'à l'avènement des films parlants, son mari et elle commencèrent à tourner film sur film ensemble, lui en tant que scénariste, puis réalisateur, et elle, star. L'association de Larkspur et de Lodge est l'une des plus célébrées à Hollywood, encore aujourd'hui. Là-bas, dans cette région où le soleil brille toute l'année, ils furent à l'abri de la majeure partie des désastres qui s'abattirent sur nous autres, restés sur la côte Est.

Pendant plusieurs semaines, je reçus des lettres d'Astrid envoyées de Paris, où elle me disait qu'elle reviendrait s'installer dès que les actions de la Marietta Phonograph

Company auraient triplé leur valeur. Les fédéraux avaient fini par mettre la main sur les stocks de Charlie ; Jones et lui échouèrent à Sing Sing, Victor et Astrid auraient fort bien pu revenir. Mais fin octobre, le krach boursier survint et pendant un long moment, Astrid ne m'écrivit plus. Lorsqu'elle reprit sa correspondance, elle ne mentionna plus jamais la Marietta Phonograph Company. Mon père aurait peut-être pu les aider, s'il n'avait pas tout perdu, lui aussi ; puis Virginia le quitta pour un jockey. Je fus forcée de travailler pour terminer de payer mes études, mais mon diplôme me parut d'autant plus mérité.

Quelques années plus tard, un ami peintre me raconta qu'il avait croisé Astrid et Victor sur un marché parisien, main dans la main, en train de faire des courses pour le dîner. Ils étaient mariés et très amoureux. Quand je demandai comment ils s'en sortaient, mon ami, avec un haussement d'épaules, avait vaguement marmonné que Victor jouait les pickpockets avec les touristes et qu'Astrid s'était mise à la blanchisserie, ajoutant qu'il n'avait jamais vu personne aussi heureux que ces deux-là. J'ai beaucoup de mal à m'imaginer Astrid en blanchisseuse, mais il serait curieux qu'un tel détail fût inventé, je suis donc encline à le croire.

Un jour, je composai ce fameux numéro HUnter-4201 et tombai sur un homme agréable, un certain Ogilvy, qui expliqua qu'il avait été, brièvement, en contact avec Max Darby, en tant qu'exécuteur du fonds pour l'aviation Max-Darby. Au départ, il insista pour ne pas révéler qui se cachait derrière ce fonds, mais lorsque je lui parlai de la lettre, il soupira et convint qu'il devait y avoir prescription, désormais, avant d'avouer qu'il s'agissait d'un investissement de Thom Hale. Je ne revis celui-ci qu'après la fin de la prohibition – il avait passé les dernières années sur son bateau, à convoyer de l'alcool depuis la Nouvelle-Écosse. À l'abrogation, il revint vivre chez son père en reclus, ou presque. Cependant, je le croisai un jour par hasard au détour d'une rue, à New York. Manhattan avait alors bien changé – les soupes populaires et leurs files d'attente avaient remplacé les night-clubs, et les filles, qui ne pouvaient plus se permettre de porter des bas, traçaient des coutures au khôl à l'arrière de leurs jambes.

Lorsque je mentionnai le nom de Cordelia, son visage se décomposa – il l'aimait toujours.

– Je vous supplie, ne prononcez plus jamais ce nom devant moi, conclut-il avant de me saluer et de reprendre sa route.

Même au plus fort de la Grande Dépression, il était vêtu d'un élégant costume neuf – il avait légalisé son affaire d'importation d'alcool et rendit ainsi la famille Hale bien plus riche qu'elle ne l'était, même aux heures les plus fastes de la prohibition.

Quoi qu'il en soit, je ne prononce plus le nom de Cordelia, ni aucun des autres, très souvent désormais. Seulement quand le monde me paraît un peu trop triste, trop misérable, alors je repense à nos beaux atours de cet été-là, et à tout ce dont nous rêvions avant l'automne. Voyez ? Je vous l'avais dit. Ces filles aux yeux brillants qui gravitaient autour de New York comme des papillons, à quelle vitesse elles se trouvèrent emportées dans le tourbillon de ses folles nuits ! Chacune réussit à fuir New York à sa manière – l'une est célèbre, l'autre est mariée, la troisième est morte.

Cela dit, je n'aime pas envisager les choses en ces termes. Lorsque je me souviens de Cordelia, je ferme les yeux et je suis avec elle, là-haut, au large, et devant elle il n'y a rien d'autre que le bleu du grand océan. Quelle excitation ce dut être pour elle ! Voler si haut, libérée de toutes contraintes, s'élancer vers l'avenir aux côtés d'un homme aussi déterminé qu'elle. Dans mon esprit, elle porte encore sa robe de soirée en soie blanche, et c'est ainsi que je me la figurerai toujours. À jamais dans le ciel.

REMERCIEMENTS

Ma très grande reconnaissance va à mes merveilleux amis et éditeurs que sont Sara Shandler et Farrin Jacobs qui m'ont aidée à construire cette série et en faire ce qu'elle est devenue. Énormes remerciements également à : Emilia Rhodes, Joelle Robeika, Josh Bank, Les Morgenstein, Catherine Wallace, Kristin Marang, Sasha Illingworth, Beth Clark, Marisa Russell, Christina Colangelo, Lauren Flower, Liz Dresner, Aiah Wieder, Melinda Weigel et Laura Lutz. Et merci à tous les jeunes et brillants lecteurs qui ont partagé avec moi ces histoires, ces personnages et leurs fabuleuses aventures.

D'autres livres

wiz Albin Michel

Jodi Lynn ANDERSON, *Peau de pêche*
Jodi Lynn ANDERSON, *Secrets de pêches*
Jodi Lynn ANDERSON, *Un amour de pêche*
Candace BUSHNELL, *Le Journal de Carrie*
Candace BUSHNELL, *Summer and the City*
Meg CABOT, *Une (irrésistible) envie de sucré*
Meg CABOT, *Une (irrésistible) envie d'aimer*
Meg CABOT, *Une (irrésistible) envie de dire oui*
Meg CABOT, *Irrésistible ! L'Intégrale*
Elizabeth CRAFT et Sarah FAIN, *Comme des sœurs*
Elizabeth CRAFT et Sarah FAIN, *Amies pour la vie*
Cath CROWLEY, *Graffiti Moon*
Melissa DE LA CRUZ, *Un été pour tout changer*
Melissa DE LA CRUZ, *Fabuleux bains de minuit*
Melissa DE LA CRUZ, *Une saison en bikini*
Melissa DE LA CRUZ, *Glamour toujours*
Melissa DE LA CRUZ, *Un été pour tout changer, L'Intégrale*
Francisco DE PAULA FERNÁNDEZ, *Dis-moi que tu m'aimes*
Francisco DE PAULA FERNÁNDEZ, *Prends-moi dans tes bras*
Claudine DESMARTEAU, *Troubles*
Sharon DOGAR, *Si tu m'entends*
Stephen EMOND, *Entre toi et moi*
Norma FOX MAZER, *Le Courage du papillon*
Gregory GALLOWAY, *La Disparition d'Anastasia Cayne*
Jenny HAN, *L'Été où je suis devenue jolie*
Jenny HAN, *L'Été où je t'ai retrouvé*
Jenny HAN, *L'Été devant nous*
Mandy HUBBARD, *Prada & Préjugés*
Alice KUIPERS, *Deux filles sur le toit*
Sarah MLYNOWSKI, *Parle-moi !*
Sarah MLYNOWSKI, *2 filles + 3 garçons – les parents = 10 choses que nous n'aurions pas dû faire*
Joyce Carol OATES, *Un endroit où se cacher*
Joanna PHILBIN, *Manhattan Girls*
Joanna PHILBIN, *Manhattan Girls, Les filles relèvent le défi*
Joanna PHILBIN, *Manhattan Girls, En mode VIP*

Yvonne PRINZ, *Princesse Vinyle*
Meg ROSOFF, *Maintenant, c'est ma vie*
Meg ROSOFF, *La Balade de Pell Ridley*
Polly SHULMAN, *La fille qui voulait être Jane Austen*
Gabrielle ZEVIN, *Une vie ailleurs*
Gabrielle ZEVIN, *Je ne sais plus pourquoi je t'aime*
Gabrielle ZEVIN, *La Mafia du chocolat*
Gabrielle ZEVIN, *La Fille du parrain*

www.wiz.fr
Logo Wiz : Cédric Gatillon

Composition Nord Compo
Impression CPI Bussière en octobre 2013
à Saint-Amand-Montrond (Cher)
Éditions Albin Michel
22, rue Huyghens, 75014 Paris
ISBN : 978-2-226-25103-9
ISSN : 1637-0236
N° d'édition : 19891/01. – N° d'impression : 2005247.
Dépôt légal : novembre 2013.
Loi n° 49-956 du 16 juillet 1949 sur les publications destinées à la jeunesse.
Imprimé en France.